Jul.

迦陵谈词

叶嘉莹 著

叶嘉莹品最美古词

北京联合出版公司
Beijing United Publishing Co.,Ltd.

江上柳如烟，雁飞残月天。

——温庭筠《菩萨蛮》

春水碧于天，画船听雨眠。

——韦庄《菩萨蛮》

楼上春山寒四面，过尽征鸿，暮景烟深浅。

——冯延巳《鹊踏枝》

林花谢了春红，太匆匆，无奈朝来寒雨晚来风。

——李煜《相见欢》

新版序

《迦陵谈词》初版于一九七〇年，是我在台湾所出版的第四本书，却是谈词的第一本书。

这册书中一共收录六篇文稿，如果依写作时代之先后排列，第一篇应是一九五七年在台湾《教育与文化》刊物中所发表的《说静安词〈浣溪沙〉一首》，那是因为在一九五七年暑期，台湾的教育主管部门举办了一个文艺讲座，我应邀去担任了几次词的讲师，其后该部门向授课人索稿，我遂应邀写了这篇文稿，这是我所写的谈词的文稿中，主观色彩最浓的一篇。

第二篇是一九五八年在《淡江学报》第一期中所发表的《温庭筠词概说》，那是我应淡江大学中文系主任许世瑛教授之邀而撰写的一篇文稿，因为是为《学报》而写的，所以写得较为严肃客观，性质与第一篇颇有不同，不过这两篇文稿却都是用浅近的文言文写作的。

第三篇是一九六〇年发表于《文星》刊物的《大晏词的欣赏》，那是我应《文星》编者之邀而写作的。这是我用白话文所写的第一篇谈词的文稿。

第四篇是二十世纪六十年代初期所写的《谈诗歌的欣赏与〈人

间词话〉的三种境界》一篇文稿，那是因为有几位在台大读书的校友，邀我为他们的母校的一份刊物而写作的，刊物的名称及发表的确切年代，现在都已不复记忆。

第五篇及第六篇是相继于一九六八年及一九六九年发表于《纯文学》中的《拆碎七宝楼台——谈梦窗词之现代观》及《从〈人间词话〉看温韦冯李四家词的风格》两篇长稿。

其后于一九七〇年遂由纯文学出版社将以上诸文一同结集出版，题名为《迦陵谈词》，而那时我已经离开中国台湾到加拿大去教书了。此书在台湾曾多次再版，但其后因我曾由加拿大回大陆去探亲，而那时的台湾仍未对大陆开放，所以纯文学出版社就停止了此书的出版。

及至一九八〇年，上海古籍出版社遂编辑我在加拿大所写的一些论词的文稿与此书中一些旧稿，合为《迦陵论词丛稿》一书出版。该书出版后，台湾曾有多家书商盗版。近年两岸开放往来后，盗版者已停止出版，于是我这些早期出版的谈词之文稿，在台湾遂不复得见。

今春一月我应台湾信谊基金会之邀赴台讲演，适有姚白芳女士为我整理之《清词选讲》一书将交由台湾三民书局出版，而我最早的一本谈诗的书《迦陵谈诗》，原来也是由三民书局出版的。三民书局的刘振强先生既与我原为旧识，此次相晤，刘先生遂提出了要我将《迦陵谈词》也交其出版的请求。

近接编者来函云此书出版在即，要我写一篇序言，因略述其原委如上。而回首前尘，今日距离我写此书中第一篇文稿之时，盖已有将近四十年之久矣。近年来我虽然仍不断撰写论词之文稿，但着眼之重点已逐渐自作品之欣赏，转向于对理论之探讨，且因居住西方日久，不免受西方文论之影响，行文之风格亦已与四十年前有所不同。今日即使我重新执笔写作旧题，恐怕也不会再写出如当年旧稿的这些文字来了。信乎人生一切之随流年俱逝而不可复返也。不过，无论内容与风格有多少不同，我所写的都是我自己读词时真正的心得和感动。相信今日的读者也将和四十年前的读者一样，将会感受到我文稿中一片真诚的心意，古人云"以文会友"，不其然乎。

一九九六年十二月二十日写于加拿大之温哥华

得迦陵亲授，赏千年佳作。
品诗之境阔，悟词之言长。

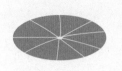

目录

谈诗歌的欣赏与

《人间词话》的三种境界

只要作品在读者心中唤起了一种真切而深刻的感受，就已经赋予这作品以生生不已的生命了，这该也就是一切艺术作品最大的意义和价值之所在。

多年前偶然有几位青年同学向我提出过一个问题：王国维先生在《人间词话》中曾举过几段词，说那是代表古今成大事业大学问者的三种境界，这三种境界究竟是指怎样的境界，希望我能为他们简单解说一下。这篇小文就是对那几位同学的一个简单的答复。

　　王国维先生在《人间词话》中，曾说过下面一段话：

　　　　古今之成大事业大学问者，必经过三种之境界："昨夜西风凋碧树，独上高楼，望尽天涯路"，此第一境也。"衣带渐宽终不悔，为伊消得人憔悴"，此第二境也。"众里寻他千百度，回头蓦见（按原词当作蓦然回首），那人正（按原词当作却）在灯火阑珊处"，此第三境也。

　　第一种境界所引者为晏殊《蝶恋花》之句，第二种境界所引者为柳永《凤栖梧》之句，第三种境界所引者为辛弃疾《青玉案》之句[1]。若自原词观之，则晏殊的"昨夜西风"三句不过写秋日之怅望；柳永的"衣带渐宽"二句不过写别后之相思；辛弃疾的"蓦然回首"三句不过写乍见之惊喜。这些词句与所谓成大事业大学问者，其相去之远真如一处北海一处南海，大有风马牛不相及之势，而王国维先生竟比并而立说，其牵连绾合之一线只是由于联想而已。

　　"联想"原为诗歌创作与欣赏中之一种普遍作用。就创作而言，所谓"比"，所谓"兴"，所谓"托喻"，所谓"象征"，其实无一不是源于联想，所以螽斯可以喻子孙之盛，关雎可以兴淑女之思，美人香草，无一不可用为寄托的象喻，大抵联想愈丰富的，境界也愈深广，创作如此，欣赏亦然。而且这种欣赏的联想更早自孔子便已曾对之大加推许和赞扬了，《论语·学而篇》曾记载着孔子与弟

---

[1]　**蝶恋花**　晏殊
　　槛菊愁烟兰泣露，罗幕轻寒，燕子双飞去。
　　明月不谙离恨苦，斜光到晓穿朱户。
　　昨夜西风凋碧树，独上高楼，望尽天涯路。
　　欲寄彩笺兼尺素，山长水阔知何处。

　　凤栖梧　柳永
　　伫倚危楼风细细，望极春愁，黯黯生天际。
　　草色烟光残照里，无言谁会凭阑意。
　　拟把疏狂图一醉，对酒当歌，强乐还无味。
　　衣带渐宽终不悔，为伊消得人憔悴。

　　青玉案　辛弃疾
　　东风夜放花千树。更吹落，星如雨。
　　宝马雕车香满路。凤箫声动，玉壶光转，一夜鱼龙舞。
　　蛾儿雪柳黄金缕。笑语盈盈暗香去。
　　众里寻他千百度。蓦然回首，那人却在灯火阑珊处。

子子贡的一段谈话：

> 子贡曰："贫而无谄，富而无骄，何如？"子曰："可
> 也，未若贫而乐，富而好礼者也。"子贡曰："《诗》云
> '如切如磋，如琢如磨'，其斯之谓与？"子曰："赐也，
> 始可与言诗已矣！告诸往而知来者。"

《论语·八佾篇》又记载着孔子与子夏的一段谈话：

> 子夏问曰："'巧笑倩兮，美目盼兮，素以为绚兮'，
> 何谓也？"子曰："绘事后素。"曰："礼后乎？"子曰：
> "起予者商也，始可与言诗已矣。"

由以上所引的两段《论语》中的问答看来，一段是子贡由"贫
而无谄，富而无骄"，与孔子所说的"贫而乐，富而好礼"的两种
不同的为人的态度境界，而联想到了《诗经》所歌咏的"如切如磋，
如琢如磨"的诗句。另一段则是由子夏所问的"巧笑倩兮，美目盼
兮，素以为绚兮"的诗句，而引起了孔子以绘事为譬的回答，又引
起子夏"礼后乎"的联想。他们的种种联想，都与原诗句没有必然
的关系，却都得到了孔子的称美赞许，可见孔子所认为"可与言诗"
的人，原来乃一些告往知来善得启发的读者，也就是善于自欣赏中

引发联想的读者。

不过欣赏者之联想与创作者之联想又微有不同之处。**创作者所致力的乃如何将自己抽象之感觉、感情、思想，由联想而化为具体之意象；欣赏者所致力的乃如何将作品中所表现的具体的意象，由联想而化为自己抽象之感觉、感情与思想。**

创作者的联想我们可以找到两个简明的例证。其一是李后主《清平乐》词中的两句："离恨恰如春草，更行更远还生。"其二是秦少游《减字木兰花》词中的两句："欲见回肠，断尽金炉小篆香"。自"离恨"到更行更远还生的"春草"，自"回肠"到金炉断尽的"篆香"，这当然是联想。而"离恨"和"回肠"是抽象的感情，"春草"和"篆香"则是具体的意象，使读者自此具体之意象中，对抽象之感情、感觉、思想，得到鲜明生动的感受，这是创作者之能事。

至于欣赏者的联想，则我们自《人间词话》本书中就可以另外找到两个例证。其一是评南唐中主《摊破浣溪沙》词的话，王氏云："'菡萏香消翠叶残，西风愁起绿波间'，大有众芳芜秽美人迟暮之感。"其二是评冯延巳《鹊踏枝》词的话，王氏云："'终日驰车走，不见所问津'，诗人之忧世也，'百草千花寒食路，香车系在谁家树'似之。"自"菡萏香消翠叶残"到"美人迟暮"，自"百草千花寒食路"到"诗人之忧世"当然也是联想，而"菡萏香消"和"百草千花"是具体的意象，"美人迟暮"之感和"诗人忧世"之心则是抽象的感情。自作品具体之意象中，感受到抽象的感情、感觉和思想，这是欣赏者之能事。

这种由彼此之联想而在作者与读者之间构成的相互触发，形成了一种微妙的感应，而且这种感应既不必完全相同，也不必一成不变，只要作品在读者心中唤起了一种真切而深刻的感受，就已经赋予这作品以生生不已的生命了，这该也就是一切艺术作品最大的意义和价值之所在。

当然，我这样说也并不是以为欣赏单只着重联想，而便可以将作者之原意完全抹杀而不顾，我只是以为一个欣赏诗歌的人，若除了明白一首诗的辞句所能说明的有限的意义之外，便不能有什么感受和生发，那么即使他所了解的丝毫没有差误，也不过只是一个刻舟求剑的愚子而已；反之亦然，若一个欣赏诗歌的人，但凭一己之联想，便认定作者确有如此之用心，那么即使他所联想的十分精微美妙，也不过只是盲人摸象的痴说而已。所以我以为对诗歌之欣赏实在当具备两方面的条件：其一是要由客观之理性对作品有所了解；其二是要由主观之联想对作品有所感受。

《人间词话》三种境界之说，当然只是王国维氏由一己主观之联想所得的感受，但王氏的可贵之处则在他并不将一己之联想指为作者之用心，就在这一段三种境界之说的后面，王氏就曾自作说明道："遽以此意解释诸词，恐晏欧诸公所不许也。"这种态度就比专以寄托说词的清代常州诸老明达得多了。而且这种说词的方法还有一点好处，就是他能以他自己的感受给其他读者一种触发，将其他读者也带入了一个更深广的境界。虽然每个人之所得仍不必尽同，但每个人却都可以各就其不同的感受而加深加广，这种触发的提示岂不是极可贵的吗？

现在我且就我一己之所得，对这三种境界略加解说：

第一种境界，也就是"昨夜西风凋碧树，独上高楼，望尽天涯路"的境界。在台湾，四季无鲜明之变化，此三句词所表现之境界颇不易体会得到；而在大陆的北方，每当玉露凋伤金风乍起之时，草木的黄落变衰是一种极其急促而明显的现象。长林叶落，四野风飘，转眼间便显示出天地的高迥。新寒似水，不仅侵入肌骨，更且沁人心脾。偶尔登高望远，一种苍茫寥廓之感，会使人觉得爽然若有所失。在人之一生中也会经过这一个类似的阶段，这时人们会觉得自己既已无复是春日迟迟时的幼稚和满怀惊喜，也已无复是夏日炎炎时的紧张和不遑喘息，是黄落的草木蓦然显示了自然的变换与天地的广远，是似水的新寒蓦然唤起了人们自我的反省与内心的寂寞。这时，人们会觉得过去所熟悉的、所倚赖的一些事物在逐渐离去，逐渐远逝。虽然人们对此或许不免有一份怅惘之感，但同时人们却又会觉得这消逝的一切原来早已经不能使他们得到满足了。这种凋落，拓展了他们更广更远的视野，使他们摆脱了少年的幼稚的耽溺和蒙蔽。他们开始寻求一些更真实、更美善的事物，一种追求寻觅的需要之感自心底油然而生，所以在"昨夜西风凋碧树"之后，紧接着便是"独上高楼，望尽天涯路"。"独"者，可视为写此境界中之孤独寂寞之感；"上高楼"者，可视为写对崇高理想之向往；"望尽天涯路"者，则可视为摆脱了一切幼稚的耽溺蒙蔽以后，对更广远的境界的追求、寻觅和期待。然而四野寥廓，瞻顾苍茫，所追寻者竟渺不知其在何许，如果有人正处在这种茫然无绪的感觉中，那么他无须困惑，也无须悲哀，因为这正是成大事业大学问者的第一种境界呢。

第二种境界，也就是"衣带渐宽终不悔，为伊消得人憔悴"的境界。柳永原词只是写恋爱中的相思之苦，但这种"择一固执殉身无悔"的精神，却不仅于恋爱时为然，屈原曾说过"亦余心之所善兮，虽九死其犹未悔"，孟子也曾说过"所爱有甚于生，所恶有甚于死"，这些正是古今仁人志士所共同具有的一种情操。"爱其所爱"的感情是常人都可有的感情，但"择一固执殉身无悔"的操守却不是常人都可有的操守。第一难在"择一"，第二难在"固执"，第三难在"殉身无悔"。《九歌·少司命》有句云："满堂兮美人，忽独与余兮目成。"美人虽众，而情有独钟。人们如何自这些学问事业的多歧多彩的途径中，选择到自己"所善""所爱"的理想，这是极重要的一件事。"所善"该是出于理性的明辨，"所爱"则是由于感情的直觉。知其"可善"而不觉其"可爱"，则无固执之感情；觉其"可爱"而不见其"可善"，则无殉身之价值。这种选择偶有不当，则一切所谓"固执"与"殉身"也者，都将成为虚妄的空谈，所以说第一难在择一。而既经择定之后，便当"生死以之"，"造次必于是，颠沛必于是"。虽然在此追求之时期中，其成败得失之结果往往尚在茫不可知之数，然而韩偓有两句诗说得好："此生终独宿，到死誓相寻。"在这遥远的追求的路途中，那些"见异思迁"的人固然轻浮不足与有言，"知难而退"的人亦复懦弱不足与有为。所以说第二难在固执。然而在学问事业的路途上常是追求的人多而成功的人少，写诗歌者固不尽能如李杜二诗人之光照古今，学物理者也不尽能如李杨二博士之名扬中外，如果竟然"赍志以殁"，岂不"遗恨终生"？但这并不在志士仁人的顾虑之内，因为他们既已有了"殉身"的热情，便早抱定"无悔"的决心了。而这种"择一固执殉身无悔"的情操，便正是成大事业大学问者的第二种境界。在此境界中，虽不免困勉之劳，艰苦之感，但我确信真正经历到这种境界的人，必能从困勉艰苦中，体会到情愿心甘之乐的。柳永此词前一句之"衣带渐宽"四字，就正写出了追寻期待中的艰苦之感，而"终不悔"三字则表现了"殉身无悔"的精神，至于下一句的"为伊"则表现了选择的正确与不可移易，"消得"者乃"值得"之意，唯有"择一"之正确选择的人，才能领会到纵使到衣带渐宽斯人憔悴的地步也终于不悔的精神和意义。这种艰苦的固执追寻，岂不是成大事业大学问者的第二种境界？

至于第三种境界，也就是"众里寻他千百度，蓦然回首，那人却在灯火阑珊处"的境界。如果说第一种境界是写追求理想时的向往的心情，第二种境界是写追求理想时的艰苦的经历，那么第三种境界所写的则是理想得到实现后的满足的喜乐。虽然曾国藩有"莫问收获，但问耕耘"之说，但这只是为在第二种境界中的人说法立论，使之不致因艰苦困难而退缩避馁。但无论如何，"耕耘"都该只是一种手段，"收获"才是目的，如果我们夸大一点说，竟可以说人类生命的价值意义之所在，就在此第三种境界之获得。只可惜我国诗歌中，描写这种境界的作品似乎并不多，我想其原因大约有两点。其一是这种境界原不易获得，因为在此世上能有真正完美之理想的人已经不多，而复能不辞艰苦以求达成的人更少，且一般人所自认为理想而加以追求的，常只是一种浅薄的欲望，而欲望则绝无达成完美境界之可言者也。其二是获得这种境界的人并不写之于诗歌，因为这种境界原不易于写，而在此境界中的人亦不暇于写，佛典有云："如人饮水，冷暖自知。"冷暖之感既不易于言说，饮水之时亦不暇于告人。但这种境界确该是真实存在而且极可宝爱的，只是想在诗歌中觅得表达这种境界的句子颇为不易罢了。首先我曾想到《诗经·唐风·绸缪》中的"今夕何夕，见此良人"二句，这两句诗确能予人一种无缺憾的美感，其满足之意，其欣喜之情，都极真切感人。只是这两句诗所表现的似只是意外之惊喜，而未能表现出艰苦卓绝以达成愿望之精神。其次，我又曾想到一首佛家偈语："尽日寻春不见春，芒鞋踏遍陇头云。归来笑拈梅花嗅，春在枝头已十分。"此诗首二句颇能写出追寻之艰苦与意愿之坚定，后二句亦颇能表现出在第三种境界中的完美与欣喜，只是这种完美欣喜充满了得道之人的"自性圆明，不假外求"的意味，与成大事业大学问之向外追求者似亦颇有不同。在此两个例证的比较下，我们才可看出王国维先生以"众里寻他千百度，蓦然回首，那人却在灯火阑珊处"三句，喻为成大事业大学问者的第三种境界的见地之高与取譬之妙。"众里寻他千百度"者，紧承第二种境界而言，具见对此理想追寻所经历的种种艰苦；"蓦然回首"者，正写久经艰苦一旦成功时之惊喜；"那人"虽仅寥寥二字，然而绝不作第二人想，可见理想之不可移易，更使人弥感获致之可贵；"却在灯火阑珊处"者，"阑珊"乃冷落寂寞之意。一位同学在作文中曾经写过"耶稣在求真理的路上踽踽独行"，如果确有值得追寻的"那人"，我们知道他必定是在"灯火阑珊"之处的。但愿每个追求理想的人，在经过"众里寻他千百度"之后，都能够获有发现"蓦然回首，那人却在灯火阑珊处"之一日。这种境界该是至完整、至美善、至真实的一种境界。

　　最后，我要说明，我之所说未必与王国维先生原意完全相同，读此文者之所得，也不必与我完全相同。然而这种差异，实在无关紧要，我们只是由联想引发联想，在内心最真切的感受中，觅取和享受彼此间一种相互的触发而已。

温庭筠词概说

盖温词之特色，原在但以名物、色泽、声音，唤起人纯美之美感，殊不必规规以求其文理之通顺，意义之明达也。

一、前言

我于早岁读词之时，对温庭筠词，颇为不喜。暇尝自思其故，以为盖有二因。一则当时我方年少，偏重感情，耽爱幻想，故于文艺亦偏爱主观之作。其于作品之中，表现有对理想追求之热望与执着，或幻灭之悲哀与叹息，足以激动人之心怀，使之荡气回肠而不能自已者，则为我所深爱。反之，若其作品但持冷静之观照，作客观之描摹，则虽其作品极为精美，亦为我所不喜。而温庭筠词则近于后者，此我所以不喜温词之理由一也。再则我性疏略简易，不喜华丽雕饰之作，故于诗之陶谢二公，则我偏爱陶之自然；于李杜二公，则我偏爱杜之朴拙。词亦然，以温韦二家言之，则我宁取韦之清简劲直，而不喜温之华美秾丽，以其过于艳、过于腻，似少纯真朴质之美，与我之天性颇远，此我所以不喜温词之理由二也。

夫温庭筠词既为我性之所不喜，有如上述矣，而今竟取而说之者，其故有二端。一为在己之原因。岁月易逝，瞬焉已过三十，韶华既渐入中年，情感亦渐趋淡漠，而近十年中忧患劳苦之生活，更颇有不为外人知，且不足为外人道者。辛稼轩有词云："而今识尽愁滋味，欲说还休。"我今颇亦自感过去所耽爱之热望与执着之既为空幻，而悲哀与叹息则更为无谓，因之近年来写作之途径乃逐渐由创作转为批评，而欣赏之态度亦逐渐由主观转为客观矣。且也，我之天性中原隐有矛盾之二重性格：一为热烈任纵之感情；一为冷静严刻之理智。此矛盾之性格，在现实生活中，虽不免多害而少益，然而以文学欣赏言之，则或者尚能无违古圣"好而知其恶，恶而知其美"之遗训也。而况老大忧患之余生，主观之感情已敛，客观之理智渐明，故我过去于温词虽无深爱，而今乃竟取而说之，自知不能有何高见深会，唯冀能为个人欣赏态度转变之一验耳。此我所以取温词而说之之理由一也。

另一则为在人之原因。今年夏，许诗英先生为《淡江学报》向我索稿，且云交卷之期可以迟至寒假之后，私意以为来日方长，颇多余裕，遂欣然允诺；更因当时方为人写得《说静安词》小文一篇，忽动说词之念，因告许先生云我将取唐五代温、韦、冯、李四家词一说之。端已之清简劲直，正中之热烈执着，后主之奔放自然，皆所深爱，至于飞卿词，则我对之既无深爱，原不敢妄说，唯以飞卿词既为唐五代一大宗师，列入之似较为完整耳。

此意虽定，而今年暑假期中，烦杂之事颇多，遂迟迟未能着笔。而九月中许先生又告我云《淡江学报》近已决定提前于十一月八日校庆时出刊，因之文稿必须于十月中旬交卷。时英专及台大亦已相继开学，仓促间不暇取四家词一一说之，遂依时代之前后，先说温庭筠一家，勉为报命，他日有暇，或可更取韦、冯、李三家一并说之，以卒成前愿。此我所以取温词而说之之理由二也。

夫前贤已往，心事幽微，强作解人，已不免于好事之讥，而况以我之个性之疏略，飞卿之词作之精美，倘非迫于报命之故，则即使个人欣赏态度有如上所云云之转变，亦何敢便率尔说之也。昔佛家有偈云："啼得血流无用处，不如缄口度残春。"今兹之说温词，真所谓愚而不智，劳而少功者也。乃竟不得已而说之矣，则所差堪告慰者，唯不敢不以诚实自勉耳。譬若游鱼饮水，野人负曝，或者尚不失为个人之一得，至于欲求其有得于作者之用心，有当于读者之体认，则非所敢致望者也。

又本文原拟但为词说，其后又增入温庭筠之生平及其为人，与温庭筠之词集二节。前一节之增入，乃为个人解说方便计，盖因欲辨温词之有无寄托，故抄录若干史料，以为知人论世之资。后一节之增入，则为初学欲读温词者略作指示而已。至于所谓词说，则包括三部分：一为论温庭筠词之有无寄托；一为温庭筠词之特色；一为温庭筠词释例。论温词有无寄托一节，虽微嫌枝蔓，然而此问题似亦在不可不辨之列，故略及之；温词之特色一节，则但就个人所见飞卿词之一二特点，稍加说明，至其与世人同者，则略而不述焉；温词释例一节，则取飞卿词代表作品数首略加解说分析，所着重者但在个人之感受与欣赏，既非同于注释，亦有异于翻译也。再者本文乃用浅近之文言写成，则亦不过但为立说方便而已，文白工拙原非所计。凡此诸点，唯但求尽其在我，固未必皆能有当也。

二、温庭筠之生平及其为人

温氏之生平及为人，俱见新旧《唐书》列传及各家笔记中，今择要摘录于后，读者可自览而得之，遂不复作冷饭化粥之举，唯冀知人论世之际，庶几可以略省读者翻检之劳而已。

（一）《旧唐书》卷一百九十下文苑传下温庭筠本传

温庭筠者，太原人，本名岐，字飞卿。大中初，应进士。苦心砚席，尤长于诗赋。初至京师，人士翕然推重。然士行尘杂，不修边幅。能逐弦吹之音，为侧艳之词。公卿家无赖子弟裴诚、令狐缟（按当作滈）之徒，相与蒱饮，酣醉终日，由是累年不第。徐商镇襄阳，往依之，署为巡官。咸通中，失意归江东，路由广陵，心怨令狐绹在位时不为成名。既至，与新进少年狂游狭邪，久不刺谒。又乞索于子院，醉而犯夜，为虞候所击，败面折齿，方还扬州诉之。令狐绹捕虞候治之，极言庭筠狭邪丑迹，乃两释之。自是污行闻于京师。庭筠自至长安，致书公卿间雪冤。属徐商知政事，颇为言之。无何，商罢相出镇。杨收怒之，贬为方城尉。再迁隋县尉，卒。……庭筠著述颇多，而诗赋韵格清拔，文士称之。

（二）《旧唐书》同卷李商隐传

李商隐……与太原温庭筠、南郡段成式齐名，时号"三十六"。文思清丽，庭筠过之。而俱无持操，恃才诡激，为当涂者所薄。名宦不进，坎壈终身。

（三）《新唐书》卷九十一温大雅传附庭筠传

彦博裔孙庭筠，少敏悟。工为辞章，与李商隐皆有名，号"温李"。然薄于行，无检幅。又多作侧辞艳曲。与贵胄裴诚、令狐滈等蒱饮狎昵。数举进士不中第。思神速，多为人作文。大中末，试有司，廉视尤谨。庭筠不乐，上书千余言，然私占授者已八人，执政鄙其为，授方山尉。徐商镇襄阳，署巡官，不得志，去归江东。令狐绹方镇淮南，庭筠怨居中时不为助力，过府不肯谒。丐钱杨子院，夜醉，为逻卒击折其齿。诉于绹，绹为劾吏，吏具道其污行，绹两置之。事闻京师，庭筠遍见公卿，言为吏诬染。俄而徐商执政，颇右之，欲白用。会商罢，杨收疾之，遂废卒。本名岐，字飞卿。

（四）《玉泉子》（一卷）

温庭筠有词赋盛名，初从乡里举，客游江淮间，杨子留后姚勖厚遗之。庭筠少年，其所得钱帛，多为狎邪所费。勖大怒，笞且逐之。以故庭筠不中第。其姐赵颛之妻也，每以庭筠下第，辄切齿于勖。一日厅有客，温氏偶问："谁氏？"左右以勖对。温氏遽出厅事，执勖袖大哭。勖殊惊异，且持袖牢固不可脱，不知所为。移时，温氏方曰："吾弟年少宴游，人之常情，奈何笞之？迨今遂无有成，安得不由汝致之。"遂大哭，久之，方得解脱。勖归愤讶，竟因此得疾而卒。

（五）《北梦琐言》卷二

宣宗时，相国令狐绹⋯⋯曾以故事访于温岐。对以其事出《南华》，且曰："非僻书也，或冀相公燮理之暇，时宜览古。"绹益怒之，乃奏岐有才无行，不宜与第。会宣宗私行，为温岐所忤。乃授方城尉，所以岐诗云："因知此恨人多积，悔读《南华》第二篇。"

又《北梦琐言》卷四

温庭云，字飞卿。或云作"筠"字。与李商隐齐名，时号曰"温李"。才思艳丽，工于小赋。每入试，押官韵作赋，凡八叉手而八韵成。多为邻铺假手，号曰"救数人"也。而士行有缺，缙绅薄之。李义山谓曰："近得一联句云'远比召公，三十六年宰辅'，未得偶句。"温曰："何不云'近同郭令，二十四考中书'。"宣宗尝赋诗，上句有"金步摇"，未能对。遣未第进士对之，庭云乃以"玉条脱"续也，宣宗赏焉。又药名有"白头翁"，温以"苍耳子"为对。他皆此类也。宣宗爱唱《菩萨蛮》词，令狐相国假其新撰密进之，戒令勿他泄，而遽言于人，由是疏之。温亦有言云："中书堂内坐将军。"讥相国无学也。宣皇好微行，遇于逆旅。温不识龙颜，傲然而诘之曰："公非司马、长史之流？"帝曰："非也。"又谓曰："得非大彦（疑当从《唐才子传》作参）、簿、尉之类？"帝曰："非也。"谪为方城县尉。其制词曰："孔门以德行为先，文章为末，尔既德行无取，文章何以补之？徒负不羁之才，罕有适时之用"云云。竟流落而死也。杜龇公自西川除淮海，温庭云诣韦曲杜氏林亭，留诗云："卓氏炉前金线柳，隋家堤畔锦帆风，贪为两地行霖雨，不见池莲照水红。"龇公闻之，遗绢一千匹。吴兴沈徽云："温舅曾于江淮为亲表檟楚，由是改名焉。"庭云又每岁举场，多为举人假手。沈询侍郎知举，别施铺席授庭云，不与诸公邻比。翌日，帘前谓庭云曰："向来策名者，皆是文赋托于学士，某今岁场中并无假托，学士勉旃。"因遣之，由是不得如意也。

（六）《南部新书》卷庚

令狐相绹，以姓氏少，族人有投者，不惜其力。由是远近皆趋之，至有姓胡冒令狐者。进士温庭筠戏为词曰："自从元老登庸后，天下诸胡悉带令。"

（七）《唐才子传》卷八

庭筠字飞卿，旧名岐，并州人。宰相彦博之孙也。少敏悟，天才雄赡，能走笔成万言。善鼓琴吹曲，云："有弦即弹，有孔即吹，何必爨桐与柯亭也。"侧辞艳曲，与李商隐齐名，时号"温李"。才情绮丽，尤工律赋。每试，押官韵，烛下未尝起草，但笼袖凭几，每一韵一吟而已。场中曰："温八吟。"又谓八叉手成八韵，名"温八叉"。多为邻铺假手。然薄行无检幅，与贵胄裴诚、令狐滈等饮博。后尝夜醉诟狭邪间，为逻卒折齿，诉不得理。举进士数上又不第。出入令狐相国书馆中，待遇甚优。时宣宗喜歌《菩萨蛮》，绹假其新撰进之。戒令勿泄，而遽言于人。绹又尝问玉条脱事，对以出《南华经》，且曰："非僻书，相公燮理之暇，亦宜览古。"又有言曰："中书省内坐将军"，讥绚无学，由是渐疏之。自伤云："因知此恨人多积，悔读《南华》第二篇。"徐商镇襄阳，辟巡官。不得志，游江东。大中末，山北沈侍郎主文，特召庭筠试于帘下。恐其潜救。是日不乐，逼暮，请先出，仍献启千余言。询之，已占授八人矣。执政鄙其为，留长安中待除。宣宗微行，遇于传舍，庭筠不识，傲然诘之曰："公非司马长史之流？"又曰："得非大参簿尉之类？"帝曰："非也。"后谪方城尉，中书舍人裴坦当制，忸怩含毫久之，词曰："孔门以德行居先，文章为末，尔既早随计吏，宿负雄名，徒夸不羁之才，罕有适时之用。放骚人于湘浦，移贾谊于长沙。尚有前席之期，未爽抽毫之思。"庭筠之官，文士诗人争赋诗祖饯，惟纪唐夫擅场，曰："凤凰诏下虽沾命，鹦鹉才高却累身。"唐夫举进士，有词名。庭筠仕终国子助教。竟流落而死。今有《汉南真稿》十卷，《握兰集》三卷，《金荃集》十卷，《诗集》五卷，及《学海》三十卷，又《采茶录》一卷，及著《乾馔子》一卷，序云："不爵不觚，非炰非炙，能悦诸心，庶乎乾馔之义。"并传于世。

（按温庭筠之作品今但存《诗集》三卷，《别集》一卷，清顾嗣立辑《集外诗》一卷。词散见《花间》《尊前》诸集。说详后。）

自上所摘录之诸则记载中，温氏之生平及为人已可概见，他如《全唐诗话》《唐诗纪事》《摭言》《桐薪》诸书中，亦多记有温庭筠之琐事逸闻，以事多重复，兹不具录。又，近人夏瞿禅编有《温飞卿系年》一卷，考订颇详，可供参考之用。

三、温庭筠之词集

温庭筠之作品，据《新唐书·艺文志》著录云："温庭筠《握兰集》三卷，又《金筌集》[1]十卷，《诗集》五卷，《汉南真稿》十卷。"《宋史·艺文志》但著录云："《温庭筠集》七卷。"于词集并无明白之标者。世多以为《唐志》所著录之《握兰集》三卷、《金筌集》十卷即是温氏之词集。然据《温飞卿诗集笺注》（中华书局据秀野草堂校刊之《四部备要》本）所附录之康熙三十六年长洲顾嗣立跋云："今所见宋刻止《金筌集》七卷，《别集》一卷，《金筌词》一卷。"是飞卿词集宋时但有一卷，则世所称之《握兰》《金筌》二集，恐系兼诗文集言之，非专指词集也。又《彊村丛书》收有《金奁集》一卷，卷首题名温飞卿庭筠，世亦有误以此即为《金

---

[1] 《金筌集》俗多作《金荃》，而《新唐书·艺文志》及《温飞卿诗集笺注》顾嗣立跋所云之宋刻本，字皆作筌，似当以"筌"字为正。按筌，取鱼竹器，笱属。《庄子·外物篇》："筌者所以在鱼，得鱼而忘筌；言者所以在意，得意而忘言。"金筌者，金制之筌也，与《金奁集》命名之取意，正可以相发明。世或因《握兰集》之"兰"字乃香草名，因以"荃"字为正，"筌"字为误，恐不可据。唯"筌"字亦可作"荃"，故俗亦有写作《金荃集》者耳。

筌集》者，然据《金奁集》所附鲍以文跋语云："右《金奁集》一卷，计词一百四十七阕，明正统辛酉海虞吴讷所编《四朝名贤词》之一也，编纂各分宫调，此他词集及词谱所未有，闲取《全唐诗》校勘（按《全唐诗》曾汇辑唐五代词附于第三十二卷之末），中杂韦庄四十七首，张泌一首，欧阳炯十六首，温词只八十三首，疑是前人汇集四人之作，非飞卿专集也。按飞卿有《握兰》《金荃》二集，《金奁》岂即《金荃》之讹耶？元本为梅禹金先生评点，余从钱塘汪氏借钞得之。"（按鲍氏谓《金奁》非飞卿专集，所言极是，然以《金奁》为《金荃》之讹则非矣。）其后更有朱孝臧氏跋文云："此鲍渌饮手稿，朱笔别纸附写本后。按宋吉洲本《欧阳文忠公集》刻成于庆元二年，《近体乐府》校语引《尊前》《金奁》诸集。陆放翁跋《金奁集》云：'飞卿《南乡子》八阕，语意工妙，殆可追配刘梦得《竹枝》，信一时杰作也。淳熙己酉立秋观于国史院直庐。'此则更在庆元之前。盖宋人杂取《花间集》中温韦诸家词，各分宫调，以供歌唱，其意欲为《尊前》之续。故《菩萨蛮》注云'五首已见《尊前集》'。吴伯宛谓《尊前》就词以注调，《金奁》依调以类词，义例正相比附也。《南乡子》本欧阳炯作，放翁目为温词，可见标题飞卿由来已古。……丙辰三月谷雨日归安朱孝臧。"据此可知题名温飞卿之《金奁集》，实非飞卿专集，而为宋人杂取《花间》诸家之作所编之词集，分宫调编排，取供歌唱者也。宋人不尚考据，故于各家姓名，亦不加订正。题名温飞卿，沿误已久。王国维《唐五代二十一家词辑》，有《金筌词》一卷。跋文所云："钱唐丁氏善本书室藏有一百四十七阕本"者，实即《金奁集》也。《词学季刊》三卷三期赵尊岳《词籍提要》云："丁氏善本书室藏书志《金筌词》一卷，何梦华藏书，有无名氏跋，即渌饮此稿（按即前所录《金奁集》后鲍渌饮之跋文）。盖梦华据此迻录，而掩其名。又臆改金奁为金筌也。"王国维氏所见者盖即此本。是王氏所见者原为《金奁》，而《金奁》与《金筌》固较然为二也。王氏虽未详加辨证，然以其中杂有韦庄、张泌、欧阳炯诸家之作颇多，故已知其不可据。王氏所辑《金筌词》一卷，但以《花间集》为本，又从《尊前集》补一阕（按乃《菩萨蛮》玉纤弹处真珠落一首），《草堂诗余》补一阕（按乃《木兰花》家临长信往来道一首，此词实亦见诗集，题名《春晓曲》），《诗集》补二阕（按乃《杨柳枝》一尺深红蒙曲尘及井底点灯深烛伊二首，诗集中原题作《新添声杨柳枝》）。共七十阕。又林大椿校辑《唐五代词》（商务版），所收温庭筠词七十阕，与王氏辑本全同，今日欲读温庭筠词，求其可信，盖尽于此矣。

四、论温庭筠词之有无寄托

飞卿词传世既久，评者极众，见仁见智，各有不同。然大别之，约可分为两派：一为主张温词为有寄托者；一为主张温词为无寄托者。兹先将两派之说择要分别摘录于下：

（一）主张温词为有寄托者

张惠言《词选叙》云："温庭筠最高，其言深美闳约。"又评飞卿《菩萨蛮》词云："此感士不遇也，篇法仿佛《长门赋》，而用节节逆叙。"又云："照花四句，《离骚》初服之意。"又云："青琐、金堂、故国、吴宫，略露寓意。"又评《更漏子》三首云："此三首亦《菩萨蛮》之意。惊塞雁三句，言欢戚不同，兴下梦长君不知也。"又云："兰露重三句，与塞雁城乌义同。"

陈廷焯《白雨斋词话》云："所谓沉郁者，意在笔先，神余言外，写怨夫思妇之怀，寓孽子孤臣之感。凡交情之冷淡，身世之飘零，皆可于一草一木发之。而发之又必若隐若见，欲露不露，反复缠绵，终不许一语道破。匪独体格之高，亦见性情之厚。飞卿词如'懒起画蛾眉，弄妆梳洗迟'无限伤心溢于言表。又'春梦正关情，镜中蝉鬓轻'凄凉哀怨，真有欲言难言之苦。又'花落子规啼，绿窗残梦迷'，又'鸾镜与花枝，此情谁得知'皆含深意。"又云："飞卿《更漏子》首章云'惊塞雁，起城乌，画屏金鹧鸪'，此言苦者自苦，乐者自乐；次章云'兰露重，柳风斜，满庭堆落花'，此又言盛者自盛，衰者自衰，亦即上章苦乐之意，颠倒言之，纯是风人章法，特改换面目，人自不觉耳。"又云："飞卿《菩萨蛮》十四章，全是变化楚骚，古今之极轨也。徒赏其芊丽，误矣。"

吴梅《词学通论》云："唐至温飞卿，始专力于词，其词全祖《风》《骚》，不仅在瑰丽见长。"又云："飞卿之词，极长短错落之致矣，而出词都雅，尤有怨悱不乱之遗意。"

（二）主张温词为无寄托者

刘熙载《艺概》云："温飞卿词精妙绝人，然类不出乎绮怨。"

王国维《人间词话》云："张皋文（惠言）谓飞卿之词'深美闳约'，余谓此四字唯冯正中足以当之。刘融斋（熙载）谓飞卿'精艳绝人'，差近之耳。"又云："固哉皋文之为词也，飞卿《菩萨蛮》，永叔《蝶恋花》，子瞻《卜算子》，皆一时兴到之作，有何命意？皆被皋文深文罗织。"又云："'画屏金鹧鸪'飞卿语也，其词品似之。"

《栩庄漫记》（按本人未见原书，作者亦不详为何人，今乃据李冰若氏《花间集评注》转引）云："少日诵温尉词，爱其丽词绮思，正如王谢子弟，吐属风流。嗣见张陈评语，推许过当，直以上接灵均，千古独绝。殊不谓然也。飞卿为人，具详旧史，综观其诗词，亦不过一失意文人而已。宁有悲天悯人之怀抱？昔朱子谓《离骚》不都是怨君，尝叹为知言。以无行之飞卿，何足以仰企屈子。其词之艳丽处，正是晚唐诗风，故但觉镂金错彩，炫人眼目，而乏深情远韵。"

又云："张氏《词选》，欲推尊词体，故奉飞卿为大师，而谓其接迹《风》《骚》，悬为极轨。以说经家法，深解温词。实则论人论世，全不相符。温词精丽处自足千古，不赖托庇于《风》《骚》而始尊……。自张氏书行，论词者几视温词为屈赋，穿凿比附如恐不及，是亦不可以已乎。"

既有上述二派之说，是欲读飞卿词，则有无寄托之辨，乃成为第一要义。且也，匪独飞卿词为然，即在吾人读古人其他诗作词作之际，亦莫不时时触及此一问题。今借说温词之便，姑将此问题试作一简单之讨论。

私意以为诗作词作之易被人写成或解成为有寄托之作品，其原因约有二端：一则因诗词皆为美文，据西洋美学家之说，则美感经验当为形相之直觉，既自此直觉而得意象，复自此意象而生联想。故睹天上之流云，可以意为白衣苍狗；睹园内之鲜花，亦可以想为君子美人。而此意象及联想之获得与产生，则因各人之性格、情趣、修养、经验之不同而各有差异。同一山也，陶渊明见之，则云"悠然见南山"；李太白见之，则云"相看两不厌，只有敬亭山"；辛稼轩见之，则云"我见青山多妩媚，料青山见我应如是"；姜白石见之，则云"数峰清苦，商略黄昏雨"。夫彼山之为物，固无情感无意识者也。然自有情感有意识之人观之，则自感觉之触发，可以得无穷之意象，生无穷之联想。人之情感与意识既不能尽同，故其所产生之意象与联想亦复各异，仁者得其仁，智者得其智，深者见其深，浅者见其浅。故在忠贞贤士怨悱君子观之，则美人、明月、芳草、珍禽，无往而不可以自其窥见我之性情，无往而不可以借之表达我之怀抱，有诸中而感诸外，既已移情于物，遂乃因物寄情，故诗词之多托喻之作，实乃纯艺术之美文之一极自然之现象也。然此尚不过但就作者一方面言之。若自读者一方面言之，则作者既可自无情感无意识之实物中，得无穷之意象，生无穷之联想；则读者自更可自有情感有意识之作者所表现之意象中，更生无穷之联想，而得无穷之意象矣。

譬若方我读飞卿词"宝函钿雀金鸂鶒"一首《菩萨蛮》时，即曾自其"鸾镜与花枝，此情谁得知"二句，联想到王静安《虞美人》词之"妾身但使分明在，肯把朱颜悔？从今不复梦承恩，且自簪花，坐赏镜中人"数句，复自静安词之"妾身但使分明在"一句，联想到文天祥之《满江红》词之"世态便如翻覆雨，妾身元是分明月"二句。夫飞卿之写"鸾镜与花枝"二句时，固未尝有如文信国公之忠贞死义之心也。然而我之联想则不失为读者之一得。故自富联想而有深心之读者读之，则自其感觉之所触发，于诗于词无往而不可生托喻之意，则自可"抽忠孝于金粉之薮，遇君父于幽怨之天"（张百祺《词选序》）矣。故谭复堂氏乃有"触类之感，充类以尽，甚且作者之用心未必然，而读者之用心何必不然"（《复堂词录序》）之说。此诗作词作所以易被读者解释为有托喻之作之一原因也。

然我国文士之易于将诗作词作写成或解成为有寄托之作，则除上述美感之联想之原因外，更另有一大原因在。**盖以我国自古即将文艺之价值，依附于道德之价值之上，而忽略其纯艺术之价值。**故孔子论诗即有"诵诗三百，授之以政，不达；使于四方，不能专对，虽多亦奚以为"之言（《论语·子路》第十三）。扬雄更鄙视文艺，以为"雕虫篆刻，壮夫不为"（《法言·吾子篇》）。迄唐韩愈倡为"文以载道"之说，主张"非三代两汉之书不敢观，非圣人之志不敢存"（《答李翊书》）。宋程颐亦云"《书》曰'玩物丧志'，为文亦玩物也"（《程子语录》）。相沿既久，此传统之观念，乃深深植根于一般士大夫之头脑中，以为如但为纯文艺之作品，而无丝毫道德上之价值，则微末不足道之小技耳。是以不写成为有寄托之作，则不足以自尊；不解成为有寄托之作，则不足以尊人。《栩庄漫记》所云："张氏《词选》，欲推尊词体，故奉飞卿为大师，而谓其接迹《风》《骚》，悬为极轨。"诚为有见之言。此我国诗作词作之易被写成或解成为有寄托之作之又一因也。

以上但论原因，今请更一试论其结果。就作者言之，自前一原因（美感之联想）所写成之托喻之作品，莫不为作者性情人格之自然之流露，如山自青，如水自碧，其为佳作自不待言。至若由后一原因（道德之观念）所写成之托喻之作品，则可分为两类：一则虽为有心之托喻，然其性情、身世、修养、人格之所涵育，确有所谓悲天悯人感时忧国之心，发为托喻之作，自然诚挚深厚，真切感人。与前一种由美感之联想所触发而写成之托喻之作相较，虽其动念之际有因物触情与以情托物之不同，然其写之于作品之中，则皆为情物交感，内外一如，纵有差别，实难轩轾。至于另一种由道德之观念所写成之托喻之作，则但为依附道德以求自尊，虚伪造作，全无所谓性情、身世、修养、人格之涵育，则其所作但为欺世盗名之工具而已，其无价值自不待言也。

以上但就作者而言，今请更就读者言之，王国维《人间词话》评中主词《摊破浣溪沙》一首云："'菡萏香消翠叶残，西风愁起绿波间'，大有众芳芜秽美人迟暮之感。"此前一种之读者，由美感之联想而得意象者也。张惠言《词选》评飞卿词《菩萨蛮》第一首云："照花四句，《离骚》初服之意。"此后一种之读者，由道德之观念欲推尊词体而故为之说者也。前一种之读者，但举个人之一得，而以之触发他人之联想，则他人更可自其所触发之联想，而得无穷之意象，因之于所读之作品，能有更丰富、更深刻、更生动之体认，此大有助于欣赏者也。至于后一种之读者，则直指作者必有如此之用心，其拘限人之联想姑置不论，倘其所言，确有历史上之根据，夷考作者之性情、身世、修养、人格皆能深符而密契，则虽无与于艺术之欣赏，而尚颇有助于内容之了解，则其所言亦大有可取之处；若夫但由于依附道德之一念，而故为之说，考之作者之性情、身世、修养、人格全不见相符之处者，则穿凿附会之说耳，其无足取，自亦不待言。

辨别作品有无寄托之理既明，今请就飞卿词而论之，以作者而言，则自飞卿之生平及为人考之，温氏似但为一潦倒失意、有才无行之文士耳，庸讵有所谓忠爱之思与夫家国之感者乎？故其所作，当亦不过逐弦吹之音所制之侧辞艳曲耳。诚以以情物交感之托喻之作品言之，则飞卿无此性情、身世、修养、人格之涵育；以依附道德以求自尊之托喻作品言之，则以飞卿之放诞不检，不修边幅，似亦当无取于此也。是以作者言，飞卿词当无寄托之作也。若以读者言，则张惠言诸公以温词比拟《风》《骚》之说，原亦不失为读者之一得，一如我之自飞卿《菩萨蛮》词之"鸾镜与花枝"，联想到文文山《满江红》词之"妾身元是分明月"也。而张惠言诸公之误，乃在不承认此想之但为读者个人之一得，而必欲强指作者必有如何之章法，必有若何之命意，而又全无事实上之依据，是则有大谬不然者矣。故其所说乃不免于《人间词话》之"深文罗织"之讥，《栩庄漫记》之"穿凿比附"之诮也。

世之读温词者，倘竟能自其词中得到较深之会意乎，则此自由于读之者之性情、身世、修养、人格之有较深厚之涵育，有所触发而然也。倘不能有较深之会意乎，则飞卿词原无深意，固不必强同于张惠言诸公之说，深文周内而求之也。

五、温庭筠词之特色

天下事物之同异，原难作极精确之区分。即以词而言，就其广义者言之，则诗与词与曲，同为广义之诗歌。然若自其狭义者言之，则诗与词，词与曲，其格律意境又正复厘然而有别。且同为词也，唐五代之词，又绝不同于两宋；同为唐五代或两宋之词也，而温韦既不同于冯李，苏辛亦有异于姜张；且同为一人之词也，辛弃疾《祝英台近》之"宝钗分"既不同于《永遇乐》之"千古江山"，李后主《虞美人》之"一江春水"亦大有异于《菩萨蛮》之"刬袜香阶"。譬如人面，自其同者观之，则双眉、两目、一鼻、一口，古今中外之所同也；然若自其异者观之，则匪独人与人殊，即使同为一人，亦且不免于有悲欢之异，动静之殊，是则虽有摄影传真之术，尚且不能尽得其神貌，而况欲以笔墨文字，介绍词人之作风，而分析其同异乎？然而于人面之介绍也，有所谓漫画速写之法，但把握其人面部特征之一二点，或绘其浓眉，或描其阔口，或隆其鼻，或广其颡，虽不免于夸大失真，挂一漏万，然而睹此速写之相者，尽人皆能有所会心，一望而知其为某某人矣。

今兹之介绍温词，即但取其一二明显之特征，略加评述。至其与人同者，则既非笔墨之所能详，即其个人悲欢动静之变，亦非文字之所能尽也，自知不免于夸大失真、挂一漏万之讥，窃自比于漫画速写之例而已。

飞卿词之特色，私意以为盖有两点：**一则飞卿词多为客观之作。**一切艺术之有主观、客观之分，其说盖由来已久，且为中外之所同然。德国哲学家尼采，在其《悲剧的诞生》一书中，即曾将艺术分为两种：一为狄奥尼索斯式（Dionysian）之艺术（按 Dionysus 原为希腊酒神之名，故 Dionysian 亦可译为酒神的），专在自己感情之活动中领略世界之美，如音乐、跳舞，即属于此一种之艺术；另一则为阿波罗式（Apollonian）之艺术（按 Apollo 原为希腊太阳神之名，故 Apollonian 亦可译为太阳神的），专处旁观之地位，以冷静之态度欣赏世界之美，如绘画、雕刻，即属于此一种之艺术。前者对世界取感情之观照，俗所谓主观者也；后者对世界取理智之观照，俗所谓客观者也。

然而一切立说所用之名词，常为比较的、相对的，而非绝对的。兹云飞卿词多为客观之作，亦不过比较言之耳。盖如以音乐与绘画为主观与客观二种艺术之代表，则音乐在以狂热之魅力煽动人之感情，而绘画则在以精美之技巧引起人之观赏。前一种艺术予人之感觉，为情绪激动，陶醉哀伤；后一种艺术予人之感觉，则为理智澄澈，冷静安详。

以一般之诗作词作而论，原多为近于前一种之艺术，而飞卿词则近于后一种之艺术者也。故在飞卿词中所表现者，多为冷静之客观，精美之技巧，而无热烈之感情，及明显之个性。如其词中之"宝函钿雀金鸂鶒，沉香阁上吴山碧""竹风轻动庭除冷，珠帘月上玲珑影""蕊黄无限当山额，宿妆隐笑纱窗隔""绣衫遮笑靥，烟草粘飞蝶""翠钗金作股，钗上蝶双舞""蝉鬓美人愁绝""泪流玉箸千条"诸句，无论其所写者为室内之景物，室外之景物，或者为人之动作，人之装饰，甚至为人之感情，读之皆但觉如一幅画图，极冷静，极精美，而无丝毫个人主观之悲喜爱恶流露于其间。古埃及之雕刻，往往将人体予以抽象化，而不表现个性。飞卿词中所写之情、景、人物，即近于抽象化，而无明显之特性及个别之生命者也。王国维《人间词话》评飞卿词云："'画屏金鹧鸪'飞卿语也，其词品似之。"郑因百先生论温词，引申王氏之说云："飞卿词正像画屏上的金鹧鸪，精丽华美，具有普天之下的鹧鸪所共有的美丽，而没有任何一只鹧鸪所独有的生命。"所说实极为精到明确。俞平伯《清真词释》亦云："《花间》美人如仕女图，而《清真词》中之美人却仿佛活的。"飞卿词正可为俞氏所云"仕女图"之典型代表。夫彼"金鹧鸪"与"仕女图"之特色，即在能以冷静之客观，精美之技巧，将实物作抽象化之描绘，而不表现特性及个别之生命。故其与现实之距离较远，虽乏生动真切之感，而别饶安恬静穆之美。譬之希腊女神之雕像，虽不能使人对之生求婚之意念，而可以使人对之作纯艺术之观赏。飞卿词即大似彼"仕女图"与"女神雕像"，全以冷静之客观，精美之技巧，将一切情、景、人物作抽象化之描述，而不表现特性及个别之生命，故其词使人读之，不能有情绪激动陶醉哀伤之感觉，而但为理智澄澈冷静安详之观赏。此正一切客观艺术之特色，故曰飞卿词多为客观之作，此其特色一也。

再则飞卿词多为纯美之作。德国哲学家康德，将"美"分为"纯粹的"（pure beauty）及"有依赖的"（dependent beauty）两种。所谓纯粹的美，但表现于颜色、线形、声音诸元素之和谐的组合中，而不牵涉任何意义者也，譬之图画，有但以颜色、线条及精美之技巧，予人以单纯之美感者，如西洋后期印象派画家之作，及立体派画家之作，或则利用浓淡之色彩，明暗之阴影，或则利用错综之线条，方圆之图案，而将画面堆砌成某一种之形象，使人一望但觉其美，而不必深究其所表现之意义。又如妇女所着用之各色花样之布料，亦唯但求其美观，其颜色图形既不必合于现实，亦不必具有意义，若此之类，皆所谓纯美者也。至于所谓有依赖的美，则于形式之外别具意义，譬之图画，有以故事或人物为绘画之题材，用以表现某种意义，以触动人之情绪，因而生出美感者，如释教之佛像，耶教之圣像，国画中之渔樵耕读图，皆于形式之外别具意义，此皆所谓有依赖之美者也。

飞卿词所表现之美，于此二者中，则与前一种纯美者为近，如其词中之"凤凰相对盘金镂，牡丹一夜经微雨""翠翘金缕双鸂鶒，水纹细起春池碧""双鬓隔香红，玉钗头上风"诸句，若但以意义求之，则不免竟有晦涩难通之感，故《栩庄漫记》评飞卿词云："以一句或二句描写一简单之妆饰，而其下突接别意，使词意不贯，浪费丽字，转成赘疣，为温词之通病。"张惠言诸公则又强作解人，不惜为穿凿比附之说。若此者，皆不足以知温词，盖温词之特色，原在但以名物、色泽、声音，唤起人纯美之美感，殊不必规规以求其文理之通顺，意义之明达也。

此种近于纯美之作品，在我国中晚唐之诗中，亦颇可觅得例证，如李贺《正月》诗之"薄薄淡霭弄野姿，寒绿幽风生短丝"，及李商隐《燕台》诗之"风光冉冉东西陌，几日娇魂寻不得"诸句，其佳处，皆但可以感觉体味感受，而不必以理智分析解说者也。正如前所述西洋后期印象派及立体派诸画家之作，但使人对其形象作纯美之欣赏，而不必深究其含义也。若飞卿词即但以金碧华丽之色泽，抑扬长短之音节，以唤起人之美感，而不必有深意者。此正纯美之作品之特色，故曰飞卿词多为纯美之作，此其特色二也。

然在纯美之欣赏中，以其不受任何意义所拘限，故联想亦最自由、最丰富（此正为温词被人解释为有寄托之原因）。而其联想所得之意象，亦复因各人资质修养之不同，而有浅深多寡之异，其所得之意象深而多者，固不必便以其所得者强指为作者之用意，所得之意象浅而寡者，亦不可便以其所不解者即指为作者之病也。故必先认识温词之客观与纯美之两大特色，然后可以欣赏温词。

六、温庭筠词释例

兹以时间所限，不暇取飞卿词一一说之，且同为一家之作，多说亦不免繁复。今但取其尤著名者五首（《菩萨蛮》三首，《更漏子》两首）略作简释，聊供初学隅反之一助。至于所标注之次序，则以《花间》为本者也。

（一）菩萨蛮　十四首之一

小山重叠金明灭，鬓云欲度香腮雪。懒起画蛾眉，弄妆梳洗迟。

照花前后镜，花面交相映。新帖绣罗襦，双双金鹧鸪。

此词自客观之观点读之，实但写一女子晨起化妆而已。若张惠言《词选》所云"此感士不遇也，篇法仿佛《长门赋》，而用节节逆叙"，及"照花四句，《离骚》初服之意"之说，似不免过于深求，故不愿依之立说。又如俞平伯《读词偶得》所云："此篇旨在写艳，……'双双金鹧鸪'乃暗点艳情，……谓与《还魂记·惊梦》折上半有相似之处"之说，则本人读此词时，迄未尝作过如是之想，故亦不敢苟同。

今但述本人之一得：首二句写美人娇卧未起之状，"小山"自是床头之屏山，然不曰"小屏"而曰"小山"者，"屏"字浅直，"山"字较有艺术之距离，且能唤起人对屏山之高低曲折之想象也。"金明灭"三字写朝日初升与画屏之金碧相映生辉。"重叠"二字自是形容曲折之屏山，然"叠"字入声，与下"灭"字相呼应，复间杂以"山""重""金""明"诸平声字，其音节促而多变，则山屏之曲折，日光之闪烁，皆可自此一句之音节中体会得到矣。次句"鬓云"写乱发，俞平伯以为"呼起全篇弄妆之文"。"欲度"实乃"欲掩"之意，然"掩"字平板，"度"字生动。"掩"字但作径直之说明，"度"字则足以唤起人活泼之意象。"香腮雪"三字写美人面，"香"其气味也，"雪"其颜色也，"香腮雪"三字连文，与前"欲度"二字，初读皆似有不通费解之感，然飞卿词之妙处，实即在此等处也。

后二句"懒起画蛾眉，弄妆梳洗迟"，私意以为唐杜荀鹤《春宫怨》诗之"早被婵娟误，欲妆临镜慵，承恩不在貌，教妾若为容"四句，大可为此二句之注脚，欲起则懒，弄妆则迟者，正缘此"教妾若为容"之一念耳。美人之娇慵，美人之自持，可以想见。然而天生丽质，终难自弃，故虽曰"懒"曰"迟"，而毕竟要妆，且复着一"弄"字，千回百转，无限要好之心，无限幽微之怨，俱在言外矣。后片"照花前后镜，花面交相映"二句，则妆成之象矣。犹忆廿余年前，我方初学试画长眉，偷照妆镜之时，常持一小圆镜，坐对大妆镜，左右前后，映照顾盼，如二镜镜面成斜角，则镜中可现一环侧影，有八九面之多；如二镜镜面前后相对，则镜影中复现镜影，叠叠重重，恍如无尽。其后偶阅《华严经》，见其论法界缘起之说，有云"犹如众镜相照，众镜之影，见一镜中，如是影中复现众影，一一影中复现众影，即重重现影，成其无尽复无尽也"，深叹其设譬之妙。读者于温词此"照花"二句，倘能亦作如是想，则可见其"交相映"三字之妙矣。

结二句"新帖绣罗襦，双双金鹧鸪"，则自起床、化妆、照镜，直写到穿衣矣。帖，熨帖之也。唐王建有"熨帖朝衣抛战袍"之句，可以为证。"金鹧鸪"则襦上所绣之图样也。襦而为罗，罗而为绣，更加之以熨帖，犹以为未足，复益之曰新帖，一气四字，但形容此一襦也。然此犹未足以尽其精美，因更足之曰"双双金鹧鸪"，"金"是一层形容，"双双"是又一层形容，此"襦"之华丽精美，有如是者。刘铁云《老残游记》写王小玉说书云"初看傲来峰削壁千仞，以为上与天通；及至翻到傲来峰顶，才见扇子崖更在傲来峰上"，窃以为飞卿此二句词实与之有同妙。而美人要好之深心，不言可知矣。

《栩庄漫记》评此词云"雕镂太过，已开梦窗堆砌晦涩之径"，又云"谀之则为盛年独处，顾影自怜；抑之则侈陈服饰，搔首弄姿"，其所说似不免贬抑太甚，与张惠言以之上比楚骚之说，皆不免过当之失。

私意以为飞卿此词，姑不论其含义如何，即以其观察之细微，描写之精美，层次之分明，针镂之绵密而言，已大有不可及者矣。至于前引杜荀鹤诗之所云云，则不过个人之一想耳，读者倘亦有此同感，固极佳，不，则亦不必沾滞以求，但视为客观地描写美人梳妆之意态可也。

（二）菩萨蛮 十四首之二

水精帘里颇黎枕，暖香惹梦鸳鸯锦。江上柳如烟，雁飞残月天。

藕丝秋色浅，人胜参差剪。双鬓隔香红，玉钗头上风。

此词全以诸名物之色泽，及音节之优美取胜。首二句写帘里之情景。水精，即水晶；颇黎，即玻璃。于帘则曰水晶，于枕则曰玻璃，晶莹澄澈，一片清明。次句鸳鸯锦，不明言其为衾为褥，而但标举其质地花纹，以唤起人一种极华丽之意象，而不作切实之说明，此正温词纯美作风之特色。"惹梦"之"惹"字，与前一首词"鬓云欲度"之"度"字同妙。而况"惹梦"者又是"暖香"，则梦境可知。此句缠绵旖旎，无限温馨，与前一句之"晶莹澄澈，一片清明"两两相对，于矛盾中见调和，相得而益彰。三、四两句"江上柳如烟，雁飞残月天"，从帘里转至帘外，由华丽转为凄清。前贤多以为此二句乃写梦境之辞，张惠言《词选》云："江上以下略叙梦境。"陈廷焯《白雨斋词话》云："江上二句，佳句也。好在全是梦中情况，便觉绵邈无际。若空写两句景物，意味便减。"所言诚大有可取，然似亦不必拘执其说。俞平伯《读词偶得》即曾云："帘内之清秾如斯，江上之芊眠如彼。千载以下，无论识与不识，解与不解，都知是好言语矣。"

私意以为读飞卿词正当作如是观，**盖飞卿词之所以为美，关系**

于色泽声音者多，而关系于内容含义者少。即以此词前半阕而言，其所标举之诸名物如"水精帘""颇黎枕""暖香""鸳鸯锦""烟柳""残月"，其色泽或为明，或为暗，或为浓，或为淡，皆于矛盾中见谐和，似相反而实相成者也；又如以其声音分析言之，则一、二两句"枕""锦"二字上声寝韵，幽抑曲折，三、四两句忽转为平声先韵，轻快清明，皆能极和谐变化之妙。且先韵之音色极为优美，如《西厢记》第一折，张生惊艳以后所唱之曲辞"似神仙归洞天，空余下杨柳烟，只闻得鸟雀喧，呀，门掩着梨花深院，粉墙儿高似青天"一段，亦用先韵，虽无甚高深之意义可供读者之研求，然其音调清新流利，至为美听。与飞卿词此二句同为以音色之美感人者。不必深求其意义，而尽人皆知为"好言语"矣。

后半阕"藕丝秋色浅，人胜参差剪。双鬓隔香红，玉钗头上风"四句，张惠言以为仍是梦境，云："人胜参差，玉钗香隔，言梦亦不得到也。"则殊不知其所谓。故《栩庄漫记》即讥之云："下阕又雕绘满眼，羌无情趣。即谓梦境有柳烟残月之中，美人盛服之幻，而四句晦涩已甚，韦相便无此种笨笔也。"此正因张氏过于深求，故反使飞卿蒙晦涩之讥。若依鄙说，但欣赏其色泽音节意象之美，或者尚不无可取也。"藕丝"二句，"丝""色""浅""参""差""剪"诸字，声音皆相似，多为齿头音，读之恍如见其纤美参差之状，此但以美感论之。若欲求其含义，则"藕丝"句状其衣裳也；"人胜"句状其装饰也。私意以为即使"江上"二句是梦境，至下半阕亦必已是梦醒情事，非复在梦中矣。

结二句"双鬓隔香红，玉钗头上风"。"香红"者，花也。而必不明言为花，而曰"香"，其气味也；曰"红"，其颜色也。读者大可自此气味颜色中，去感受，去想象矣。至于"玉钗头上风"之"风"字，初读之，似不免有不通之感，细味之，方觉其妙。盖必着此一"风"字，然后前所云之"参差"之"人胜"，与夫"双鬓"之"香红"，乃增无限袅袅翩翩之感。然又必不明言其袅袅翩翩，而但着一名词"风"。与"香红"二字同妙，但以"气味""颜色""名物"唤起人之意象，而不予以说明。若飞卿此词，大可为纯美派之代表作矣。

又俞平伯《读词偶得》释此词云："点'人胜'一名，自非泛泛笔，正关合'雁飞残月天'句，盖'人归落雁后，思发在花前'固薛道衡人日诗也。不特有韶华过隙之感，深闺遥怨亦即于藕断丝连中轻轻逗出。"按"人胜"一词，据《荆楚岁时记》所载云："正月七日为人日，剪彩为人，或镂金箔为人胜，以贴屏风，亦戴之头鬓。"俞氏盖自"人胜"联想到"人日"，复自"人日"联想到薛道衡之"人日诗"，而此一诗又复恰与"雁飞"句偶然关合，遂乃发为"韶华过隙""深闺遥怨"之说。其所说实极精微美妙，但恐飞卿为此词时，或未尝有此深心曾想到薛道衡之"人日诗"耳。

（三）菩萨蛮　十四首之十二

夜来皓月才当午，重帘悄悄无人语。深处麝烟长，卧时留薄妆。

当年还自惜，往事那堪忆。花露月明残，锦衾知晓寒。

此词前半阕，首三句皆为写景之辞，唯第四句乃写人之辞。而此写人之一句，实乃全词之关键。前半阕三句是此人之所见，后半阕四句是此人之所感。故今欲释此词，须先释此人。飞卿写此人曰："卧时留薄妆"。以其是"卧时"，故无复浓妆盛服，但留得淡淡之眉黛，轻轻之口脂，所谓"薄妆"也。然则自此"薄妆"二字观之，此人必是女性。唯是此句为此女子之自道乎？抑为他人目中之所见乎？自后半阕四句观之，则此句实当为此女子之自道，然自前半阕三句观之，则此句又颇似他人目中之所见。此正飞卿多取客观抒写之特色也。

夫唐五代小词之多以女子口吻写闺阁园亭之景，此原为一时风气，殊无足异。盖词在唐五代初起之时，原但供宴舞之用，而歌者大都为女性，为适合歌舞之环境，及歌者之身份，故词中所写者多为女性，且常以女子之口吻出之。如欧阳炯《花间集序》所云"递叶叶之花笺，文抽丽锦；举纤纤之玉指，拍按香檀。不无清绝之辞，用助娇娆之态"者也。温韦之作品，便正可为此一派之代表。唯是端己词中，无论其为以男性之口吻写女性，抑或为以女性之口吻为自道之辞，皆带有极浓厚之主观色彩。如其以男性口吻所写之"一双愁黛远山眉，不忍更思惟"，及其以女性口吻所写之"妾拟将身嫁与，一生休"，莫不恳挚深厚，热烈真诚。皆以第一身之主观出之。

而飞卿词则悠闲淡远，冷静安详，即以此词"卧时留薄妆"一句而言，就全词而言，此句实当系此女子自道之辞，而飞卿乃竟以极冷静之第三身之客观出之。

温韦之异，于此可见，飞卿词之特色，亦于此可见。

前半阕首三句当即系此薄妆卧床之人所见，首句"夜来皓月才当午"，是夜来已久，明月渐渐升至中天，为此卧床之人所见，然后乃悟为时不过才当午夜耳，只此一"才"字，夜之漫长可想矣。长夜无聊，偶一环顾四周，则但见重帷悄悄，寂无人语，曲屏深处，尚有余音，极写长夜无眠之寂寞也。而此"深处麝烟长"之"长"字实极妙，大可与王摩诘诗"墟里上孤烟"之"上"字，及"大漠孤烟直"之"直"字相比美。

私意以为飞卿词与摩诘诗，虽一浓一淡，一绮艳，一闲逸，然而其为近于绘画式之客观艺术之一点则颇为相似，以"上"字、"直"字、"长"字，形容静定之空气中之烟气，皆极绘画式之客观艺术之妙。

王国维《人间词话》曾言："境界有大小，不以是而分优劣。"吾于飞卿词与摩诘诗之此三句亦云然。

后半阕所写当是此卧床之人之所感。长夜无眠，万籁都寂，于是而前尘旧梦，触绪纷来。因而乃有"当年还自惜，往事那堪忆"之言。"当年还自惜"也，所谓"天生丽质难自弃"也。回忆当年之丽质岂意竟有今朝，故有"往事那堪忆"之悲哀叹息。昔白居易《琵琶行》有句云："去来江口守空船，绕船月明江水寒。夜深忽梦少年事，梦啼妆泪红阑干。"所写之情景与飞卿此词颇相似，同为睹月明而思往事。所不同者一在房中一在船上耳。然白诗结尾着以"梦啼妆泪红阑干"一句虽曰明白易晓，而脂粉狼藉了无余蕴。飞卿则但结之曰"花露月明残，锦衾知晓寒"，无限哀怨尽在不言中矣。

"花露"二字，王氏本《花间集》作"花落"，毛氏本作"花露"。自文法言之，似以作"花落"较为通晓易明，"花露"则令人有晦涩不通之感。然私意以为此词写夜，"月明残"三字自是破晓前明月将沉光景，此情此景，似与花之落无甚相关，盖花之落未必定在破晓时也。若云"花露"，则花上露浓，正是后半夜破晓前情事，如此方与"月明残"三字密合无间。至"花露"二字之邻于不通，则又飞卿词但标举名物以唤起人之意象，而不加以说明之特色也。

（四）更漏子　六首之一

　　柳丝长，春雨细，花外漏声迢递。惊塞雁，起城乌，画屏金鹧鸪。

　　香雾薄，透帘幕，惆怅谢家池阁。红烛背，绣帘垂，梦长君不知。

张惠言《词选》评此词云："此亦《菩萨蛮》之意。惊塞雁三句，言欢戚不同，兴下梦长君不知也。"陈廷焯《白雨斋词话》因之立说云："此言苦者自苦，乐者自乐。"又云："纯是风人章法。"夫塞上之征雁，城上之栖鸟，与夫画屏上之金鹧鸪，其环境地位既迥然大异，则其欢戚苦乐自然不同。张陈二公之说，原不失为一得之言。然若云飞卿此三句词有若何比兴《风》《骚》之意，则不免过于穿凿矣。

今但以纯文艺之观点解说此词：起三句音节极佳，以其颇能以声音表现意象也。首句"柳丝长"，"长"字宽宏而舒缓，正像春夜之静美。次句"春雨细"，"细"字纤细而幽微，渐有雨丝飘落矣。三句"花外漏声迢递"，连用"迢递"二字，同属舌头音，恍若有滴答之雨声入耳矣。

此但就音节言之；若就义理析之，则"柳丝长"是衬，"春雨细"是主，"花外漏声迢递"则是主语之引申补述。"漏声"本意是铜壶滴漏之声，然若果然为计时之滴漏，则此滴漏何以不在室内而在花外？因知此所谓"漏声"，非真为"漏声"，实乃雨滴滴落之声也。然何以不曰雨声而曰漏声？则以在我之感觉中，此雨滴滴落之声固直与漏声同也。故径曰漏声，此所谓感觉上之真实，非可以理智解释者也。至于"花外"二字窃亦有说，上句既云"春雨细"，而春日之细雨，则似当无清晰之点滴声可闻者也，何得以漏声拟之？

唯其如此故云"花外","花外"者，细雨飘着于花木之上，积水渐多，然后汇为一滴，再复滴落，则其点滴声岂不大与漏声相似？故曰"花外漏声迢递"也。读者屋外倘亦有花木乎？试于细雨之夜一静听之，则知我之所说，非故为强解也。或曰细雨之日岂不可乎？曰不可，白日过于嘈杂烦乱，对雨声无此精微之辨味，白日过于真实明显，对雨声无此要眇之想象也。

至于下面"惊塞雁，起城乌，画屏金鹧鸪"三句，则似较前三句为费解。何则？"塞雁""城乌"，有生之物也；"金鹧鸪"，无生之物也。今兹飞卿乃连言而并举之，大不易求其用心。故张陈二公乃以比兴释之，不惜附会以求。而《栩庄漫记》则但凭直感，竟直指为不通云："'画屏金鹧鸪'一句强植其间，文理均因而扞格矣。"

本人早岁读飞卿词时，于此三句颇亦不解，初欲从张陈二公之说，则固亦大可讲解一番道理出来，然又病其牵强。欲以不解解之，云此但为飞卿词纯美派作风之一特色，原不必深求其用心者也，则又似不免于囫囵吞枣之讥。

近年再读飞卿此词，忽生一想，颇欲依之立说。然说之之前，则须先讲一则故事。《传灯录·六祖》章云："仪凤元年，届南海。师寓止法性寺廊庑间。暮夜风飐刹幡，闻二僧对论，一云幡动，一云风动，往复酬答，未曾契理。师曰：'非风幡动，动者自心耳。'"

若能了悟此一则小故事，且再反观此三句飞卿词。"惊塞雁，起城乌"者，是此词中之主人公，于春宵细雨夜阑人静之际，偶尔曾闻得一二声遥天雁唳，城上乌啼。曰"惊"，曰"起"者，则固未尝真个便见其"惊"其"起"也。只是自此雁唳乌啼声中所生想象之辞，而其所以生此想象者，则系因花外点滴之雨声，既入乎耳，乃动乎心，此心既已动，遂于雁唳乌啼亦生惊起之想，自是此人之心惊念起，乃有此言也。

至若画屏上之鹧鸪，则固不能鸣叫亦不能惊起者也，然自此心惊念起，面对画屏，耳闻雁唳乌啼之人观之，则屏上之鹧鸪亦有惊起鸣叫之感，遂并此惊起之塞雁城乌连言而并举之矣。

昔杜甫《醉时歌》有句云"灯前细雨檐花落"，夫灯在室中，灯前何得有雨？自是面对此灯之人耳闻雨声，于是室外之细雨，遂因此人心念之一动而来到室内之灯前矣。若此者，皆所谓感觉上之真实，正为诗歌之一大特色，非可以世俗理智之真实解释者也。若以为此说仍不免牵强，则私意以为此三句词实但如鄙说乃温词纯美之特色，原不必深求其用心及文理上之连贯。**塞雁之惊，城乌之起，是耳之所闻，画屏上之金鹧鸪，则目之所见。机缘凑泊，遂尔并现纷呈，直截了当，如是而已。**

以上释前半阕竟，今再释后半阕。后半阕之词云："香雾薄，透帘幕，惆怅谢家池阁。红烛背，绣帘垂，梦长君不知。"此六句可有两种解释，第一种解释将此六句分作两层说明，后三句"红烛背，绣帘垂，梦长君不知"写实境，前三句"香雾薄，透帘幕，惆怅谢家池阁"则写梦境，合而言之，则一人"背红烛""垂绣帘"而有所"梦"，所梦者何？则梦入"谢家池阁"。而伊人难觅，唯但见"香雾薄""透帘幕"，徒只增人"惆怅"耳。此说颇亦有据，盖唐李德裕有悼亡妓《谢秋娘》曲，于是谢娘即成为歌妓之通称，谢家有时亦被视为妓馆之别名矣。

　　古人诗词写所欢之女子，即往往以"梦"与"谢家"连言，如张泌《寄人》诗："别梦依依到谢家，小廊回合曲阑斜。"晏几道《鹧鸪天》词："梦魂惯得无拘检，又踏杨花过谢桥。"似皆可为此一说之证，予早岁读飞卿此词时，即因前所举诸诗词所引起之一联想，因而将"香雾薄"三句，全视为梦境。乃近日颇觉似尚可以另有一种解释，盖以全词观之，其所写之景物如"画屏""金鹧鸪""红烛""绣帘"，似皆可令人将词中之主人公想为一女性，且唐五代小词所写者原多为女性，且常以女子口吻出之，此在释前一首《菩萨蛮》时，已曾言及。然则此词中之主人公，当亦大可视为女性矣。既是女性，则前一说梦里依依到谢家之假想便不成立。因而有第二种解释，此一解释至简单至浅明，即将此后半阕六句，但视为与前半阕"画屏金鹧鸪"一句相承之辞，一气而下，直写此主人公所居之室内之情景而已。"香雾薄""透帘幕"，正是此画屏畔之情景也。至于"谢家池阁"，则亦但写其居室之华美而已，原不必定为妓馆之别名也。盖自晋以来，王谢二家，世称望族，谢家者，大家也，豪家也。池阁者，泛言其建筑也。言"谢家池阁"则其建筑之华美可知。

然而此华美之居室，自寂寞之人观之，则只徒增人惆怅而已。且身外之景物愈华美，则心内之惆怅亦愈深，故曰"惆怅谢家池阁"。至此为一小顿挫。惆怅之余益复无可聊赖，遂尔故背红烛，低垂绣帘，盖欲于睡梦中忘此惆怅之苦者也。而睡梦中乃亦不得解脱，故曰"梦长"。着一"长"字，则怀想之悠深，梦境之委曲，可以想见。

一结"君不知"三字，怨而不怒，无限低回。周济《介存斋论词杂著》云："飞卿酝酿最深，故其言不怒不慑。"周氏所谓酝酿者虽未敢必其然，而温词写情之不用直笔，则在其词作中极多此类例证。如其"鸾镜与花枝，此情谁得知""心事竟谁知，月明花满枝"诸句皆是也。至于所谓"无限低回""不怒不慑"者则读者之感耳，飞卿词原未必有此种感情，而其妙处却在能唤起人此种感情，读者且自去体会。

（五）更漏子　六首之六

玉炉香，红蜡泪，偏照画堂秋思。眉翠薄，鬓云残，夜长衾枕寒。

梧桐树，三更雨，不道离情正苦。一叶叶，一声声，空阶滴到明。

此词一起二句"玉炉香，红蜡泪"，但以客观标举二种极精美之名物，此正仍是飞卿词特色，今兹不再赘言。至于前三句之章法，则与前一阕"柳丝长，春雨细，花外漏声迢递"三句之章法亦复全同。"玉炉香"是衬，"红蜡泪"是主，"偏照画堂秋思"则是主语之引申补述。曰"偏照"，而"玉炉香"则固不能照者也，正如"柳丝长"之无与于"漏声迢递"，故曰"玉炉香"是衬，能照者自是彼滴泪之红蜡，而飞卿乃不曰"红泪蜡"，而曰"红蜡泪"，夫彼红蜡之泪亦何尝能照？而飞卿何以竟云："红蜡泪，偏照画堂秋思"耶？曰"蜡"字不协韵，"泪"字协韵，其故一也，"红泪蜡"之音节意象不及"红蜡泪"优美，其故二也。

曰然则奈不通何？曰无妨，此在古之作者亦颇有前例，如杜甫《春望》诗末二句云"白头搔更短，浑欲不胜簪"，夫彼"头"固不能"搔"而"更短"者也，短者自应是白发。然而此处须用平声字，发字仄声，于律不合，因乃不曰"白发"而曰"白头"。夫以杜老之才思工力，岂不能更易以文法较通顺之辞句乎？然而有不必者，盖诗词原为美文，其目的原但在唤起人之意象，而非诉诸人之理智者，既已得其音节意象之美矣，则读者于此音节意象之中，自有极完整之体认，是目的已达，遂更不复斤斤于文法之通顺与否矣。

飞卿此"红蜡泪"二句，与杜老"白头"一句正复相同，此自是大家脱略之处。然若在初学，则既乏锤字炼句之工，又无音节意象之美，倘亦有此等句法，便决是不通，断不可执此二例，以自回护也。下一句"偏照"之"偏"字极妙，彼无情之红蜡，乃因此一字而有情矣。唐张泌诗云："多情只有春庭月，犹为离人照落花。"亦将无情之物视为有情，其"犹"字与飞卿此词之"偏"字同妙。唯是张泌点明"多情"，是其将无情之春月视为有情乃有意为之，飞卿之将无情之红蜡视为有情则在有意无意之间，故较张氏为含蓄自然。而坊间选本有将"偏照"刊作"遍照"者，则意味大减，点金成铁矣。

下云"画堂秋思"，"画堂"亦无情之物，何能有秋思？有秋思者，自是此画堂中之人也。故"秋思"二字实乃此前半阕之关键所在，借此一转，乃自无情之物而转出有情之人矣。因而遂引出后面"眉翠薄"以下一大段话来。眉翠而云薄，鬓云而曰残，正是卧时光景，即前所释一首《菩萨蛮》中之"卧时留薄妆"也。后一句"夜长衾枕寒"，"夜长"二字，直与开端"玉炉香，红蜡泪"二句相呼应。然后乃知玉炉香袅，红蜡泪垂，正即是此人长夜之所见，则情景之凄寂，秋夜之漫长，从可知矣。"衾枕寒"三字，自有无数秋思在其中，而淡淡出之，哀而不伤。与前一阕"梦长君不知"同妙。至于后半阕，浅明流利，传诵已久，而评之者之所见则各有不同，兹先将前贤评语摘录于下。

《赌棋山庄词话》云："《更漏子》梧桐树数句，语弥淡，情弥苦。"《栩庄漫记》云："飞卿此词自是集中之冠，寻常情景，写来凄婉动人，全由秋思离情为其骨干，宋人'枕前泪共窗前雨，隔个窗儿滴到明'，本此而转成淡薄。温词如此凄丽有情致不为设色所累者，寥寥可数也。温韦并称，赖有此耳。"皆对温氏此数句备致赞美。

然《白雨斋词话》则云："飞卿《更漏子》三章自是绝唱（按首章指'柳丝长'一阕，次章指'星斗稀'一阕，三章即此阕），而后人独赏其末章数语。……不知梧桐树数语，用笔较快，而意味无上二章之圆。……以此章为飞卿之冠，浅视飞卿者也。后人从而和之，何耶？"夫白雨斋陈廷焯氏以比兴寄托深解温词，固为我所不能强同，然若此评之谓"梧桐树"数句非飞卿佳处所在，则私心窃与之有同感也。

盖飞卿词之长处原在以客观之景物、精美之意象触发人之情感。即以今兹所释之《更漏子》二首观之，如"柳丝长""春雨细""玉炉香""红蜡泪"诸句，多但寓情思于景物之中，而不作径直之说明。且飞卿即偶偏作情语，亦多含蓄蕴藉，如陈廷焯氏所云："发之又必若隐若见，欲露不露，反复缠绵，终不许一语道破。"如前所举之"心事竟谁知""忆君君不知""梦长君不知""锦衾知晓寒""夜长衾枕寒"诸句莫不如是，此正飞卿善于舍短用长之处。

盖飞卿之为词，似原不以主观热烈真率之抒写见长，此自其词作中，不难概见者也。惟是飞卿词极善以其纯美之意象触发人之想象及感情，故读者亦颇可自其词中得较深之会意。至若其直抒怀感之词，则常不免于言浅而意尽矣。此词"梧桐树"数语，实非飞卿词佳处所在。《栩庄漫记》以为"温韦并称，赖有此耳"，则既不足以知飞卿，更不足以知端己者也。夫端己之长处固在"不为设色所累，直抒胸臆"，然端己之感情，实有达而能曲之妙，故其语虽浅直，而其情则沉郁。即以同为写雨夜离情之作相较，端己《应天长》"绿槐阴里"一首，结尾之"夜夜绿窗风雨，断肠君信否"二句，其恳挚深厚真乃直入人心，无可抗拒，且不仅直入人心而已，更且盘旋郁结久久而不去。

以视飞卿此词之"梧桐树，三更雨，不道离情正苦。一叶叶，一声声，空阶滴到明"数句，则此数句不免辞浮于情，有欠沉郁。《栩庄漫记》云："宋人'枕前泪共窗前雨，隔个窗儿滴到明'，本此而转成淡薄。"不知此淡薄实已自飞卿开其端矣。世之以比兴寄托深解温词者，固不免于牵强附会之失，然而对其浅明之作，如此词"梧桐树"数句，即大加称赏者，窃恐亦非飞卿之知己也。

从《人间词话》看
温韦冯李四家词的风格

——兼论晚唐五代时期
词在意境方面的拓展

首先，从《人间词话》的评语中，我们已可见到王国维先生所重视的，乃这四家词之所独具的各自不同的风格；其次，我以为从这些不同的风格中，我们还更可窥见一些词在意境之拓展方面的某些历史性的价值和意义。

王国维先生的《人间词话》一书，论词之精义甚多，近人研究讨论《人间词话》的著作，在报刊上也时有所见，而我现在又选取这一个有关《人间词话》的题目，私意盖有两点用心。

其一，我于多年前曾写过一篇《温庭筠词概说》（已收入本书），在前言中曾提到我将取唐五代温韦冯李四家词一说之，但后来因为时间及篇幅的限制只说了温词一家，而读过我那篇文稿的朋友却经常问起我，何时始能把其他三家词说一并完成，因此在心理上我总觉得像有着一笔亏欠有待偿还，所以颇想借机会还一下债，而如果要把各家词都分别以专文讨论，则我的时间却又依然有所不及，于是想到《人间词话》中对于此四家词都曾经有过极精要的评语，何不先就这一部分评语对此四家词作一种只掌握重点而不牵涉甚广的评述借以略清债务？这是我之选取这一题目的原因之一。

再则近人之以《人间词话》为讨论对象的作品虽多，然而一般所着重者乃大都在对其文学理论的体系加以研讨或整理，而却少有掌握其对某一位作家或某一篇作品之个别评语作深入之分析阐述者，可是《人间词话》的缺点却正在理论系统之不够完整，而其长处却正在片段评语的精到深微。因此我想如果从这一方面去着手，对《人间词话》所标示出的某些可以引申的重点做一些评释和阐述的工作，也许仍不失为另一个可尝试之途径，这是我之选取这一题目的原因之二。

此外，我还要声明一点，就是王国维先生在《人间词话》中并未曾将温韦冯李四家词结合在一起提出什么批评理论的体系，而我现在则不仅要把四家结合在一起来评说，而且颇想从四家风格之比较中寻觅一些词在意境方面演进拓展的痕迹，因此我之所说并不见得与王先生的原意完全相合，只是我在行文之时引用了《人间词话》的一些评语为进行所依据之线索而已。现在就让我们把《人间词话》中有关温韦冯李四家词的评语摘录出来看一看：

张皋文谓飞卿之词"深美闳约"，余谓此四字唯冯正中足以当之，刘融斋谓飞卿"精艳绝人"，差近之耳。

端己词情深语秀，虽规模不及后主正中，要在飞卿之上，观昔人颜谢优劣论可知矣。

"画屏金鹧鸪"飞卿语也，其词品似之；"弦上黄莺语"端己语也，其词品亦似之；正中词品若欲于其词句中求之，则"和泪试严妆"殆近之欤。

温飞卿之词，句秀也；韦端己之词，骨秀也；李重光之词，神秀也。

予于词，五代喜李后主冯正中，而不喜花间。

冯正中词虽不失五代风格，而堂庑特大，开北宋一代风气，与中后二主词皆在花间范围之外，宜《花间集》中不登其只字也。

（按龙沐勋《唐宋名家词选》云："《花间集》多西蜀词人，不采二主及正中词，当由道里隔绝，又年岁不相及有以致然，非因流派不同遂尔遗置也。"龙说是，但王说就个人观点言，亦未始无见。）

正中词除《鹊踏枝》《菩萨蛮》十数阕最煊赫外，如《醉花间》之"高树鹊衔巢，斜月明寒草"，余谓韦苏州之"流萤度高阁"，孟襄阳之"疏雨滴梧桐"不能过也。

温韦之精艳所以不及正中者，意境有深浅也。

词至李后主而眼界始大，感慨遂深，遂变伶工之词而为士大夫之词。周介存置诸温韦之下可谓颠倒黑白矣。"自是人生长恨水长东""流水落花春去也，天上人间"，《金荃》《浣花》能有此气象耶？

词人者不失其赤子之心者也，故生于深宫之中，长于妇人之手，是后主为人君所短处，亦即为词人所长处。

客观之诗人不可不多阅世，阅世愈深则材料愈丰富愈变化，《水浒传》《红楼梦》之作者是也；主观之诗人不必多阅世，阅世愈浅则性情愈真，李后主是也。

尼采谓一切文学余爱以血书者，后主之词，真所谓以血书者也。宋道君皇帝《燕山亭》词亦略似之，然道君不过自道身世之戚，后主则俨有释迦基督担荷人类罪恶之意，其大小固不同矣。

（按上所录有关四家词之评语散见《人间词话》上下编及补遗中，并无一定之次第，今兹所录之先后，则以本文引用时之方便为主。）

从以上所引的许多则词话中，已可见到《人间词话》对此四家词重视之一斑。这种重视，应该并不是由于这四家词的数量在五代作品中所占的比例之大而然。因为如果只单纯地以作品数量之多寡而论，则据《全唐五代词》之著录，孙光宪的词作就有八十二首之多，较之温飞卿的七十首，韦端己的五十四首，李后主的四十五首，都有过之而无不及，然而《人间词话》中论及孙光宪之评语则不过仅只谓其"片帆烟际闪孤光"七字为"尤有境界"而已（冯正中词据《全唐五代词》所著录虽有一百二十六首之多，然其中多有误收他人之作，须分别观之）。而李后主词之数量虽较之他人为少，可是《人间词话》有关李后主之评语则独多，由此可知这四家词之被《人间词话》所重视，当然并非由于数量之多，而是另有其价值与意义的。

首先，从《人间词话》的评语中，我们已可见到王国维先生所重视的，乃这四家词之所独具的各自不同的风格；其次，我以为从这些不同的风格中，我们还更可窥见一些词在意境之拓展方面的某些历史性的价值和意义。现在我们就先来看一看这四位作家的时代之先后。

据夏承焘所编的《唐宋词人年谱》，温飞卿生于公元八一二年卒于八七〇年左右，端己生于公元八三六年卒于九一〇年，正中生于公元九〇三年卒于九六〇年，后主生于公元九三七年卒于九七八年。然则是以时代论当推飞卿为最早，端己次之，正中再次之，而以后主为最晚。可是非常有趣的一件事则是从《人间词话》的评语来看，王国维所喜爱的作者却以后主为第一，正中次之，端己再次之，而飞卿则反而居于最下，这是颇可寻味的一件事，我们现在就试一探讨，其衡量的标准究竟何在。

我们从《人间词话》中可以见到，其评飞卿词，首先说飞卿不足以当"深美闳约"四字的评语，以为飞卿词不过"精艳绝人"而已。"深美闳约"与"精艳绝人"的分别所在，我以为主要的乃在于后者不过但指外表辞藻之华美而已，而前者则除了外表辞藻之"美"之外，似乎还该更有着"深"与"闳"与"约"的深厚、丰富和含蕴，而《人间词话》又说"深美闳约"四字"唯冯正中足以当之"，这是王国维先生认为飞卿不及正中的一个原因。

此外，王氏又认为端己词"要在飞卿之上"，其理由则但云："观昔人颜谢优劣论可知矣。"我们现在就来看一看前人的颜谢论。按钟嵘《诗品》评颜延之曾引汤惠休曰："谢诗如芙蓉出水，颜如错采缕金。"又《南史·颜延之传》亦云："延之尝问鲍照己与谢灵运优劣，照曰谢五言诗如初发芙蓉自然可爱，君诗如铺锦列绣，亦雕绘满眼，延年（按延年为延之字）终身病之。"夫芙蓉之初发出水与锦绣之错采缕金的分别，则似乎乃在于一者乃自然的有生命的美，而另一者则是雕饰的无生命的美，这是王氏之所以认为飞卿亦不及端己的一个原因。

《人间词话》之所以把飞卿比作"画屏金鹧鸪"，把端己比作"弦上黄莺语"，便亦复正是此意。至于如果以温韦与冯李相较，则王氏又认为飞卿、端己皆不及后主、正中，所以《人间词话》乃说："冯正中词虽不失五代风格，而堂庑特大，开北宋一代风气，与中后二主词皆在花间范围之外。"又说："词至李后主而眼界始大，感慨遂深，遂变伶工之词而为士大夫之词。"又说："温韦之精艳所以不及正中者，意境有深浅也。"更认为飞卿之《金荃集》、端己之《浣花集》中皆没有如后主词之"自是人生长恨水长东"与"流水落花春去也"诸句的气象。

由此看来，则温韦之所以不及冯李者，乃冯李在意境方面有着某些更深厚、更博大的拓展缘故。温韦二家词虽然风格不同，然而仍同属于花间之范围，而后主与正中则是"花间范围以外者"。而王氏更曾明白表示其态度说："予于词，五代喜李后主冯正中，而不喜花间。"在这几则词话中，其爱憎优劣之情都是显然可见的。至于正中与后主二家之高下，则在《人间词话》中似并无明白的轩轻之辞，只是如果从其赞扬后主之辞为独多来看，则在王氏心目中似乎乃大有以为后主亦胜于正中之意。王氏之爱憎与作者时代之先后恰好相反，这一点就词之意境的历史性的演进来看，我以为乃颇可注意的一件事。以下就让我们试就四家词风格之不同以及五代词之意境的拓展两方面，略作一简单之解说和分析。

一、温庭筠

首先，我们谈飞卿的词。我以前在《温庭筠词概说》一文中曾经提到过，**飞卿词之特色，乃在于其但以客观之态度标举精美之名物，而不作主观之说明**。不过我这种说法乃从较现代的眼光来看所得的结论。如果从传统的批评眼光来看，则一般传统观念都以为抒情之诗歌必当以主观之表现为主，而且抒情之方式亦当以明白之叙写为佳。即使以曾受西方新思潮影响颇巨的王国维先生而论，他在《人间词话》中虽曾标举出客观以与主观相对立，可是他所举的客观诗人之例证却原来乃《水浒传》《红楼梦》等小说的作者，至于抒情的诗歌，他所推崇的则仍是主观的诗人李后主。而且对于抒情的方式，王氏也是以明白的叙写为好的，他在《人间词话》中就曾经举例证说："'生年不满百，常怀千岁忧。昼短苦夜长，何不秉烛游''服食求神仙，多为药所误。不如饮美酒，被服纨与素'，写情至此，方为不隔。"

可见一般的传统观念乃以明白的抒情为好。在这种观念下来看飞卿的但以客观标举名物的作品，遂形成了两种毁誉悬殊的评价。

誉之者如清代之张惠言、陈廷焯诸人，他们既从温词表面之叙写看不出其主观的情意究竟何在，而又不肯放弃其一定要从主观之叙写来寻求词意的传统观念，于是乃不惜以比兴寄托之说强解温词，定要从飞卿所标举的名物中寻出些托意来。既谓飞卿之《菩萨蛮》十四章之篇法仿佛《长门赋》，更谓其《菩萨蛮》之簪花、照镜、青琐、金堂，与夫《更漏子》之塞雁、城乌、柳风、兰露皆莫不有比兴寄托之深意。

至于毁之者则如李冰若《花间集评注》所引之《栩庄漫记》诸说，乃竟因温词之缺少主观之叙写，且标举之名物亦往往似不相连贯，与一般传统之观念不能相合，乃直指其为不通，云："以一句或二句描写一简单之妆饰，而其下突接别意，使词意不贯，浪费丽字，转成赘疣，为温词之通病。"又评温词《更漏子》云："'画屏金鹧鸪'一句强植其间，文理均因而扞格矣。"

关于这二派说法之究以何者为是，我在《温庭筠词概说》一文中论温词之有无寄托一节已曾有详细之论述，兹不再赘。总之，飞卿只是一位落魄失意而且生活颇为放浪的文士，虽然有人以为飞卿乃宰相温彦博之后，其父又曾尚凉国长公主，而飞卿以如此之身世，乃竟致屡遭贬谪，落拓以终，恐不无身世之慨，而且其诗集中如《感旧》《陈情》及《开成五年秋自伤书怀》诸作，皆不免流露有自伤不遇的悲慨，因此就认为其词中亦应含有寄托深意，甚至如张惠言辈竟欲推尊之以为可以仰企屈子。关于这一点，我以为有几项观念是必须分辨清楚的。

第一，就作者生平之为人而言，根据史传笔记的记载，飞卿的放浪之行可谓跃然纸上，这当然与忠而见嫉终至怀沙自沉的屈子，并不可以相提并论，此其一。

第二，在中国传统的诗歌作品中，凡是确实有所托喻的作品，该是从其叙写的口吻及表现的神情中，就直接可以感受体味得到的，屈原《离骚》的"美人"以喻君子，固不必论，即是降而至于曹子建《杂诗》的"南国有佳人，容颜若桃李"，以及阮嗣宗《咏怀》的"西方有佳人，皎若白日光"，其全篇托喻的口气都是显然可见的，因此都能使读者自直接感受便生托喻之联想。而相形之下，《汉书》所载李延年的《佳人歌》"北方有佳人"，其"佳人"就只是一位倾国倾城的绝世丽姝，而口吻中并不引人生托喻之想，这中间的分别是必须认识清楚的。飞卿词中所写的女性，口吻中就不能使人有托喻的直接联想，此其二。

第三，就词所产生之环境背景而言，晚唐五代之词，原来就仅是在歌筵酒席之间供人吟唱消遣的侧辞艳曲，与历史悠久的以抒写怀抱志意为主的所谓"诗"，在当时并不能相提并论，此其三。

第四，据《乐府纪闻》的记载："宣宗爱唱《菩萨蛮》，令狐绹假温庭筠手撰二十阕以进，戒勿泄，而遽言于人。"夏承焘《温飞卿系年》以为"庭筠《菩萨蛮》词见于《金奁集》及《尊前集》者共二十首，或即大中间为令狐绹作者"，如果这种猜测是可信的，那么代别人作的供歌唱的曲词，而谓其中有寄托深意，这种可能性乃极少的，此其四。

有此四端，所以欣赏飞卿词最好还是先把"托意"这一份成见暂时放下来，直接去看一看他的词，现在我们就抄录几首温词的代表作在下面。

菩萨蛮（三首）

小山重叠金明灭，鬓云欲度香腮雪。懒起画蛾眉，弄妆梳洗迟。

照花前后镜，花面交相映。新帖绣罗襦，双双金鹧鸪。

水精帘里颇黎枕，暖香惹梦鸳鸯锦。江上柳如烟，雁飞残月天。

藕丝秋色浅，人胜参差剪。双鬓隔香红，玉钗头上风。

夜来皓月才当午，重帘悄悄无人语。深处麝烟长，卧时留薄妆。

当年还自惜，往事那堪忆。花露月明残，锦衾知晓寒。

更漏子（二首）

　　柳丝长，春雨细，花外漏声迢递。惊塞雁，起城乌，
画屏金鹧鸪。

　　香雾薄，透帘幕，惆怅谢家池阁。红烛背，绣帘垂，
梦长君不知。

　　玉炉香，红蜡泪，偏照画堂秋思。眉翠薄，鬓云残，
夜长衾枕寒。

　　梧桐树，三更雨，不道离情正苦。一叶叶，一声声，
空阶滴到明。

　　从以上五首词中飞卿所用的语语来看，绣罗襦、金鹧鸪、颇黎
枕、鸳鸯锦、麝烟、锦衾、画屏、香雾、玉炉、红蜡等，字面皆极
华丽，飞卿词之精美已可概见。然而除去这一点特色以外，我以为
以上五首词，实在可分作三类来看。

　　第一类其所标举之名物全属客观之叙写，除予人以一片精美之
意象外，并无明显之层次脉络可寻，如"水精帘里"一首《菩萨蛮》，
自室内之"颇黎枕""鸳鸯锦"突接以室外之"江上""雁飞"，
又突接以"藕丝""人胜"等对服饰之形容，且所用之"隔香红""头
上风"等句法，亦全不属理性之叙述，又如"柳丝长"一首《更漏
子》，其"塞雁""城乌"及"金鹧鸪"诸句之跳接，也属于这一

类的作风，这是最能代表飞卿特色的一类作品，但也是最不易为读者所了解和接受的一类。

第二类则所标举之精美的名物，虽亦用客观之叙写，而却表现有明白之脉络可寻，如"小山重叠"一首《菩萨蛮》，自屏山上日光之明灭闪烁写起，至屏山内之人之懒起，梳妆、簪花、照镜、穿衣可以说是写得层次井然，又如"夜来皓月"一首《菩萨蛮》，自月午写到帘垂，写到卧，写到往事的追忆，写到锦衾的晓寒，也写得极有条理。只是这一类词的层次条理虽然清楚明白，却并没有明显的主观悲喜之表示，"小山"一首之双双鹧鸪，"夜来"一首之锦衾晓寒，虽有孤单之反衬，独眠之暗示，然而也不过只是一点陪衬性的暗示而已，这一类作品比之第一类虽然较易了解，却缺少直接的感人之力，所以有一部分读者，对此也依然不能完全赏爱。

至于第三类，则如"玉炉香"一首《更漏子》，前半阕虽与第二类颇为相似，然而后半阕自"梧桐树，三更雨，不道离情正苦"以下，却忽然变浓丽为清淡，纯用白描作主观之抒情，这在温词中是较易为大多数读者所了解赏爱的一类，然而这一类作品却并不能代表飞卿之特殊风格，有时且不免有浅率之失。所以一般说来，飞卿词之风格的特色乃精美及客观，极浓丽而却并无生动的感情及生命可见。这正是《人间词话》评之为"'画屏金鹧鸪'飞卿语也，其词品似之"的缘故。而且就词之意境的演进而言，这种精美而缺乏个性的词，也该正是唐五代之际，词在初起时所有的一般现象。因为词在当时只不过是供歌妓酒女在筵席前歌唱的曲子而已。《花间集》欧阳炯的序，就曾叙述当时作词与唱词之场合云："则有绮筵公子，绣幌佳人，递叶叶之花笺，文抽丽锦；举纤纤之玉指，拍按香檀。不无清绝之辞，用助娇娆之态。自南朝之宫体，扇北酒之倡风。何止言之不文，所谓秀而不实。"所以《花间集》一般的风格就都是华美浓丽而缺乏个性的，而飞卿就是这一般作者中，最具代表性的一位。

二、韦庄

其次，我们再来看韦端己的词，端己作风可以说是与飞卿恰好相反。飞卿浓丽，而端己清淡；飞卿多用客观之叙写，而端己则多用主观之叙写。可是我在前面论及飞卿之第三类作品时，曾举其《更漏子》之"梧桐树"数句为例，说这几句乃"变浓丽为清淡，纯用白描作主观之抒情"，如此说来，则岂不是端己的作风依然与飞卿之某一类作风有相似之处？这从表面看来似乎是不错的，所以《栩庄漫记》评飞卿之"梧桐树"数句，就曾经说："温韦并称，赖有此耳。"然而这种表面的看法，并不正确。端己之清淡与主观，确实为端己之特色及其佳处所在，而飞卿偶作清淡主观之语，有时却反为飞卿之败笔，飞卿之佳处乃在其能以精美客观之物象唤起读者之联想，愈是其不易解的词，反而愈能唤起读者更丰富的推想，而其以清淡主观之笔明白写出的词反而有时使人不免有意尽于言了无余味的索然之感。

陈廷焯《白雨斋词话》评飞卿《更漏子》之"梧桐树"数句即曾云："飞卿《更漏子》三章自是绝唱（按首章指'柳丝长'一首，次章指'星斗稀'一首，三章即为前所举之'玉炉香'一首），而后人独赏其末章数语。……不知梧桐树数语，用笔较快，而意味无上二章之圆。……以此章为飞卿之冠，浅视飞卿者也。"又如，近人朱光潜氏在其《谈诗的隐与显》一文中，曾主张"写景的诗要显，写情的诗要隐"，且举飞卿《忆江南》词"梳洗罢，独倚望江楼，过尽千帆皆不是，斜晖脉脉水悠悠，肠断白蘋洲"一首为例，说"此词收语即近于显"，"如果把'肠断白蘋洲'五字删去，意味更觉无穷"。《栩庄漫记》批评这一首《忆江南》词也曾说："飞卿此词末句，真为画蛇添足，大可重改也。'过尽'二语极怊怅之情，'肠断白蘋洲'一语点实，便无余韵，惜哉惜哉。"

从这些话来看，似乎都可以证明飞卿偶尔用清淡之笔所写的主观抒情之句，并非温词中之佳作，那么是否就果然如朱光潜氏所说"写情的诗要隐"才是好诗呢？则又不然，因为端己就是写情以显为佳的一位作者。即以同样用"断肠"二字来写情而言，温词之"肠断白蘋洲"一句，便被人指为落实无余味，可是端己之用"断肠"的词句，如其《菩萨蛮》词之"未老莫还乡，还乡须断肠"及《应天长》词之"夜夜绿窗风雨，断肠君信否"诸句，则却是传诵众口的佳句。《谭评词辨》即曾赞美其"还乡须断肠"二句，云："怕断肠肠亦断矣。"《白雨斋词话》亦赞美之云："真是泪溢中肠，无人省得。"为什么同是以白描之笔作主观之抒情，飞卿之词就被人讥议，而端己之词就得人赏爱呢？我想其间主要之区别大约有以下两点。

一则在于其中所蕴蓄之感情的劲力与含量的强弱深浅之不同，譬如像喷涌的源泉或浩瀚的江海，则虽然想要用"隐"的方式来表现，而其喷涌之力与浩瀚之广自有其非人力所可隐蔽者在。张上若评杜甫《自京赴奉先县咏怀》一首，即曾云："此五百字真恳切至，淋漓沉痛，俱是精神，何处见有言语。"卢德水评杜甫《送郑十八虔贬台州司户》一首，亦曾云："此诗万转千回……纯是泪点，都无墨痕，诗至此，直可使暑日霜飞午时鬼泣。"有如此切至深厚之情，所以杜甫写衷心哀痛便可直写到"叹息肠内热""回首肺肝热"，写哭泣流泪便可直写到"拭泪沾襟血""啼垂旧血痕"。像这种深情激切之作，又何病于"显"？又何取于"隐"？

一般人之所以以为写情要用"隐"为可贵，而以为一用"显"便不免有死于句下的落实之讥者，主要便因为缺少了这一种喷涌洋溢的力量的原训。端己在感情的博大深厚一面虽不能与杜甫相提并论，然而端己用情切至，每一落笔亦自有一份劲直激切之力喷涌而出，飞卿便缺乏此种喷涌之力，这是端己之所以能用清淡白描之笔作主观抒情而足以取胜的一因。

再则端己还有另一特色就是用笔虽然劲直激切而用情则沉郁曲折，《白雨斋词话》就曾经说："韦端己词似直而纡，似达而郁，最为词中胜境。"况周颐《蕙风词话》评端己词亦曾云："尤能运密入疏，寓浓于淡，《花间》群贤，殆鲜其匹。"这正是端己的独到之处，否则如果以浅直之笔写浅直之情，便自然会使人觉得一览无遗更无余味了。而端己则是于疏淡中见浓密，于率直中见沉郁，这是端己之所以能用清淡之笔作主观抒情而足以取胜的又一因。

以上所说都不过只是泛论而已，下面我们就举端己几首词做例证，来试加一番评析。

菩萨蛮（五首）

红楼别夜堪惆怅，香灯半卷流苏帐。残月出门时，美人和泪辞。

琵琶金翠羽，弦上黄莺语。劝我早归家，绿窗人似花。

人人尽说江南好，游人只合江南老。春水碧于天，画船听雨眠。

垆边人似月，皓腕凝双雪。未老莫还乡，还乡须断肠。

如今却忆江南乐，当时年少春衫薄。骑马倚斜桥，满楼红袖招。

翠屏金屈曲，醉入花丛宿。此度见花枝，白头誓不归。

劝君今夜须沉醉，樽前莫话明朝事。珍重主人心，酒深情亦深。

须愁春漏短，莫诉金杯满。遇酒且呵呵，人生能几何。

洛阳城里春光好，洛阳才子他乡老。柳暗魏王堤，此时心转迷。

桃花春水渌，水上鸳鸯浴。凝恨对残晖，忆君君不知。

端己的词，可以举为例证来加以评述的代表作甚多，我现在只录了《菩萨蛮》五首，乃篇幅及体例之限制的缘故。《菩萨蛮》既是端己词中最著名的作品，所以势不能不录，而这五首词细读起来似乎又大有脉络可寻，不可任意删割去取。郑因百先生《词选》就曾经说"此五章一气流转，语意连贯，选家每任意割裂，殊有未安"，所以既录《菩萨蛮》，就不得不五首全录，而这五首词需要解说的地方又甚多，因此在篇幅上就不容许再多介绍端己其他的作品了，这是要请读者原谅的。

关于这五首词，向来说者有两种不同的看法：张惠言《词选》以为"乃留蜀后寄意之作"，且云"江南即指蜀"；而《栩庄漫记》

则以为"韦曾二度至江南，此或在中和时作"，且张氏《词选》只选录了四首《菩萨蛮》，未录"劝君今夜须沉醉"一章，《栩庄漫记》则又以为第五章之"洛阳城里春光好"一首"似是客洛阳时作"，与前四章并不相连贯，这二家既都曾把这五首词任意加以割裂，而其说法也不免有许多矛盾失误之处。

要想把其间的是非分别清楚，首先我们必须要对端己的生平有一个大致的了解。据夏承焘《韦端己年谱》，端己少孤贫力学，广明元年四十五岁在长安应举，值黄巢之乱，遂陷长安，其后离长安赴洛阳，中和三年春，年四十八岁，在洛阳作《秦妇吟》，开端有"中和癸卯春三月，洛阳城外花如雪"之句，而结尾则有"适闻有客金陵至，见说江南风景异"之句，即于是年游江南，后于光启二年五十一岁时，欲北返，拟经皖、豫，诣陕，以道路阻绝，遂于次年光启三年五十二岁时再游江南，迄景福二年五十八岁时，始得再返长安应试，次年即乾宁元年五十九岁第进士为校书郎，乾宁四年六十二岁，一度奉使入蜀，光化三年六十五岁自右补阙改左补阙，天复元年六十六岁再度入蜀应聘为王建掌书记，自此终身仕蜀，天祐四年七十二岁，朱温篡唐，王建据蜀称帝，用端己为相，开国制度皆出其手，七十五岁卒于蜀之成都花林坊。

从以上所引的端己生平与这五首《菩萨蛮》参照来看，端己《秦妇吟》所云"见说江南风景异"之"江南"，前面既有"金陵"字样，则必当指金陵附近江浙一带而言。《菩萨蛮》与《秦妇吟》虽非一时之作，然观端己《浣花集》诸诗，凡标题有"江南"字样者，如《寄江南诸弟》《江南送李明府入关》《夏初与侯补阙江南有约》等，所谓"江南"并指江浙一带而并不指蜀，是则张惠言《词选》以为《菩萨蛮》词中之"江南"乃指蜀地，实为无据之言。

然而若果如《栩庄漫记》所云，以为词云"江南"即为中和时在江南所作则又不然，盖自《菩萨蛮》第三章之"如今却忆江南乐"句观之，则既云"却忆"，便显然并非当时正在江南之所作明矣，又《栩庄漫记》以为第五章词中有"洛阳城里春光好"之句，便当为身在洛阳时所作，而却未尝注意到这一句下面的"洛阳才子他乡老"一句。此二句盖云洛阳之春光虽好，而当年曾居洛阳之才子则如今已老于他乡矣，是则其人之已不在洛阳亦复显然可知。由此看来，可见张氏《词选》与《栩庄漫记》之说，实在皆不免有谬误之处，因之他们二家的说法似乎也就都不可信了。

我的意思以为"江南"当指端己中和时江南之游是不错的，只是写作的时期，却并非中和年间身在江南之当时，而可能系入蜀后回忆当年旧游之作。而且韦庄这五首词中所回忆的更不当仅江南一地，首章"红楼别夜"之并非江南，自然可知，末章之"洛阳城里"之亦非江南，亦复自然可知，是则这五首词盖当为端己晚年回忆平生旧游之作，其所怀思追忆者原来就不止一人一地一事而已。

大抵端己一生曾几经国变，中年时值黄巢之乱，长安既陷，端己遂漂泊江南，这当然是可悲慨的往事之一，又黄巢乱后端己在洛阳赋《秦妇吟》一诗，感慨时乱，当时曾有"秦妇吟秀才"之称号，而端己晚年乃羁留蜀地终身不复得返，则洛阳才子之他乡老自然也是可悲慨的往事之一。只是端己在洛阳赋《秦妇吟》在先，游江南在后，为什么端己在这五首词中却先说起江南而最后才说到洛阳呢？私意以为此有两种可能。

第一，如果以史事比附言之，则端己此词之所慨于洛阳者可能原不仅当年在洛阳赋《秦妇吟》一事而已，此外且有更深沉之悲痛在，盖据《旧唐书·昭宗纪》所载，天祐元年正月，朱温曾胁迁唐都于洛阳，八月遂弑昭宗而立昭宣帝，未几，朱温遂篡唐自立，可见昭宗之迁洛阳乃当时一件大事。而且据《旧五代史·梁本纪》所载云昭宗之迁洛阳，其从以东者小黄门十数人打毬供奉内园小儿等二百余人而已，而且在半途之中，这些人就全被朱温借故杀死了，由是皇帝左右遂尽为朱温之人矣，当时蜀王王建、吴王杨行密等闻梁迁天子于洛阳，曾皆欲举兵讨之。在这样重大的变故之中，端己在蜀遥闻此事，当然会不免有一番感慨，何况洛阳又为端己旧游之地，则前尘往事新悲旧恨当然会不免触绪纷来，因之这五首《菩萨蛮》乃于最末一章特别标举洛阳，其中可能确有端己今昔沧桑的一份感慨，而且朱温胁迁唐都于洛阳乃发生在端己入蜀以后的近事，这是端己在这五首词中所以先说起江南而最后才说到洛阳的可能之一。

然而我一向并不喜以比附史实来解说诗词，如果从比较单纯的直接感受来推测，则端己当年寓居洛阳原来就在漂泊江南以前，如果把第一首"红楼别夜"所写的"和泪辞"的"美人",看作端己在洛阳时的一段美好的遇合,则经过离别以后的辗转漂泊,于最末一章重新点明当日之洛阳,以表示对当年洛阳美人之终始不忘,这不但是极自然的情事,也是极完整的章法,这是端己在这五首词中所以先写别后之江南漂泊而最后才点明对洛阳之追忆的可能之二。我们现在对此二种可能性且先不下判断,只单纯以欣赏之态度,来为这五首词试一作解说分析。

首章"红楼别夜堪惆怅",一起便写出满纸离情。"红楼"乃离别之地,"别夜"乃离别之时,至于"堪惆怅"三字,则有两重情意:回思别离之往事,历历如在目前,而相逢无计,再见无期,及今思之,唯有满怀惆怅而已,此今日之"堪惆怅"者也;再则"红楼"之旖旎如斯,"别夜"之凄凉若此,所谓"此情可待成追忆,只是当时已惘然",此昔日之便已"堪惆怅"者也。在这两重的惆怅之中,更接之以次句之"香灯半卷流苏帐"。"流苏"者,据《决疑要录》云"流苏者缉鸟尾垂之,若旒然,凡旌旗帐幕之类,皆饰之以为美观",郑因百先生《词选》云"今多缉丝线为之,南方仍有流苏之称,北方则谓之穗子,以其类禾稻之穗也","流苏帐"者饰以流苏之帐也,其精美可知。"灯"字上更着以一"香"字,则香闺兰麝,掩映宵灯,其情事亦复可想,何况"流苏帐"前还更有"半卷"二字更使人益增缱绻之思,而却与上句之"别夜"相承,于是所有的春宵缱绻之情,便都化而为离别的惆怅之感了。

这两句叙述的口气都很率直，然而上下反衬，百转千回，端己之"似直而纡"便已可概见一斑了。继之以"残月出门时，美人和泪辞"，则别宵苦短，去者难留，残月将沉，行人欲去，遂终不得不与美人和泪而辞矣。"辞"者临行之话别也，《西厢记·长亭送别》有句云"听得道一声去也，松了金钏，减了玉肌，此恨谁知"，则话别之际，岂有不泪随声下者乎，更何况与之和泪而辞者乃竟为一如此之"美人"，则眷恋之情岂不更增离别之痛。

解说至此，本句已可告一段落，只是如仔细研究其句法，则此句实有两种解释之可能：一者乃谓美人和泪与我而辞，则垂泪者乃美人；二者又可释为我与美人和泪而辞，则垂泪者乃行人。我最近在《文学季刊》曾发表了一篇小文，题为《一组易懂而难解的诗》，曾经谈到一句诗词有时可有多种解释之可能，我们大可把这些歧解同时保留下来，相互引发，反而可使作品的意蕴更为丰美，本句亦然，如果把两种解释合看，则美人垂泪我亦垂泪，岂不可使离别之情更加深一层，因此这一句亦大可不必作文法之分析，只看作二人相互和泪而辞可也。

下半阕"琵琶金翠羽，弦上黄莺语"二句，"金翠羽"三字据郑因百先生《词选》注云"金翠羽，琵琶之饰也，在捍拨上，今日本藏古乐器可证"，又据《海录碎事》云"金捍拨在琵琶面上当弦，或以金涂为饰，所以捍护其拨也"，是"金翠羽"乃指捍拨上所装饰之翠羽殆无可疑。

至于这二句之解释则也有两种可能：一者可以视为和泪辞之美人于离别之际，果然曾亲手弹奏过一曲琵琶，而且琵琶之美既上有翠羽之饰，弦上之音更有似莺啼之好，然后接以下面"劝我早归家"五字，则是弦上所奏之曲，与美人话别之辞突然于行人耳中结合为一，其声声婉转，句句叮咛者，唯有"劝我早归家"之一语而已；另一种解释，则是把"琵琶金翠羽，弦上黄莺语"二句，不必看作实指美人于当时确曾奏过一曲琵琶，不过美人在平日既常奏翠羽之琵琶，美人之声音，亦常似弦间之莺语，今日闻美人叮咛之语，亦犹似平日弦上之婉转莺啼，遂直用弦上莺啼为美人音声之象喻，所以乃径接以下一句"劝我早归家"的叮咛之语。

这两种解释于欣赏时也大可使之兼容并存，不必妄为去取。至于末一句以"绿窗人似花"五字承接在"劝我早归家"之后，遂使前一句的情意更加深重了一层。何以言之？一则绿窗下相待之人既有如花之美，则远行之游子如何能不因怀思恋念而作早归家之计？此所以用"人似花"为叮咛之语者一也。再则花之美丽又是天下间最短暂的事物，偶一蹉跎，则纵使他日归来，也早已春归花落，无复当年之盛美矣。

王静安先生就曾有一首词说："阅尽天涯离别苦，不道归来，零落花如许。"在天涯历尽了离别的悲苦，所盼望的原不过只是再相见时的一点安慰而已，如果历尽悲苦之后所得的竟是花落春归的全然落空的悲哀，这岂不是人间最大的憾恨。然则彼绿窗下之美人既有如花之美丽足以系游子之相思，更有如花之易于凋落，足以增游子之警惕，那么只为了珍惜这一朵易落的花容，游子自必当早作归家之计矣，这是何等深切的叮咛嘱咐之辞。这一章别情之深挚一直贯注到末一章游子终然未得还乡的毕生的悲恨，这是要读到最后一章结尾，才能更深切地体会出来的。

次章则所写的已是游子远谪江南以后的情况了。首二句"人人尽说江南好，游人只合江南老"，仍不过从别人口中道出江南之好而已，有向游子劝留之意，而游子之本意则原在还乡，未作久留江南之计也。次句之"合"字乃"合该""合应"之意，"只合江南老"者，谓游子真个只应在江南终老也。夫人情同于怀土，游子莫不思乡，"江南"既是异乡，"游人"原为客旅，何以偏偏却说是该向江南终老？

此二句虽是以他人之口道出，可是若不是游子的故乡已经有不能得返的苦衷，则异乡之人又何敢便尽皆以如此断然之口吻来相挽留，观此二句之"尽说""只合"等字样，是何等劲直激切，然而如果仔细吟味，则其情意却又正复沉挚深切百转千回，端己之"似直而纤，似达而郁"，于此乃又得一证矣。

以下接言"春水碧于天"，是江南景色之美；"画船听雨眠"，是江南生活之美；下半阕"垆边人似月，皓腕凝双雪"，则从前二句一气贯串而下，写江南人物之美。按"垆"，一作"坊"，又作"炉"，卖酒者置酒瓮之处也。《史记·司马相如列传》云"买酒舍乃令文君当炉"，又《后汉书·孔融传》注云"炉，累土为之，以居酒瓮，四边隆起，一边高如锻炉，故名炉"，然则垆边之人，盖卖酒之女郎也，"似月"者，女郎之光彩皎皎照人也，"皓腕凝双雪"者，言其双腕之皓白如雪也（按"双"字一本作"霜"，则直言皓腕之白如霜雪，不必指明"双腕"，而"双"字之意，自在其中，亦佳）。昔曹子建有诗云"攘袖见素手，皓腕约金环"，则当此女郎当垆卖酒之际，攘袖举手之间，其皓如霜雪之双腕的姿致之撩人可想，江南既有如此之美女，则岂不令游子生爱赏留恋之意。

自"人人尽说江南好"二句以下，全写江南之好，有"碧于天"的"春水"之明媚，有"画船"上"听雨"的闲情，有"垆边"的如"月"之"佳人"，全力促成"游人"之"只合江南老"。然而下一句却忽然跌出来"未老莫还乡"五个字，表面上是顺承，而实际上却是反扑。盖以此一句虽然着一"莫"字，却明明仍道出"还乡"字样来，则知前面虽然一意专写江南之好，原来都不过是强作慰解之语，而"故乡"之思，则未尝或忘也。至于"还乡"二字上的一个"莫"字，则正是极端无可奈何之辞，如陆放翁《钗头凤》词结尾所写的"山盟虽在，锦书难托，莫，莫，莫"，接连道出三个"莫"字来，却也只不过是一片无可奈何之情而已。夫端己岂不欲还乡，放翁又岂不欲与唐氏证彼山盟托以锦书，然而盟有不可证，书有不可托，而乡有不可还者，所以曰"莫"也。仅此一"莫"字已有多少辗转思量之意，何况上面还更用了"未老"两个字，其意盖谓年华幸尚未老，则今虽暂莫还乡，而狐死首丘则终老之日誓必还乡也，所以此句表面虽然说的是"莫还乡"，而实际却是一片怀乡的感情。

至于下一句"还乡须断肠"则是极痛心地补叙出今日"莫还乡"的缘故，这一句看来说得极简单，然而含义却极深，"须断肠"之"须"字，说得斩钉截铁，是还乡之必定要断肠也，然而"还乡"二字却又说得如此概括，而未指明"还乡"后究竟是哪些事物使人竟至于必"须""断肠"呢？于是隐约中遂使人感到必是还乡后之事事物物皆有足以使人断肠者矣。我们虽不愿如张惠言、陈廷焯之比附史实来强作解说，然而端己一生饱经乱离之痛，值中原鼎革之变，为异乡漂泊之人，则此句之"还乡须断肠"五字也可以说是写得情真意苦之极了。

第三章开端二句即云"如今却忆江南乐，当时年少春衫薄"，既曰"却忆"，又曰"当时"，则自然该是回忆之言而并非身在江南之语了。

我们试于此向前二章作一回顾，如果说首章所写乃回忆离别之当日，次章所写乃回忆江南之羁旅，则此章所写的就该是回忆离开江南以后的又一段漂泊的时期了。所以我以为这五首词里的所谓"江南"之地，都该是确指江南之地而并非指蜀，可是写作的时间则却都是离开"江南"以后的事了，而且极可能是晚年羁身蜀地之时的作品。

先看首句，"如今却忆江南乐"者，盖紧承前一章之"人人尽说江南好"而来，于此乃知凡前一章所写人人尽说的江南之种种好处原来当时在诗人自己之心目中，却并未真正觉其可赏可乐，而其一心所系者原来仍在故乡，所以上章结尾乃终于道出"还乡"之语，是则虽然不得已而暂时不得还乡，却始终仍怀有还乡的盼望。

至于这一章所写的，则是并当日江南之游也已成了一段可怀念的追忆，正如贾岛《渡桑干》一诗所写的"客舍并州已十霜，归心日夜忆咸阳。无端更渡桑干水，却望并州是故乡"，诗人在江南时怀念故乡，而今更离开了江南，而且又经历遍了更多的离乱哀伤，对于"还乡"之想也早已望断念绝，在此种心境下再回忆当年江南之羁旅，反而觉得即使是当年的羁旅较之今日也仍自有其可乐之处了。是今日之所以感到当年之可乐者，乃正因今日之更为可悲。端己此词之开端，即以坚决之反语道出江南之可乐，复以"却忆"二字反衬出今日之更为可悲以及还乡之更不可望，此种说法亦正是"似直而纡，似达而郁"的端己之特色。夫诗人既谓江南为可乐，于是下句乃承以"当时年少春衫薄"七字，正写江南之乐，其实只是"当时年少"四字便已自有可乐者在矣，下面更缀以"春衫薄"三字，则春衫飘举风度翩翩，少年之乐事乃真可想见矣。

至于此句之"当时"二字，则更当与上一句之"却忆"二字参看，极写回忆中当时之可乐，正以之反衬今日之堪悲。然后承以下面"骑马倚斜桥，满楼红袖招"更直贯到下半阕"翠屏金屈曲，醉入花丛宿"，一共四句，一口气下来全写回忆中当年之乐事，于是而忆及当日满楼红袖之相招，此自为少年时可乐之事，而必曰"骑马倚斜桥"者，盖"骑马"始益增年少之英姿也，昔白居易《井底引银瓶》诗曾有"妾弄青梅凭短墙，君骑白马傍垂杨。墙头马上遥相顾，一见知君即断肠"之句，王静安先生更曾用韦庄此二句词意，写过一首《浣溪沙》，有"六郡良家最少年，戎装骏马照山川"及"何处高楼无可醉，谁家红袖不相怜"之句，凡此所写皆足以证明马上英姿之俊发之可以得墙头佳人之回顾，之可以得楼上红袖之相招，于是一切目成心许之韵事乃尽在不言中矣，至于"桥"而必曰"斜桥"者，盖以用一"斜"字才更能显出一份欹侧风流之情致也。

　　既已目成心许得高楼红袖之招，于是乃有下二句"翠屏金屈曲，醉入花丛宿"之情事，"翠屏"者，翡翠之屏风也，"屈曲"一作"屈戍"，《辍耕录》云："今人家窗户设铰具，或铁或铜，名曰环纽，……北方谓之屈戍，其称甚古。"此词之"金屈曲"自当指屏风上之环纽而言，曰"翠"曰"金"，足以见其华丽，"屏"字可以想见闺房屏障之掩映深幽，"屈曲"字用环纽来显示其折叠，可以想见屏风之曲折回护，在此一句描写闺房景物的句子下，接以下句之"醉入花丛宿"，则此所谓"花丛"，自然并不仅指园庭之花<u>丛</u>，乃暗指如花众女之居处也，酒醉而入宿花<u>丛</u>，自是少年时可乐之事。然而从首句"如今却忆江南乐"之言观之，则是此少年之乐事，当时乃并未觉其可乐也，当时之所以不觉其乐，则岂不以当时仍念念在于"还乡"之故，然后接以下句之"此度见花枝"五字，曰"此度"

则自非前度之在江南矣，而隐隐逗起了下一首之"今夜须沉醉"。

　　至于"见花枝"则自然是承接着前面的"花丛"而来，姑不论好花美人皆可以用为象喻之意，总之，"花丛"与"花枝"都当指一段美好的遇合而言，"此度见花枝"者，自当指此时的又一段际遇而言，然后接以"白头誓不归"，"归"字承上章而来，仍当指"还乡"之意，"白头"则承上章"未老"二字而来，其意乃谓当时念念在还乡，故不知江南之可乐，且思终老之必还故乡，"此度"则忧患老大之后，既已知还乡之终不可期，则此度既再有像当日"花丛"之"见花枝"的美好的遇合，则真将白头终老于此不复作还乡之想矣。人在悲苦至极之时乃往往故作决绝无情之语，如杜甫之关爱朝廷而终不能得用也，乃曰"唐尧真自圣，野老复何知"矣，服膺儒术而终不能得志也，乃曰"儒术于我何有哉，孔丘盗跖俱尘埃"矣。端己此句亦正复因其有不能得归之痛，故乃曰"白头誓不归"矣。着一"誓"字，何等坚决，以斩尽杀绝之语，写无穷无尽之悲，《白雨斋词话》评此句云："决绝语，正是凄楚。"所言得之，而端己之劲直而非浅率亦可见矣。

　　第四章又紧承第三章而来，前面既已说出"白头誓不归"的如此失望决绝之语，是已自知故乡之终老难返，少年之一去无回，则诗人今日所可为者，亦唯有以沉醉忘怀一切而已，故此章乃于开端即曰"劝君今夜须沉醉，樽前莫话明朝事"也。

　　此章最可注意的乃端己于一首短短的仅有四十四个字的小令

内，竟然用了两个"须"字、两个"莫"字。第一次用在前半阕的开端，即前所举之二句；第二次则用在后半阕的开端，即"须愁春漏短，莫诉金杯满"二句，"须"字者"定要如何"之意，"莫"字者"千万不要如何"之意，说了一次"定要如此千万不要如彼"，再说一次"定要如此千万不要如彼"。

这种重叠反复的口吻，表现出多少无可奈何的心情，表现出多少强自挣扎的痛苦，有些人以为此篇大都为旷达之辞且不免有率易之语，因此从清朝的张惠言开始，一般选本就往往把此章删去不选，这都是未能体会出这一首词真正好处的缘故。

先看首句"今夜须沉醉"五字，此一"须"字乃"直须""定要"之意，言其今夜之饮定非至沉醉不止也，以必醉之心情来饮酒，原可能有两种情形：其一是因为快乐到极点了，所以要饮到不醉无休；其二则是因为悲哀到极点了，所以也定要饮到不醉无休。端己之心情，自然是属于后者，这从第二句的"樽前莫话明朝事"七字就可以体会出来，关于"莫"字所表现的无可奈何之情，我在说第二章"未老莫还乡"一句时已曾谈到。曰"莫话"，则明日之事之不忍言不可言之种种苦处可以想见矣。"樽前"则正指饮酒之地，对此樽前唯当痛饮沉醉而已，即使近在明朝之事尚且不欲提起，则其对未来一切之完全心断望绝可想而知矣。

然后接以"珍重主人心"，曰"主人"者，异地之"主人"也，则端己之为游子而身不在故乡可知。李白有诗云："兰陵美酒郁金香，玉碗盛来琥珀光。但使主人能醉客，不知何处是他乡。"有兰陵之美酒，飘散着郁金的香气，盛在玉质的碗中，泛着琥珀的光彩，倘果有能以如此盛意招待客子尽醉之主人，则此深深之美酒，岂不就正如同主人深深的情意，而且愈是思乡而不能返的游子，对此一番盛意也就愈加容易感动，于是客子思乡之苦在如此殷勤之情意中，乃真若可忘矣，此太白之所以说"但使主人能醉客，不知何处是他乡"，而端己之所以说"珍重主人心，酒深情亦深"也。

下半阕之"须愁春漏短，莫诉金杯满"二句，再用一"须"字与一"莫"字相呼应，与开端二句之"须"字、"莫"字同属于殷勤相劝的口吻，可是我却对开端的"劝君"二字一直未加解说，也许有人以为这二字极浅显明白，原不需解说，也许有人以为乃由于我行文时之忽略未加解说，其实我原来就正是要留到这里与这二句一同解说的，因为此词前后既有二处都用相劝之口吻，那么究竟是出于何人之口呢？

自本词通首观之，则"劝君"二字，实可有数种不同之看法，第一可视为主人劝客之语，第二可视为客劝主人之语，第三可视为诗人自劝之意，第四可视为二人互劝之意，第五前后二处相劝之口吻，可出于不同之人物，即如一为客劝主，一为主劝客，一为劝人，一为自劝，可有多种不同之配合变化。在这多种异说的可能中，我个人以为前二句之"劝君今夜须沉醉，樽前莫话明朝事"似当为主人劝客之辞，故其后即承以"珍重主人心，酒深情亦深"二句，便正是客子衷心相感之表现；而后半阕之"须愁春漏短，莫诉金杯满"二句，则似乎当是客子既深感主人之用心，于是乃自我亦作慰解之语的自劝之辞。

"春漏"者，春夜之更漏也，春漏短实在就是"春夜短"之意，"春夜"在一般人心目中乃何等佳美的时光，而况主人更有如彼殷勤之盛意，于是客子于感动之余乃亦复自思真当珍惜此易逝之良宵，则主人更以美酒相劝之时，便不要更以"金杯"之过"满"为辞了，于是此词乃由首二句之主人劝客，到次二句之客感主人，到此二句之客之自劝，宛转曲折，写出诗人多少由思乡之苦中，勉强欲求欢自解的低回往复的情意，于是最后乃以"遇酒且呵呵，人生能几何"的强为欢笑的口吻，为苦短的人生作了最后的结论，这种结论是下得极为绝望也极为痛苦的。

多年前我读端己这一首词时，对其"呵呵"二字原颇为不喜，以为此二字无论就声音或意义而言，都会予人以一种直觉的空虚浮泛之感，而且又是如此浅俗的两个字，似乎乃端己的一句败笔，然而细读之后，乃愈来愈体会出这两个字的好处，因为端己所要表现的原来就是一种心中寂寞空虚，而表面强颜欢笑的心情，然则此充满了空虚之感的"呵呵"二字空洞的笑声，岂不竟然真切到有使人战栗的力量，端己词之于浅直中见深切的特色，真是无人可及的。

末章开端"洛阳城里春光好，洛阳才子他乡老"二句，一开口就重复地道出了"洛阳"二字，而且接连两句都把"洛阳"二字放在开端，不但充满了一片眷念的情意，在口吻中也流露出一片呼唤的心声，则"洛阳"之足以使人怀想可知，其所以然者，从前面所述的端己生平来看，则约有二端：一则在黄巢乱后端己曾一度寓居洛阳，在这一段时期，他曾写过不少感怀时事的篇什，如其集中之《洛阳吟》，洛北村居，当为在洛阳作自无可疑，他如《北原闲眺》之"千年王气浮清洛"，《睹军回戈》之"满车空载洛神归"，《中渡晚眺》之"魏王堤畔草如烟"，以及《和集贤侯学士分司丁侍御秋日雨霁之作》之"洛岸秋晴夕照长"，盖皆为在洛阳时所作。何况端己还曾在洛阳写下了他平生杰作的《秦妇吟》，则当日洛阳所予端己印象之深切可知，而且据夏氏《韦端己年谱》，则端己之离长安居洛阳乃在中和二年之春日，其作《秦妇吟》则在中和三年之春日，是端己盖曾两见洛阳之春，从其《秦妇吟》所写的"中和癸卯春三月，洛阳城外花如雪"的描写，可以想见洛阳春光之美好，是则本词首句之"洛阳城里春光好"非虚语矣，何况端己居洛阳时乃正当自长安逃出之后，则洛阳当日之美景，一定曾经给端己留下许多可赏爱也可悲慨的感情，此洛之所以值得眷念怀想之一因也；再则如果按照我们前面对端己这五首词之最后写到洛阳所作的两种可能的猜测，则无论端己是对当时朱温之胁迁唐都有一种今昔离乱的深慨，或者是对当年在洛阳所离别的美人有一份难忘的追忆。总之，这一些情事乃使端己遥想洛阳春光之好而弥增眷念怀想的原因之二。

至于下面"洛阳才子"一句，首先当辨者自当为"洛阳才子"

之所指，《栩庄漫记》以为此词乃端己在洛阳作，如果当时端己是在洛阳，那么"他乡老"的"洛阳才子"就该不是端己自谓了。

这种说法，若单从这一句的文法来看，原也未始不可，只是如果就端己词整个的风格及语气来看，则自有不可如此解说的原因在。

首先，我们该注意到端己这五首词，甚至端己大部分的词，都是属于词中有我之作，端己所写的情事大都是切身的情事，何况端己确实曾在洛阳住过，更曾因在洛阳写《秦妇吟》而赢得了"秦妇吟秀才"的称号，则"洛阳才子"非端己自谓而何；再者，"洛阳才子"如非端己自谓，则更无所指，因为关于洛阳一向并没有另外一个特殊著名的才子之传述，如果说这四个字乃泛指洛阳一切有才之士，则在中国文学惯用的词汇中除去燕赵之多侠士、稷下之多谈士等一般概念外，并没有洛阳之多才子的一般习知之概念，这是我所以认为"洛阳才子"乃端己自谓的原因，而且与上句合看，则当年曾亲见"洛阳城外花如雪"的春光之好，而今日则赋此"洛阳城外花如雪"的才子，却流落而终老他乡了，这岂不是一种极自然的承接。

至于下面"柳暗魏王堤，此时心转迷"二句，上句之"魏王堤"当为对首句"洛阳城里春光好"之承应，盖"春光好"三字仍不过泛泛叙述而已，"柳暗魏王堤"五字始为具体之描写。据《河南通志》云："魏王池在洛阳县南，洛水溢为池，为唐都城之胜，贞观中以赐魏王泰，故名。"魏王堤即在池上，白居易有《魏王堤》诗云："花寒懒发鸟慵啼，信马闲行到日西。何处未春先有思？柳条无力魏王堤。"则魏王堤之春色可想，至于"柳暗"者，"暗"字正写柳之浓密，稼轩《贺新郎》词云"柳暗凌波路"，又《祝英台近》词云"烟柳暗南浦"，皆可见"暗"字所予人的浓阴茂密之感。魏王堤既为洛阳之名胜，又正以多柳著称，何况柳树又特别能表现春日之美好，此端己所以用"柳暗魏王堤"一句以承接首句洛阳之"春光好"者也。

至于下一句之"此时心转迷"五字，则似乎当与第二句之"洛阳才子他乡老"七字相承接，洛阳城外魏王堤之春色既如此令人怀念，则当年之洛阳才子，此时在他乡老去之时，回忆当年之洛城春色，岂有不满怀凄迷怅惘者乎，此端己之所以用"心转迷"以承应次句之"他乡老"也。

至于后半阕之"桃花春水渌，水上鸳鸯浴"二句，初看起来好像与前半阕之"柳暗"一句同为写"春光好"之辞，然而仔细吟味，却当分别观之，盖端己这五章《菩萨蛮》词，其叙述之口吻，自开始便系以回忆出之，从首章之"红楼别夜"起，继之以江南之漂泊，再继之以对江南之追忆，直至第四章之"劝君今夜须沉醉"似乎才回到现在来，而第五章的"洛阳城里春光好"则是另一回忆高潮之再起，只是前面第四章既然已经写到现在，所以第五章在洛阳一句突起的回忆之后，当下便以"他乡老"再转接到现在，然后又以"柳暗"一句足成回忆中之洛阳，再以"此时"二句，转回到现在的怅惘凄迷。而下半阕的"桃花春水渌"所写便已是现在眼前的春光，而不复是回忆中江南或洛阳之春光了。至于眼前春光之所在，则似乎该是端己所羁身的西蜀之地。而"桃花春水渌"五字，所写的就该正是蜀地之春光。

据夏氏《韦端己年谱》，端己寓蜀时曾于浣花溪上寻得杜甫草堂旧址，芟夷结茅而居之，而杜甫在草堂所作的诗中，就有不少写到桃花和春水的，如其《春水》一首的"三月桃花浪"，《江畔独步寻花》的"桃花一簇开无主，可爱深红爱浅红"，《绝句漫兴》的"轻薄桃花逐水流"，以及《漫成》二首之"春流泯泯清"，《田舍》一首之"田舍清江曲"，《江村》一首之"清江一曲抱村流"，《卜居》一首之"更有澄江销客愁"，从这些诗句都可见到蜀地桃花之盛与江水之清，而端己的"桃花春水渌"一句，"渌"字便正是清澄之意，然则此五字所写岂不正是端己眼前所见的蜀地春光?

至于下一句之"水上鸳鸯浴"，则证之于杜甫在蜀所作的《绝句》二首之"沙暖睡鸳鸯"之句，则此句所写与上一句相承，当然也正是蜀地之春光，只是这二句词所写的，似乎还不仅是从对过去之回忆，跌入现在的眼前景物的写实而已，另外似更当有着一份以鸳鸯之偶居不离，以反衬人事之自红楼一别之后乃竟至终老他乡，不复能相逢重聚的悲慨，鸳鸯之相守相依，正以之反衬离人之长暌永隔，运转呼应之妙乃直唤起首章别夜时"早归家"的叮嘱。这种呼应，正足以见到诗人对当日红楼美人的不能或忘，对不能或忘的人，竟至落到不想重聚而必须要终老他乡的下场，则人间恨事孰过于此，所以结尾乃以万分悲苦的心情写下了"凝恨对残晖，忆君君不知"的深情苦忆的呢喃。

"凝恨"二字，据张相《诗词曲语辞汇释》云："凝为一往情深专注不已之义。"又云，"凝恨，恨之不已，犹云积恨也。"

从端己这五首词所写的情事来看，则自红楼别夜的惆怅，美人和泪的叮咛，到江南漂泊对还乡断肠的悲虑，再转为离开江南以后，漂泊更远，深慨少年不再，故乡难返，而竟誓以白头不归的决绝的哀伤，再转为莫话明朝唯求沉醉的颓放，以迄最后一个重忆洛阳的高潮的再起，百转千回层层深入，则其中心所凝积之幽恨可知，故曰"凝恨"也。

至于下面的"对残晖"三字，则可以有几种解说：一则可使人想见暮色之苍茫，倍增幽怨凄迷之感；二则可使人想见凝望之久，直至落日西沉斜晖暗淡之晚；三则如果以中国诗歌一贯所习用的托喻的想法来看，则"日"之为物，一向乃朝廷君主之象喻，而今端己乃用了"残晖"二字，则当时朝廷国事之有足哀者，也可以说是意在言外了，而且如果以史实牵附立说，则昭宗之被胁迁洛阳，唐朝国祚之已濒于落日残晖可知。我们虽不欲为过分拘狭的解说，单只从字面来看，则"凝恨对残晖"五字，也可以说是写得幽怨至极了。

至于最后一句"忆君君不知"，则是历尽漂泊相思终至心灰望绝以后所余的一点最后申诉的心声，以如彼之深情相忆，而竟至落到了如此负心不返的下场，其间该有多少不得已的难言的情事，然则，纵有相忆之深情，谁更知之，谁更信之，所以结尾乃说出了"君不知"三个字，这岂不是衷心极深沉的怨苦的一个总结？端己用情极深挚曲折，用语则明白劲切，评者所谓"似直而纡，似达而郁"者，在这五章《菩萨蛮》中，可以说得到充分的证明了。

从以上所举的例证来看，温韦二家词风格之不同已可概见一斑。温词多用客观，韦词多用主观；温词以铺陈秾丽取胜，韦词以简劲清淡取胜；温词像一只华美精丽而没有明显的个性及生命的"画屏金鹧鸪"，韦词则像一曲清丽婉转，充满生命和感情的"弦上黄莺语"。

这种风格之异固由于二家性格之不同，然而自词之意境的演进方面来看，我认为也仍然是具有可注意的价值的，因为词在初起时，只不过是供人在歌筵里席之间演唱的乐曲而已，用一些华美的辞藻，写成香艳的歌曲交给娇娆的歌妓酒女们去吟唱，根本谈不上个人一己的情志之抒写。飞卿的词尽管被后世的常州诸老奉为与屈子同尊，但是他们的解说也只能从联想及比附的猜测上去下功夫，至于就飞卿词本身而言，则其外表所予人的直觉印象却依然只不过是逐弦吹之音所写的一些侧艳的词曲而已，既无明显的怀抱志意可见，甚至连个人一己之感情也使读者难于感受到。

而端己的词则在这一方面已有了一大转变，端己词从外表看来，虽然仍不脱花间的风格，可是他却把在花间中被写得极淫滥了的闺阁园亭相思离别的情景，注入了新鲜的生命和个性，词在端己手中已不仅是徒供歌唱的艳曲而已，而是确实可以抒情写意的个人创作了。

飞卿词所予人的多半仅是一片华美的意象，虽可引人联想，而其中之人物情事则不可确指，而端己之词则使人读之大有其中有人呼之欲出之感，即如前所举之《菩萨蛮》五首，以其所写之时地与人言之，则有当年红楼别夜之美人，有旧游江南之红袖，有今日樽前之主人，至于所写的情意则更为真切感人，有惆怅的别情，有断肠的怀念，有誓不归的决绝，有须沉醉的颓放，百转千回直写到忆君的凝恨。本文因篇幅所限，不暇多举例证，其实端己的名作，如《女冠子》之"四月十七"与"昨夜夜半"，及《荷叶杯》之"绝代佳人难得"与"记得那年花下"诸首，都比这五首《菩萨蛮》写得更为真切具体。杨湜《古今词话》造为王建夺妾之说，其不可信，固早经夏承焘在《韦端己年谱》中考辨甚明，然而杨湜之说虽属无据却又并非无因，就因为端己词所写的人物情事虽不必问其确指何人，而却都能使读者感到其所写者必为一己真实之感情经历的缘故。这种鲜明真切极具个性的风格，不仅为端己词的一大特色，而且当是晚唐五代词在意境方面的一大演进，使词从徒供歌唱的不具个性的艳曲，转而为可供作者抒写情意的极具个性的文学创作了。

三、冯延巳 [1]

我们所要看的第三位词人乃冯正中，《人间词话》所给予正中的评语，重要的有下列数则：其一是说"深美闳约"四字"唯冯正中足以当之"；其二是说"正中词品若欲于其词句中求之，则'和泪试严妆'殆近之欤"；其三是说"冯正中词虽不失五代风格，而堂庑特大，开北宋一代风气"；其四是说"正中词除《鹊踏枝》《菩萨蛮》十数阕最煊赫外，如《醉花间》之'高树鹊衔巢，斜月明寒草'，余谓韦苏州之'流萤度高阁'，孟襄阳之'疏雨滴梧桐'不能过也"；其五是说"温韦之精艳所以不及正中者，意境有深浅也"。综合以上五则评语，我们可分作两方面来看，**第一、第三、第五诸则是属于意境方面的评语，而第二、第四两则则是属于风格方面的评语**。

我们现在先从意境方面来看，如我在前文论温韦二家词时所云，晚唐五代之际，词在初起时原来只不过是供歌唱的艳曲而已，写景则不出闺阁园庭，写情则不外伤春怨别，温韦二家就同属于此一范围之内，只是温词较为客观，无鲜明之个性，韦词较为主观，有鲜明之个性，从端己的作品中，我们已可清楚地看到，词之为物已经从徒供歌唱、不具个性的曲子，转而为可以自我抒写情意、具有鲜明个性的文学创作了。

这在词的意境方面当然已是一大演进，可是如果以端己与正中

---

[1] 冯延巳之名乃辰巳之巳，说详夏承焘《冯正中年谱》。

相较，则端己词中所写之情事，一方面虽然真切劲直具有鲜明之个性，而另一方面却又不免过于拘狭落实，其所写者往往只限于一人一时一地一事而已，因此在意境方面，自然就受到了相当的拘限，使读者不容易自其中得到更多的联想和启发，正中则不然，正中词从外表看来，虽然也不过是闺阁园庭之景，伤春怨别之辞，可是他一方面既较飞卿为主观而且个性鲜明，而另一方面他却又不似端己之拘狭落实。

读正中词会使人觉得其所写的情意境界虽同样真切感人，可是却又并不为现实之情事所拘限，而可以令读者产生较深较广之联想，这是正中词之一大特色，其所以然者，我以为那乃由于端己所写者但为现实中感情之事迹，而正中所写则是不为现实所拘限的一种纯属于心灵所体认的感情之境界的缘故。

读端己词如其《女冠子》之"四月十七，正是去年今日，别君时"，及"昨夜夜半，枕上分明梦见"，与《荷叶杯》之"记得那年花下，深夜，初识谢娘时"诸作，以及前面说端己词时所举的《菩萨蛮》五首，其中情事都是时地分明，其中有人呼之欲出的作品，虽然真切感人，却全以分明之事迹为主，因而乃不免为这些现实的事迹所拘限，而不能引发读者更自由、更丰美的联想了。而正中词则不然，正中词如其《鹊踏枝》之"秋入蛮蕉风半裂，狼藉池塘，雨打疏荷折"三句，虽然写的也是眼前园庭之景物，然而却能给予读者一种并不为景物所拘限的时序惊心众芳芜秽的对整个人生之悲慨的联想。又如其另一首《鹊踏枝》之"心若垂杨千万缕，水阔花残，梦断巫山路"三句，所写的虽然也是相思离别的情事，然而却并不为某人某事所拘限，而能令读者读之兴起一种属于所有有情之人所同具的，虽在隔绝失望之中而依然此心难已的共感。

我们从这些例证都可看到正中所写的已不仅是现实中有拘限的景物情事，而是由这些景物情事所唤起或所象喻的，包容着对人生有着综合性体认的某种更为丰美的意境。因此我说正中词所写的已不仅是有拘限的感情之事迹，而是意蕴更为丰美的一种具有综合性体认的感情之境界。我想这也正是《人间词话》说"正中词虽不失五代风格，而堂庑特大"，及"温韦之精艳所以不及正中者，意境有深浅也"，而且以"深美闳约"四个字的赞语独许之于正中的缘故。而且《人间词话》在另一则评语中亦曾引正中词之"百草千花寒食路，香车系在谁家树"二句，以为有"诗人忧世"之意，益可见《人间词话》之所以称赞正中词之堂庑特大意境深美，乃由于他的词不为现实所拘限，因而可以使读者自联想而体认到一种更为深广之境界。

以上乃就意境方面之特色而言。至于就风格方面而言，则从前面所举的《人间词话》来看，其所标举的特色约有两点：其一是"和泪试严妆"五字的评语，"严妆"是秾丽，而"和泪"则是哀伤，透过秾丽的彩色来表现悲哀，这正是正中词的特色，如其《采桑子》词之"斜月朦胧，雨过残花落地红"，"惆怅墙东，一树樱桃带雨红"，以及"忍更思量，绿树青苔半夕阳"诸句，便都是以极秾丽之笔写悲凉的词句，正如女子之有"和泪"之悲而偏作"严妆"之丽。其实这种"和泪""严妆"的特色，还不只是正中词外表风格在色泽方面的特色而已，正中词在意境方面也是一方面有着如"严妆"一般的浓烈执着之情，而一方面却又有着"和泪"的悲哀愁苦，如其《采桑子》词之"如今别馆添萧索，满面啼痕，旧约犹存，忍把金环别与人"及"绣户慵开，香印成灰，独背寒屏理旧眉"诸句，其所表现的就是纵然"满面啼痕""香印成灰"，也依然有着珍重金环、旧眉重理的执着浓烈之情，而且正中风格之以秾丽表现悲凉，也就正是正中之虽然悲苦而依然浓烈执着的情意的一种外现，二者原是相成的一体之表现。

《人间词话》以"和泪试严妆"一句评正中之词品，确是非常有见地。除此以外，《人间词话》又说正中词中的某些句子虽韦苏州、孟襄阳不能过，而且举韦之"流萤度高阁"与孟之"疏雨滴梧桐"与正中之"高树鹊衔巢，斜月明寒草"相比较。说到韦孟之风格，二家原各有其精微繁复的多方面之成就，非本文所暇详论，而如果仅就《人间词话》所举的二句诗例来看，则不过只是他们俊朗高远一类的作品而已，这一类风格与前面所说的"和泪试严妆"之于秾丽中见悲凉的风格并不相同，可是正中词却往往于其一贯之浓丽而哀伤的风格中，有时忽然流露出一两句俊朗高远的神致来，如其《抛球乐》词之"坐对高楼千万山，雁飞秋色满阑干"及"霜积秋山万树红，倚岩楼上挂朱栊"诸句，便都极有俊朗高远之致。

　　总之，正中在情意方面自有其哀伤执着的深厚的一面，可是发而为词却又自有其秾丽的色泽与俊朗的风致，而且这两种意境和风格，曾分别影响了北宋初期的两位词人，刘熙载《艺概》即曾云："冯正中词，晏同叔得其俊，欧阳永叔得其深。"晏同叔的词以俊朗的风神取胜，欧阳修的词则以深婉的意致取胜，他们所得的都是正中之一体。而且大晏与欧阳二人的风格虽异，可是他们在意境方面所表现的，却又都是如我在前面论正中之意境所说的，不是仅拘限于感情之事迹，而是表现有某种可以予读者以启发联想的感情之境界的（可参看本书《大晏词的欣赏》一文）。读大晏及欧阳的词也往往能使读者体会到一种更深更广之意蕴，这一点与正中词亦正复相似，因此《人间词话》不仅说其"堂庑特大"，且云："开北宋一代风气。"可见王国维先生之论词是确有其过人之识见的。

　　以上都只不过是概说而已，下面就让我们举几首正中词为例证，来尝试一加研析。

　　　　　　　　鹊踏枝（二首）

　　谁道闲情抛弃久，每到春来，惆怅还依旧。日日花前常病酒，不辞镜里朱颜瘦。

　　河畔青芜堤上柳，为问新愁，何事年年有。独立小桥风满袖，平林新月人归后。

梅落繁枝千万片，犹自多情，学雪随风转。昨夜笙歌
容易散，酒醒添得愁无限。

楼上春山寒四面，过尽征鸿，暮景烟深浅。一晌凭栏
人不见，鲛绡掩泪思量遍。

抛球乐（一首）

酒罢歌余兴未阑，小桥流水共盘桓[1]。波摇梅蕊当心
白，风入罗衣贴体寒。且莫思归去，须尽笙歌此夕欢。

我们先看《鹊踏枝》词二首，在正中的《阳春集》中，共收有
《鹊踏枝》词十四首。清末的一位词人王鹏运曾经依次全部和过这
十四首词，而且前面还曾写有一篇短序，说："冯正中《鹊踏枝》
十四阕，郁伊惝恍，义兼比兴，蒙嗜诵焉。"可见正中这十四首词
之为人所重视。因此我乃选取了其中的二首作为例证。

关于正中之《鹊踏枝》词，有两点是必须辨明的。其一是在这
十四首词中，有四首词亦见于欧阳修的《六一词》，其中一首且又
见于晏殊的《珠玉词》，调名题为《蝶恋花》（按即《鹊踏枝》之别名）。

因此要想解说这十四首词，第一要辨明的就是其中重见于别家

---

[1] 按此句之"小桥流水"王鹏运四印斋本作"秋水"而于"秋"字下注云："别
作清"，私意以作"秋水"与全词所写"波摇梅蕊"之季节不合，而作"清水"
又不免过于平板无味。且龙沐勋《唐宋名家词选》及郑百同先生《词选》皆作"流
水"，必非无见而然，作"流水"之情致最佳，故本文录选此词亦作"流水"。
疑"清"字乃"流"字之形误，而"秋"字则"清"字之音误也。

词集的作品究竟作者谁属的问题。

我在前面曾说过，大晏与欧阳各得正中之一体，虽然三家的风格有相似之处，然而如果仔细分别，还是可以体认出其间的差别来。

我在《大晏词的欣赏》一文中，分析过三家对感情之处理的方式之不同，说正中所表现的乃"担荷的热情"，欧阳所表现的乃"遣玩的意兴"，而大晏所表现的则是"旷达的怀抱"。这种分别，本文不暇举三家词详加论述，现在只就我们前面所举的两首《鹊踏枝》来看："梅落繁枝"一首，唯见于《阳春集》，不见于他家词集，则其为正中作品自无可疑；至于"谁道闲情"一首，则亦见于欧阳修之《六一词》，然而观其风格语气似当为正中之作，故一般选本多以之归属于正中。

郑因百先生《词选》曾加论述曰："冯欧两家互见之作甚多，无从确定，若以风格论，则冯词深婉者多，笔致较轻，欧词豪宕者多，笔致较重，此词似冯而不似欧。"所言极有见地。所以要解说正中《鹊踏枝》词，先要确定互见之作的作者谁属，这乃第一点须要辨别清楚的；至于第二点须要辨明的，则是正中之《鹊踏枝》词究竟有无托意，与正中之为人究竟如何的问题。

冯煦《阳春集序》云："翁俯仰身世，所怀万端，缪悠其词，若显若晦，揆之六义，比兴为多，若《三台令》《归国谣》《蝶恋花》（按即《鹊踏枝》）诸作，其旨隐，其词微，类劳人思妇，羁臣屏子，郁伊惝怳之所为。"又云，"周师南侵，国势岌岌。中主既昧本图，汶暗不自强，……翁负其才略，不能有所匡救，危苦烦乱之中，郁不自达者，一于词发之。"

张尔田《曼陀罗㕙词序》亦云："正中身仕偏朝，知时不可为，所作《蝶恋花》诸阕，幽咽惝恍，如醉如迷，此皆贤人君子不得志发愤之所为作也。"

饶宗颐的《人间词话平议》也曾经说："予诵正中词，觉有一股莽莽苍苍之气，《鹊踏枝》数首尤极沉郁顿挫。"又云，"语中无非寄托遥深，非冯公身分不能道出。"而且更分别摘取正中《蝶恋花》词之断句，加以诠释云："'不辞镜里朱颜瘦'，鞠躬尽瘁，具见开济老臣怀抱；'为问新愁，何事年年有'，则进退亦忧之义；'独立小桥'二句，岂当群飞刺天之时而能自保其贞固，其初罢相后之作乎？另一首'惊残好梦'似悔讨闽兵败之役；'谁把钿筝移玉柱'则叹旋转乾坤之无人矣。"

以上诸说，都是以正中词为有寄托之作，且对其为人加以赞美者。此外，如清代之张惠言、陈廷焯诸人则是一方面既以比兴托意说正中词，另一方面却又对其为人颇致讥议，如张氏《词选》评正中之《蝶恋花》词就是既称其"忠爱缠绵，宛然《骚》《辨》之义"，却又诋毁其为人说"延巳为人专蔽嫉妒，又敢为大言"；陈氏《白雨斋词话》也是一方面既称其《蝶恋花》词"情辞悱恻，可群可怨"，又称其"谁道闲情"一首之上半阕云"始终不渝其志，亦可谓自信而不疑，果毅而有守矣"，又云"忠爱缠绵已臻绝顶"，另一方面却也诋毁其为人说："然其人亦殊无足取，诗词不尽能定人品，信矣。"

综观以上各说，诸家对正中人品之评论，无论其为誉为毁似皆不免有过分之处，而且必欲以托意比附时事解说诸词似亦不免有过于沾滞之处。关于正中词之容易被视为有所托意之作，我想那正因为如我在前面所说，乃由于正中词所写的原是一种有综合性体认的感情之境界，因此易于引起读者更深更广之联想，但读者却不必因一时之联想而为之比附立说，此其一；再者，关于正中之为人，也不必纷纷毁誉，正中只是一个生而就具有悲剧命运的不幸人物而已，其与南唐之朝廷政党之间的一切恩怨功过，都只是由于环境与个性相凝聚而成的必然结果。

据夏承焘之《冯正中年谱》，正中为广陵人，其父冯令頵在南唐烈祖时曾官至吏部尚书，因此无论就其所生之地域还是其所生之家庭的种种背景来看，正中之出仕南唐几乎都可以说是一件命运注定了的事。况且正中又是一位不甘寂寞的才辩之士，史称其"有辞学，多伎艺"，又谓其"学问渊博，文章颖发，辩说纵横，如倾悬河暴雨"，自二十余岁"以白衣见烈祖，起家授秘书郎"，"使与元宗游处"。元宗就是中主李璟，其后烈祖篡吴自立，中主李璟被封吴王为元帅，后又徙封齐王，而正中则一直都是担任元帅府掌书记的任务。及中主璟嗣位，正中遂自元帅府掌书记拜谏议大夫、翰林学士，迁户部侍郎，仕至同平章事，正中与南唐朝廷关系之密切可知，而南唐则是一个注定了要走向败亡的偏朝小国，一个人生于必亡之国土，仕于必亡之朝廷，而又身居宰相之高位，这岂不是一桩命定的悲剧？而正中不幸地就正是如此的一个悲剧人物，更何况正中原来就具有执着而自信的个性，而南唐又是一个充满党争攻讦的朝廷，以固执的个性，遭遇到朋党的攻伐，又肩负着国家安危的重任，则其心情上所负荷的沉重也是可以想见的了。

关于正中之为人夏承焘所编年谱已曾代之考辨甚详，云"宋人野记之述南唐事者，除《钓矶立谈》外无有苛论正中者"，"《立谈》乃史虚白之次子作，于宋（齐丘）党斥贬至严，遂并及正中"，他书皆"与《立谈》大异"，"此其一"；正中之中主，不过"以旧恩致显"，"此其二"；"晚年厉为平恕，马书传称其救萧俨为'裴冕损怨，无以复加'"，"此其三"。"合此以推，正中之为人可知，其余爱憎之私，朋党之辞，不可尽信"，夏氏之说是颇为持平的论断。

而清代之张惠言、陈廷焯诸人，在论到正中词时，则惑于旧说，对正中颇多不满之辞。其实姑不论正中之为君子抑为小人，总之他既负荷着一个偏朝小国的安危重任，又负荷着满朝朋党的诋毁攻讦，这样的一个悲剧人物，他内心的彷徨迷乱抑郁悲愤乃可以想见的，而他的词中，往往就正表现着他这一份彷徨迷乱抑郁悲愤的心情，而且洋溢着寂寞的悲凉与执着的热情，这正是正中整个命运、整个性格与他周围的环境遭遇所凝结成的一种意境。这种意境当然会有深美闳约的含蕴，既不同于飞卿之徒供歌唱的不具个性的艳曲，也不同于端己之但拘于某一人、某一事的个人一己的情诗，正中词所写的乃一种以全心灵及全生命的感受和经历所凝聚成的一种感情的境界，这种境界已非任何一事一物之所可拘限。论正中词，如果只注意于其为君子抑为小人之争辩，或者只注意于其某词有某种托意，某句指某一史实的附会，也许反而是浅之乎视正中了。现在就让我们暂时把前人的说法抛在一边，直接从上面的几首词中去体会一下正中词之意境。

先看第一首《鹊踏枝》词，首句"谁道闲情抛弃久"，虽然仅七个字，却写得千回百转，表现出对感情方面挣扎所做的努力，正中之沉郁顿挫与端己之以劲直真切取胜者可以说是迥然相异。

先说"闲情"，仅此二字便已不同于端己之"去年今日"的"别君"，与"那年花下"的"初识"，端己的悲哀是有事迹可以确指的，而正中的"闲情"则是无端涌起的一种情思，是不可确指的，可确指的情事是有限度的，不可确指的情意是无可限度的，昔魏文帝乐府诗有句云"高山有崖，林木有枝，忧来无方，人莫之知"，这种莫知其所自来的闲情才是最苦的，而这种无端的闲情对于某些多情善感的诗人而言，却正是如同山之有崖木之有枝一样的与生俱来而无法摆脱的。可是正中却于"闲情"二字之后，偏偏用了"抛弃"两个字，"抛弃"正是对"闲情"有意寻求摆脱所做的挣扎，而且正中还在后面又用了一个"久"字，足见其致力于寻求摆脱的挣扎之久，而正中却又在"闲情抛弃久"五个字的前面，先加上了"谁道"两个字，"谁道"者，原以为可以做到，而谁知竟未能做到，故以"谁道"二字反问之语气出之，有此二字，于是下面"闲情抛弃久"五字所表现的挣扎努力就全属于徒然落空了。

于是下面乃继之以"每到春来，惆怅还依旧"，上面着一"每"字，下面着一"还"字，再加上后面的"依旧"两字，已足见此惆怅之永在长存，而必曰"每到春来"者，春季乃万物萌生之候，正是生命与感情醒觉的季节，而正中于春心觉醒之时，所写的却并非如一般人之属于现实的相思离别之苦，而只是含蓄地用了"惆怅"二字。"惆怅"者，内心恍如有所失落又恍如有所追寻的一种极迷惘的情意，不像相思离别之拘于某人某事，而是较之相思离别更为寂寞、更为无奈的一种情绪。

既然有此无奈的惆怅，而且曾经过抛弃的挣扎努力之后而依然永在长存，于是三、四两句乃径以殉身无悔的口气，说出了"日日花前常病酒，不辞镜里朱颜瘦"两句决心一意负荷的话来。"花前"之所以"常病酒"者，杜甫《曲江》诗说得好——"且看欲尽花经眼，莫厌伤多酒入唇"，对此易落的春花，何能忍而不更饮伤多之酒，此"花前"之所以"常病酒"也。上面更著以"日日"两字，可见春来以后此一份惆怅之情之对花难遣，故唯有"日日"饮酒而已，曰"日日"，弥见其除饮酒外之无以度日也。至于下句之"镜里朱颜瘦"，则正是"日日病酒"之生活的必然的结果。曰"镜里"，自有一份反省惊心之意，而上面却依然用了"不辞"二字，昔《楚辞·离骚》有句云"虽九死其犹未悔"，"不辞"二字所表现的就正是一种虽殉身而无悔的情意。我在前面曾说正中词往往表现的乃一种感情之境界，这首词上半阕所写的这种曾经过"抛弃"的挣扎，曾有过"镜里"的反省，而依然殉身无悔的情意，便正是正中词中所经常表现的意境之一，而此种顿挫沉郁的笔法，惝怳幽咽的情致，也正是正中所常用的笔法，所常有的情致。

下半阕"河畔青芜堤上柳"，这首词中实在只有这七个字是完全写景的句子，而这七个字实在又并不是真正只写景物的句子，不过只是以景物为感情的衬托而已，所以虽写春来之景，而更不写繁枝嫩蕊的万紫千红，而只说"青芜"只说"柳"。"芜"者，丛茂之草也，"芜"的青青草色既然遍接天涯，"柳"的缕缕柔条，更是万丝飘拂，这种绿遍天涯的无穷的草色，这种随风飘拂的无尽的柔条，它们所唤起的，或者所象喻的，该是一种何等绵远纤柔的情意。而这种草色柔条又不自今日方始，年年的河畔草青，年年的堤边柳绿，则此一份绵远纤柔的情意岂不也就年年与之无尽无穷？

所以接下去就说了"为问新愁，何事年年有"二句，正式从年年的芜青柳绿写到"年年有"的"新愁"。但既然是"年年有"的"愁"何以又说是"新"？一则此词开端时正中已曾说过"闲情抛弃久"的话，经过一段"抛弃"的日子，重新又复苏起来的"愁"，所以说"新"，此其一；再则此愁虽旧，而其令人惆怅的感受则敏锐深切岁岁常新，故曰"新"，此其二。至于上面用了"为问"二字，下面又用了"何事"二字，造成了一种强烈的疑问语气，如与此词第一句问话"谁道闲情抛弃久"七字合看，从欲抛弃"闲情"而问其何以未能，到现在再问其新愁之何以年年常有，有反省的自问而依然不能自解，这正是正中一贯用情的态度与写情的笔法。

而于此强烈的问句之后，正中却忽然荡开笔墨更不作任何回答，只写下了"独立小桥风满袖，平林新月人归后"的身外的景物情事。然而仔细玩味，则这十四个字，实在乃写惆怅之情写得极深的两句词，试观其"独立"二字，已是寂寞可想，再观其"风满袖"三字，更是凄寒可知，又用了"小桥"二字则其立身之地的孤零无所荫蔽亦复如在目前，而且"风满袖"一句之"满"字，写风寒袭人，也写得极饱满有力。在如此寂寞孤伶、无所荫蔽的凄寒之侵袭下，其心情之寂寞凄苦已可想见，何况又加上了下面的"平林新月人归后"七个字，曰"平林新月"则林梢月上，夜色渐起，又曰"人归后"，则路断行人已是寂寥人定之后了。从前面所写的"河畔青芜"之颜色鲜明来看，应该乃白日之景象，而此一句则直写到月升人定，则诗人承受着满袖风寒在小桥上独立的时间之长久也可以想见了。清朝的诗人黄仲则曾有诗句云"似此星辰非昨夜，为谁风露立中宵"，又曰"独立市桥人不识，一星如月看多时"。如果不是内心有一份难以安排解脱的情绪，有谁会在寒风冷露中于小桥上直立到中宵呢？

正中此词所表现的一种孤寂惆怅之感，既绝不同于飞卿之冷静客观，也绝不同于端已之属于现实的离别相思，正中所写的乃内心一种长存永在的惆怅哀愁，而且充满独自担荷着的孤寂之感，即此一词已可看出正中词意境之迥异于温韦了。

其次，我们再来看第二首《鹊踏枝》，此词开端"梅落繁枝千万片，犹自多情，学雪随风转"。仅只三句，便写出了所有有情之生命面临无常之际的缱绻哀伤，这正是人世千古共同的悲哀。

首句"梅落繁枝千万片"，颇似杜甫《曲江》诗之"风飘万点正愁人"矣，然而杜甫在此七字之后所写的乃"且看欲尽花经眼"，是则在杜甫诗中的万点落花不过仍为看花之诗人所见的景物而已。可是正中在"梅落繁枝"七字之后，所写的则是"犹自多情，学雪随风转"，正中笔下的千万片落花已不只是诗人所见的景物，俨然成为一种殒落的多情生命之象喻了。而且以"千万片"来写此一生命之殒落，其意象乃何等缤纷又何等凄哀。既足可见殒落之无情，又足可见临终之缱绻。所以下面乃径承以"犹自多情"四字，直把千万片落花视为有情矣。至于下面的"学雪随风转"，则又颇似李后主词之"落梅如雪乱"矣，可是后主的"落梅如雪"，也不过只是诗人眼前所见的景物而已，是诗人见落花之如雪也。可是正中之"学雪随风转"二句，则是落花本身有意去学白雪随风之飘转，是其本身就表现着一种多情缱绻的意象，而不只是写实的景物而已了，这正是我在前面说正中所写的不是感情之事迹而是感情之境界的缘故。所以上三句虽是写景，却构成了一个完整而动人的多情之生命殒落的意象。

下面的"昨夜笙歌容易散，酒醒添得愁无限"二句，才开始正面叙写人事，而又与前三句景物所表现之意象遥遥相应，笙歌之易散正如繁花之易落。花之零落与人之分散正是无常之人世之必然的下场，所以加上"容易"两个字，正如晏小山词所说的"春梦秋云，聚散真容易"也。面对此易落易散的短暂无常之人世，则有情生命之哀伤愁苦当然乃必然的了，所以落花既随风飘转表现得如此缱绻多情，而诗人也在歌散酒醒之际添得无限哀愁矣。"昨夜笙歌"二句虽是写的现实之人事，可是在前面"梅落繁枝"三句景物所表现之意象的衬托下，这二句便俨然也于现实人事外有着更深更广的意蕴了。

下半阕开端之"楼上春山寒四面"，正如前一首《鹊踏枝》之"河畔青芜"，也是于下半阕开端时突然荡开景语，正中词往往忽然以闲笔点缀一二写景之句，极富俊逸高远之致，这正是《人间词话》从他的一贯之"和泪试严妆"的风格中，居然看出了有韦苏州、孟襄阳之高致的缘故。可是正中又毕竟不同于韦孟，正中的景语于风致高俊以外，其背后往往还含蕴着许多难以言说的情意。即如前一首之"河畔青芜堤上柳"，表面原是写景，然而读到下面的"为问新愁，何事年年有"二句，才知道年年的芜青柳绿原来就正暗示着年年在滋长着的新愁。这一句的"楼上春山寒四面"，也是要等到读了下面的"过尽征鸿，暮景烟深浅"二句，才体会出诗人在楼上凝望之久与怅惘之深。而且"楼上"已是高寒之所，何况更加以四面春山之寒峭，则诗人之孤寂凄寒可想，而"寒"字下更加上了"四面"二字，则诗人的全部身心便都在寒意的包围侵袭之下了。以外表的风露体肤之寒，写内心的凄寒孤寂之感，这也正是正中所常用的一种表现方式，即如前一首之"独立小桥风满袖"，此一首之"楼上春山寒四面"，及下一首之"风入罗衣贴体寒"，便都能予读者此种感受和联想。

接着说"过尽征鸿"，不仅写出了凝望之久与瞻望之远，征鸿之春来秋去也最容易引人想起踪迹的无定与节序的无常。而诗人竟在"寒四面"的"楼上"，凝望这些漂泊的"征鸿"直到"过尽"的时候，则其心中之怅惘哀伤不言可知矣。然后承之以"暮景烟深浅"五个字，暮景者，日暮之景色也，然则日暮之景色究竟何有？则远近之暮烟耳。"深浅"二字，正写出暮烟因远近而有浓淡之不同，既曰"深浅"，于是而远近乃同在此一片暮烟中矣。这五个字不仅写出了一片苍然的暮色，更写出了高楼上对此苍然暮色之人的一片怅惘的哀愁。

于此，再返顾前半阕的"梅落繁枝"三句，因知"梅落"三句，固当是歌散酒醒以后之所见，而此"楼上春山"三句实在也当是歌散酒醒以后之所见，不过"梅落"三句所写花落之情景极为明白清晰，故当是白日之所见，至后半阕则自"过尽征鸿"一句表现着时间消逝之感的四个字以后，便完全是日暮的景色了。从白昼到日暮，诗人何以竟在楼上凝望至如此之久呢？于是结二句之"一晌凭栏人不见，鲛绡掩泪思量遍"便完全归结到感情的答案来了。"一晌"二字，据张相《诗词曲语辞汇释》云："一晌，指示时间之辞，有指多时者，有指暂时者。"引秦少游《满路花》词之"未知安否，一晌无消息"，以为乃"许久"之义，又引正中此句之"一晌凭栏"以为乃"霎时"之义，私意以为"一晌"有久、暂二解是不错的，但正中此句当为"久"意并非"暂"意，张相盖未仔细寻味此词，故有此误解也。

综观此词，如上所述，既自白昼景物直写到暮色苍然，则诗人凭栏的时间之久当可想见，故曰"一晌凭栏"也，至于何以凭倚在栏杆畔如此之久，那当然乃内心有一种期待怀思的感情的缘故，故继之曰"人不见"，是所思终然未见也。如果是端己写人之不见，如其《荷叶杯》之"花下见无期""相见更无因"等句，其所写的便该是确实有他所怀念的某一具体的个人，而正中所写的"人不见"，则大可不必确指，正中所写的乃内心寂寞之中常如有所期待怀思的某种感情之境界，这种感情可以是为某人而发的，但又并不使读者受任何现实人物的拘限。

我之所以敢作如是说者，只因为端己写"人不见"时，同时所写的乃"记得那年花下"及"绝代佳人难得"等极现实的情事。而正中在写"人不见"时，同时所写的则是春山四面之凄寒与暮烟远近之冥漠，端己所写的乃现实之情事，而正中所表现的则是一片全属于心灵上的怅惘孤寂之感。所以我说正中词中"人不见"之"人"是并不必确指的。可是人虽不必确指，而其期待怀思之情则是确有的，故结尾一句乃曰"鲛绡掩泪思量遍"也，"思量"而曰"遍"，可见其怀思之情的始终不解，又曰"掩泪"，可见其怀思之情的悲苦哀伤，至于"鲛绡"则用以掩泪之巾也。据《述异记》云鲛绡乃南海鲛人所织之绡，而鲛人则眼中可以泣泪成珠者也，曰"鲛绡"，一则可见其用以拭泪之巾帕之珍美，再则用泣泪之人所织之绡巾来拭泪，乃愈可见其泣泪之悲，故曰"鲛绡掩泪思量遍"也。

全词至此，原已解说完毕，只是我在前面一直都以主观自我叙写之口吻来解说此词，假如此词果为正中之自叙，则正中乃一位男士，而末句"鲛绡掩泪"之动作，乃大似女郎矣。其实正中此词，如我在前面所说，它所写的乃一种感情之境界，而并未实为感情之事迹，全词都充满了象喻之意味，因此末句之为男子口吻抑为女子口吻实在无关紧要，何况美人香草之托意自古而然，"鲛绡掩泪"一句，主要的乃在于这几个字所表现的一种幽微珍美的悲苦之情意。这才是读者所当用心去体味的。这种一方面写自己主观之情意，而一方面又表现为托喻之笔法，与端己之直以男子之口吻来写所欢的完全写实之笔法，当然是不同的。

第三首我们所要看的乃一首《抛球乐》，《阳春集》中共收了八首《抛球乐》，其中"尽日登高"一首，注云"别作和凝"，然侯文灿刊《名家词》本并无此注，且《花间集》所收和凝词二十首中亦无此词，郑因百先生《词选》云："《阳春集》中《抛球乐》八首风格一致，高华俊朗，非和凝所能到。"此八首《抛球乐》皆为正中之作，自无可疑。但本文因为篇幅及体例所限，不能全部加以选录解说，因此我只录了最为一般选本所常选的一首来作例子。

此词开端"酒罢歌余兴未阑"一句，前四字是写两件事情的结束，而后三字却暗示了另一些情事的开端。昔谭献《词辨》评欧阳修《采桑子》一词之开端"群芳过后西湖好"一句云"扫处即生"，也就是说，一方面是结束而另一方面却正是开始的意思，正中此七字也正是如此。"酒罢歌余"者，是酒既饮罢歌亦听残，然而却又继之以"兴未阑"，是意兴犹有未尽也。于是诗人遂不得不为此难尽之意兴更觅一安顿排遣之所，因之乃有下一句之"小桥流水共盘桓"也。然而，饮酒听歌是何等热闹欢欣的场面，而小桥流水又是何等冷落凄清的所在，正中自如彼饮酒听歌的场面，因为意兴未阑而却转入如此冷落凄清之所，这是极耐人寻味的一件事，有此一转然后可知正中在听歌饮酒之意兴中，原来就自有其寂寞凄凉之一面心境，更可知正中在寂寞凄凉之心境中，有时却又自有其强求欢乐的一种意兴，正中词中往往表现有此二种相反衬之意境，如其《采桑子》词之或于"旧愁新恨知多少"之后，接写"更听笙歌满画船"，或于"满目悲凉"之后，接写"纵有笙歌亦断肠"，或于愁恨中翻更听歌，或于笙歌中转亦断肠，正中词每于耽溺之执着中作反省之挣扎，又于反省之挣扎中见耽溺之执着，所谓"和泪试严妆"，这种悲苦与欢乐之综错的表现，该也正是"和泪试严妆"所代表的另一种境界吧。而这也正是此词于"酒罢歌余兴未阑"之后，当下便转入了"小桥流水共盘桓"的缘故。

"盘桓"者，徘徊不去之意，昔陶渊明《归去来辞》有"抚孤松而盘桓"之语，证之于渊明诗之往往托孤松以自喻，则渊明之所以抚孤松而徘徊不去者，岂不因其内心深处与此孤松正有一份戚戚之共感。如今正中乃欲与小桥流水共此盘桓，夫"小桥"是何等孤伶无可荫蔽的所在，"流水"更象喻着何等凄寒而长逝的悲哀。而且"桥"之为物，乃供人来往之用，并非供人长久盘桓之所在，而今正中于"酒罢歌余"之际，乃竟盘桓于"小桥"之上，欲共此"流水"而徘徊不去，则其内心于追欢寻乐之后的孤寒无聊赖可知。

继之以下二句之"波摇梅蕊当心白，风入罗衣贴体寒"，则盘桓之际孤寒无聊赖中之所见所感也。"梅蕊"自然指梅树上之花蕊，然而既是树上之花蕊，又何以能被水"波摇"动？或以为梅蕊乃指已落在水中之梅花，这实在乃误解，一则因为"蕊"乃指含苞初放之花朵，杜甫《江畔独步寻花》诗"嫩蕊商量细细开"一句可以为证，是"梅蕊"不指已落之花者一也；再则自下面的"当心白"三字来看，"白"字自当指花蕊之色，"当心"则为正当波心之意，如果是落在水中的花蕊，则零落散漫随波流逝，如何能把花蕊之白色只留在波心，此"梅蕊"之不指已落之花者二也。但既非落花，则树上之花蕊又何以会在波中摇动？则杜甫之《渼陂行》有句云"半陂以南纯浸山，动影袅窱冲融间"，浸在水中之山影既可以随波摇动，则浸在水中的花影当然更可以随波摇动了，所以说"波摇梅蕊"，其随波摇动者正为梅蕊之倒影，而并非落花可知，这正是其能只留在波心而并不随流水以俱逝的缘故，而梅蕊之倒影则是白色的，故曰"当心白"，此三字正写梅花倒映在水中所呈现在波心之一片白色的摇动的光影。

以上只不过是把本句的文字及其所写的景物略作说明而已，其实此句真正之好处乃在于写景之外所表现之由此景物所唤起及所象喻着的一种内心之境界。试想一片白色的光影动摇在波心的水中，白色的凄寒与光影的动荡迷茫，其所唤起及所象喻着的诗人内心之凄寒迷惘的感觉该是何等深切，因此说"波摇梅蕊当心白"，明明写出"当心"二字来，正足以表现此摇动之白色之自波心直动荡到诗人之内心，是诗人之心中亦正复有此迷惘凄寒的动摇之一片白色也。

这是极有神致的一句好词，所写正不仅眼前景物而已，而是由眼前景物所唤起和象喻的一种内心之境界，这正是正中词的独到之处。王氏四印斋刻本《阳春集》于"当"字下注云："别作伤。""伤心白"三字，也未始不好：一则"伤心"二字双声，恰好与下一句"贴体"二字之双声相对；再则"波摇梅蕊""白"五字都是写景，加上"伤心"二字写情，一如世所传李白之《菩萨蛮》词"平林漠漠"一首之"寒山一带伤心碧"，使人读之大有情景交融之感，所以作"伤心白"似亦原无不可。唯是除四印斋本有此注语外，其他诸本及选本仍以作"当心白"者为多，而且"伤心白"三字之好处，乃容易讲出来的，而"当心白"三字之好处则是不容易讲出来的，"当心白"三字虽不明言"伤心"，而自彼波心映入诗人心目中之一片光影的摇动，似乎却更富于惝恍迷离之感，这是我选取了"当心白"三字，而且不惜辞费来加以解说的缘故。

至于下一句"风入罗衣贴体寒"表面上也只是写桥上之风寒直透人衣而已，然而试看这一句所用的"风入"的"入"字，及"贴体"的"贴"字，都是用得何等有力而深切的字样，而且"罗衣"的"罗"字所显示的又是何等不能御风的单寒。总之，此句所表现的乃无可抵御的全身的寒冷之感，而这种全身的寒冷之感也是有着某种象喻的意味的。也就是说，这种寒冷之感并非全由于外界之因素，而是由于诗人之内心本来就有着这一种为寒冷所浸透的感觉，所以此句所写的实在不仅身体之寒冷，也是心灵的凄寒之感。至于如何来判断一般诗人所写的寒冷之感是仅属于身体的现实的寒冷，抑或更有着象喻意味的属于心灵的凄寒之感，我想这该是从诗人叙述的口吻中可以体味得到的。

如以杜甫《月夜》一诗之"香雾云鬟湿，清辉玉臂寒"二句，与杜甫另一首《佳人》诗之"天寒翠袖薄，日暮倚修竹"二句相较，则前二句杜甫所写的乃遥想他的妻子于月夜怀念良人之时在月光与雾气之下的肌肤的寒冷，虽然言外也有着凄清寂寞的意味，但那仍不过只是属于环境所造成的一时的凄清而已；至于后二句则是遥想一位乱离之后家人死丧又为良人所抛弃的佳人之单寒翠袖倚竹伶仃的情境，这二句的天寒袖薄俨然有着某种象喻的意味，而不仅是写现实的肌肤之寒而已了。

再如李义山《端居》一诗之"远书归梦两悠悠，只有空床敌素秋"二句，虽然在句中并未言明"寒"字，然而"素秋"二字所暗示的萧索寒冷之感是极为明显的，再加之上句所写的"远书""归梦"两俱"悠悠"，是心灵与感情之全无依傍可知，所以"素秋"一句乃说"只有空床"来"敌"素秋了。"敌"字乃抵御之意，是则义山所用以抵御此萧索寒冷之素秋的只剩有一张"空床"而已，"床"而着一"空"字，是极言其丝毫无可用以抵御之物也，义山所写的无可抵御的萧索寒冷之感，就不仅是现实身体之寒冷而已，而乃有着象喻意味的属于心灵的某种为寒冷所侵袭而无法抵御的感觉。正中此句"风入罗衣贴体寒"就是把这种属于内心之寒冷无法抵御的感觉写得极深切的一句词。如果把此句与上一句之"波摇梅蕊当心白"合看，才更可体味出正中所写的内心之一片迷惘凄寒，是何等"当心""贴体"的悲凉无奈。

而在这二句小桥流水的盘桓所唤起的悲凉无奈之感以后，正中却忽然掉转笔来重写对欢乐的追寻，而且极执着地写下了"且莫思归去，须尽笙歌此夕欢"的句子。遥遥与开端之"酒罢歌余兴未阑"七字更相呼应，不仅笔法有顿挫往复之致，用字也用得极为曲折沉郁，如上一句"且莫思归去"之"且莫"二字，与下一句"须尽笙歌此夕欢"的"须尽"二字，可以说都是经过感情的挣扎然后盘郁而出的。"且莫"者，暂且不要之意也，说"暂时"不要归去是明知其终必要归去也，而犹作此"且莫"之挣扎，岂不因归去以后之孤寂悲凄，较之此际小桥流水之波摇风入的迷惘凄寒有更为难耐者在，这是第一层盘郁。至于"须尽"则是一定要做到终尽之意，至其所欲尽者则是笙歌之欢乐，然而此词开端却又明明已先写出"酒罢歌余"的字样，而且中间曾经过一段小桥流水的波摇风入的盘桓，则结尾之所谓"须尽""欢"者，其为悲苦孤寂中强欲寻欢之心境分明可知，而却仍以"须尽"字样，说是一定要做到尽欢，这种挣扎乃第二层盘郁。这正是正中一贯用情和用笔的态度，如前所举第一首《鹊踏枝》词之自"抛弃闲情"之转入"惆怅依旧"，第二首《鹊踏枝》词之自"梅落繁花"之转入"犹自多情"，便都是表现的这一种顿挫缠绵、惝恍抑郁的境界。读正中词虽不能使读者确知其情事之究竟何指，而读之者却自然会兴起一种难以自解的无可奈何的怅惘哀伤之感，其意蕴之深厚曲折，确实是难以作明白之言说的。这正是正中词独被《人间词话》赞许为深美闳约的缘故。

从以上所举的三首例证，我们已可明白看到，正中词所表现的乃正如我在前面所说的，是一种"感情之境界"，而且正中之感情的境界乃曾经过反省挣扎的熬苦以后的一种无法解脱的执着。这种熬苦的过程中，更充满着寂寞的悲凉之感，而且以其执着的热情时时流露出浓丽的色泽，又以其悲凉之寂寞表现为闲远之风致，其内容是繁复而深美的，其过程是曲折而沉郁的。所以正中词使人读之自然会别有一种缠绵顿挫、幽咽惝恍之感，这正是正中词最大的好处，也正是其特色之所在。如果以之与飞卿、端己二家相较，则飞卿之难解乃在于其不相连贯的名物的跳接，端己之难解则在于其似达而郁、似直而曲的从劲直中见深切的笔法，而正中之难解则全在于其所含蕴的一种深美闳约的难以言说的感情之境界。

前两种难解乃属于表现方式的难解，这毕竟乃外表性的问题，是比较容易说明和掌握的，而且只要掌握住重点加以说明后，一切困难就可以迎刃而解了。而正中词则不然，正中词之难解乃完全属于本质方面的难解，解说温韦词只要把字句方面的跳接转折之处加以说明，就可以大致把他们的词的好处介绍出来了。而正中词之难解既不在于字句，所以仅作字句的说明，对于了解正中词乃全然无益的一件事。要想了解正中词真正的好处，就一定要把其词中深厚丰美的意蕴介绍出来才可以，而正中词之意蕴却又表现得如此幽咽惝恍不可确指，这才是最大的一个难题，昔陶渊明《饮酒》诗有"此中有真意，欲辨已忘言"之句，我对于解说正中词，亦复正有此感。正中词原是可以意会而并不易于言传的，因此我在解说正中词时乃不得不尝试用多方面的比较陪衬，以期能烘托出正中词之难以言传的意境，也就为了这个缘故，所以本文选录的正中词虽然仅有三首，而所占的篇幅却依然很多。

但愿能自这三首词中，使读者窥见正中词意境之一斑。而且能因此辨识出一条欣赏正中词之门径，那本文的浪费笔墨，就并非全然无益的了。总之，飞卿词乃以客观唯美的态度所写的香艳的歌辞，端己乃以主观抒情的态度所写的一己的情诗，而正中词则是虽以主观态度抒写，而却又超乎一己现实之情事以外的某一种对人生有综合性体认的感情之境界。这种境界既不是现实的感情之事迹，也不是一时的感情之冲动，而是曾经过酝酿提炼后的一种境界，在主观抒写中带有浓厚的象喻意味，是一种更具有普遍性和永恒性的触及某种悲哀之本体的境界。由飞卿的歌辞转而为端己的情诗，再转而为正中的如此深美闳约的境界，这当然是晚唐五代词在意境方面的又一个重大的演进。

四、李后主

我们所要看的第四位词人乃李后主，《人间词话》对于李后主之评语，较重要者有以下四则，其一是说：

> 词至李后主而眼界始大，感慨遂深，遂变伶工之词而为士大夫之词。周介存置诸温韦之下可谓颠倒黑白矣。"自是人生长恨水长东""流水落花春去也，天上人间"，《金荃》《浣花》能有此气象耶？

其二是说：

词人者不失其赤子之心者也，故生于深宫之中，长于妇人之手，是后主为人君所短处，亦即为词人所长处。

其三是说：

客观之诗人不可不多阅世，阅世愈深则材料愈丰富愈变化，《水浒传》《红楼梦》之作者是也；主观之诗人不必多阅世，阅世愈浅则性情愈真，李后主是也。

其四是说：

尼采谓一切文学余爱以血书者，后主之词，真所谓以血书者也。宋道君皇帝《燕山亭》词亦略似之，然道君不过自道身世之戚，后主则俨有释迦基督担荷人类罪恶之意，其大小固不同矣。

上列四则评语中，有两段枝节之言颇易引起读者误会，是先要辨明的。

前举第一则词话曾引"周介存置诸温韦之下"的话，按周济《介存斋论词杂著》曾云："王嫱西施天下美妇人也，严妆佳，淡妆亦佳，粗服乱头不掩国色，飞卿严妆也，端己淡妆也，后主则粗服乱头矣。"如果只就这一段来看，则周介存对三位词人实在并未明加轩轾，只不过是说明三家词风格之不同而已，至其同为绝代之佳人则一也。因为一般说来，飞卿的风格乃浓丽的，此周氏之所以用严妆为喻也；端己的风格则是清简的，此周氏之所以用淡妆为喻也；而后主之风格则是真率自然的，此周氏之所以用粗服乱头为喻也，但要紧的乃周介存在粗服乱头之下还加上了"不掩国色"四个字，粗服乱头而能不掩国色，这才更可以见出此一位佳人之丽质天成全无假乎容饰。周介存的评语原来亦自有其见地，只是"粗"与"乱"二字颇易引起人之误会，因此《人间词话》遂径谓介存置后主于温韦之下，这是需要辨明的第一点。

再则前举之第四则词话谓"后主之词，真所谓以血书者也"，又云"后主则俨有释迦基督担荷人类罪恶之意"，这一则词话也颇易引起读者之误会，有人以为词中之表现哀感，往往多用"泪"字而不用"血"字，因此以为《人间词话》在赞美后主词为"以血书者"，乃不合适的评语，也有人以为就宗教言之，则后主亦为罪人，何能比之于释迦、基督之担荷人类罪恶，因此这一则词话乃不当的。其实《人间词话》的意思不过是一种借喻的说法而已。所谓"以血书"者，其实不过是说后主词所表现的情感，其哀伤真挚有如血泪凝铸而成，原非真指用"血"来书写或者用"血"字来表现的意思。再则所谓"担荷人类罪恶"亦不过喻言后主词中所表现者虽为其个人一己之悲哀，然而却足以包容了所有人类的悲哀，正如释迦、基督之以个人一己而担荷了所有人类之罪恶，并非真谓后主有担荷世人罪恶之意也，这是需要辨明的第二点。以上两点既经辨明，现在我们就可以来看前面所举的四则词话之意义究竟何在了。

这四则词话实在可以分作两方面来看：第一与第四两则乃说后主词之眼界大感慨深，足以担荷人类共有之悲哀，是就其意境包容之大而言；而第二与第三两则，则是说后主不失赤子之心，生长于深宫之中，阅世甚浅，是就其经历识见之浅而言。这两点初看起来，似乎乃互相矛盾的两件事，因为一个人既然阅世浅何以又能眼界大呢？既然不失赤子之心何以又能感慨深呢？但对后主而言，则这两方面乃同样真实可信的，而且这两段话恰好说出了后主词之两点最重要的好处。

我们先从其阅世浅与不失赤子之心的一面来说，后主之为人与为词的最大的好处就在于他的真纯无伪饰。我尝以为中国历代诗人中最能以任真的态度与世人相见的，一个是陶渊明，另一个就是后主。不过渊明之"真"乃阅世甚深以后有着一种哲理之了悟的智慧性的"真"，后主之"真"则是全无所谓阅历，更无所谓理性的纯情性的"真"；渊明在任真中，仍然有着他自己的某种反省与节制的持守，而后主之任真则是全无所谓反省与节制的任纵。渊明与后主之所以为"真"的内容虽然不同，然而他们之全然无所矫饰的以真纯来与人相见的一点表现态度，在基本上却是有着相似之处的。而且渊明在六朝诗之演进的文学史方面的成就，以及后主在五代词之演进的文学史方面的成就，都是具有超时代的意义的。渊明的诗不是六朝诗所能拘限的，后主的词也不是五代词所能拘限的，他们之所以能有如此超越时代的成就，我以为他们之不假矫饰、不计毁誉的任真的态度乃极值得注意的一点因素。后主之纯真与任纵我们可以从他的为人与为词中得到证明，我们试看后主在亡国以前之耽溺于享乐；在亡国以后之耽溺于悲哀；在大周后疾笃时，后主虽然伉俪情深，却依然不免与小周后有着"划袜香阶"的幽期密约；在亡国入宋以后，虽然自知身为阶下囚安危不保，然而为词时既仍不免有"故国不堪回首"之句，在徐铉奉太宗命来见时又不免有"悔杀潘佑李平"之语，凡此种种皆足以见后主为人之任纵与纯真。

至于就为词言之，则后人往往将后主词自亡国前后分为二期，以为亡国前的作品乃香艳的，而亡国后的作品则是悲哀的，这从外表来看，原是不错的，然而殊不知后主这两种不同的风格，乃同出于"任纵与纯真"之一源。后主在亡国前写闺情之直写到"微露丁香颗""笑向檀郎唾"，写幽会之直写到"一晌偎人颤""教君恣意怜"，固然乃"任纵与纯真"之表现，而后主在亡国后写悲愁之直写到"一江春水向东流"，写故国之直写到"不堪回首月明中"，实在也同样是"任纵与纯真"之表现。

我以前写《大晏词的欣赏》一文时，曾经将诗人试分为理性之诗人与纯情之诗人两类，说理性之诗人其感情乃如"一面平湖"，"虽然受风时亦复縠绉千叠，投石下亦复盘涡百转，然而却无论如何总也不能使之失去其'含敛静止''盈盈脉脉'的一份风度"，"此一类型之诗人，自以晏殊为代表"。而现在我们所讨论的李后主则恰好是另一类型纯情之诗人的一位最好的代表。这一类诗人之感情，不像盈盈脉脉的平湖而像滔滔滚滚的江水，一任其奔腾倾泻而下，没有平湖的边岸的节制，也没有平湖渟蓄不变的风度，这一条倾泻的江水，其姿态乃随物赋形的，因四周环境之不同而时时有着变异，经过蜿蜒的涧曲，它自会发为撩人情意的潺湲，经过陡峭的山壁，它也自会发为震人心魄的长号，以最任纵、最纯真的反应来映现一切的遭遇，这原是纯情诗人所具有的特色。后主亡国前与亡国后的作品，其内容与风格尽管有明显的差异，而却同样是这一种任纵与纯真的映现，这是欣赏后主词所当具的最重要的一点认识。

就后主词之用字造句而言，他的基本态度也是全以任纵与纯真为主的，摆落词华，一空依傍，不避口语，惯用白描，无论其为亡国前之作品或亡国后之作品，无论其为欢乐之辞或愁苦之语，都是同样以任纵与纯真为其基本之表现方式的。像这样一位表里如一的任纵与纯真的诗人，《人间词话》称其"不失其赤子之心"，"阅世愈浅""性情愈真"，这当然乃极有见地的评语。但另一方面《人间词话》又评后主词为"眼界大""感慨深"，足以"担荷人类所有的'悲哀'"，这段话初看来似与前一段话相矛盾，却是同样真实有见地的评语，后主就正是以他的赤子之心体认了人间最大的不幸，以他的阅世极浅的纯真的性情领受了人生最深的悲慨。这看似相反的两面，原来正出于相同的一源，这是极有意味的一件事。

我一直以为一个人对人世的接触和认识，可以有两种不同的角度和方式，一种是外延的，另一种是内入的。外延的一型，其对于人世所得的体认乃由于博大周至的观照；而内入的一型，其对于人世所得的体认，则乃由于深刻真切的感受。理性诗人较近于前者，其诗之好处大半在于其所表现的一种圆融的观照，而纯情诗人则较近于后者，其诗之好处，乃大半在于其所具有的一种深锐的感受。李后主这一位词人，当然乃属于后者，所以他虽然阅世甚浅不失其赤子之心，但是他却独能以其任纵与纯真的性情对一切遭遇都有特别深刻强锐的感受。他对人世的体认，全无假于对外延的普遍的认识，而却是以其纯真强锐的感受直透核心。唯其所掌握的乃最深切的核心，所以表现于外，乃有着一种自核心遍及全体的趋势，这正是后主虽然阅世浅，而却能表现为眼界大，虽然不失赤子之心，而却能表现为感慨深的缘故。

就字句而言，则我在前面论及后主之任纵与纯真之时，已曾提到过他的白描的自然表现。其实后主晚期的作品，当他深入悲苦之核心，而有着自核心掌握全体的眼界与感慨的时候，他在用字造句方面也往往以其直感使用出一些气象极为阔大的字样，如其《相见欢》词之"人生长恨"，《浪淘沙》词之"天上人间"诸句，便都有着包容人世整体的趋势。这种气象不仅是飞卿、端己的《金荃》《浣花》二集所没有的，就是正中之超越于感情的事迹之上而独能掌握某种深美闳约之境界的《阳春集》，也只是以近乎象喻的笔法来表现某种境界而已，而从来未曾真率自然地使用过如此博大而赤裸的普遍包举的字样，所以《人间词话》评正中词仍谓其"不失五代风格"，而评后主词则认为《金荃》《浣花》岂能有此气象，而独推许后主为自伶工之词为士大夫之词的一个开山人物，那就因为端己与正中在意境方面虽有演进，而外表则一直并未能完全摆脱伶工之词的范畴。只是有一点我以为仍要说明的，那就是后主晚期作品之在字面上具有了博大遍举的外表，这对于后主而言，乃并无反省自觉而只是全出于本能的一种表现。

后主之词经常有着表里如一、声情一致的表现，如其《清平乐》词结尾之"离恨恰如春草，更行更远还生"二句，写寸寸芳草之远接天涯，而缠绵婉转之致，便与两个六字句的，每二字为一顿挫的一波三折的音节，配合得恰好表里如一，再如其《虞美人》词结尾之"问君能有几多愁，恰似一江春水向东流"二句，写悲愁与春水之滚滚长流，其奔放倾泻之势，便与两个七字与九字的长句的流转奔放的语势，也是配合得恰好表里如一。而后主这种声情合一的表现，其自然率真之处，又使人足可见其决非出于有心的造作安排。有人说一个天才的作者，自会找到他自己的语言，因为天才有一种特别锐感的本能，他自然会以其本能掌握住他所要使用的字句，而后主的感觉原是特别纯真而敏锐的，因此他不仅经常表现为表里如一、声情一致，而且更在他晚期作品中，当内容上有了自核心掌握全体的趋势时，在外表上也同为以其锐感的本能掌握了博大遍举的字样。后主真是一位纯情诗人的最好的代表，他无论在内容上与外表上，都以其纯真与任纵的本性，有着发挥到了达于极致的成就。

《人间词话》的四则评语，虽看似有相矛盾之处，却实在乃对于后主最基本的质性与其最极致的成就，两方面都有极深切之体认的话，是极值得我们玩味的。下面就让我们举后主的几首词来尝试一加研析。

玉楼春

晚妆初了明肌雪，春殿嫔娥鱼贯列。凤箫吹断水云闲，重按霓裳歌遍彻。

临风谁更飘香屑，醉拍阑干情味切。归时休放烛花红，待踏马蹄清夜月。

虞美人

春花秋月何时了，往事知多少。小楼昨夜又东风，故国不堪回首月明中。

雕栏玉砌应犹在，只是朱颜改。问君能有几多愁，恰似一江春水向东流。

相见欢

林花谢了春红，太匆匆。无奈朝来寒雨晚来风。

胭脂泪，相留醉，几时重。自是人生长恨水长东。

我们先看第一首《玉楼春》，这一首无疑乃后主在亡国以前的作品，通篇写夜晚宫中的歌舞宴乐之盛，其间并没有什么高远深刻的思致情意可求，然而其纯真任纵的本质、奔放自然的笔法，所表现的俊逸神飞之致，则仍然是无人可及的。

《人间词话》另一段评语说："温飞卿之词，句秀也；韦端己之词，骨秀也；李重光之词，神秀也。"这段评语也是极为切当的。飞卿之词精艳绝人，其美全在于辞藻字句之间，所以说是"句秀也"；端己则字句不似飞卿之浓丽照人，而其劲健深切足以移人之处乃全在于一种潜在的骨力，所以说是"骨秀也"；至于后主则不假辞藻之美，不见着力之迹，全以奔放自然之笔写纯真任纵之情，却自然表现有一种俊逸神飞之致，所以说是"神秀也"，这一首《玉楼春》就是写得极为俊逸神飞的一首小词。

先看第一句"晚妆初了明肌雪"，此七字不仅写出了晚妆初罢的宫娥之明丽，也写出了后主面对这些明艳照人之宫娥的一片飞扬的意兴。先说"晚妆"，有的本子或作"晓妆"，然而如果作"晓妆"则与下半阕踏月而归的时间景色不合，而且"晓妆"实在不及

"晚妆"之更为动人，一则"晓妆"乃为了适合白昼的光线而作的化妆，虽然也染黛施朱，然而一般说来则大多是以较为淡雅的色调为主的。而"晚妆"则是为了适合灯烛的光线而作的化妆，朱唇黛眉的描绘都不免较之"晓妆"要更为色泽浓丽，所以只用"晚妆"二字，已可令人想见其光艳之照人。再则"晓妆"之后或者尚不免有一些人间俗务之有待料理，而"晚妆"则往往乃专为饮宴歌舞而作的化妆，所以用"晚妆"二字，乃又足可令人联想到宴乐之盛况，是则仅此二字已足透露后主飞扬之意兴矣。再继之以"初了"二字，"初了"者，是化妆初罢之意，乃女子化妆之后最为匀整明丽的时刻，所以乃更继之以"明肌雪"三字，则是说其如雪之肌肤乃更为光彩明艳矣，看后主此七字之愈写愈健，其意兴乃一发而不可遏。

继之以次句之"春殿嫔娥鱼贯列"，则写宫娥之众，"春殿"二字足见时节与地点之美，"鱼贯列"三字则不仅写出了嫔娥之众多，而且写出了嫔娥队伍之整齐，舞队之行列已是俨然可想。

再加之以下面"凤箫吹断水云闲，重按霓裳歌遍彻"两句，歌舞乃正式登场矣。"凤箫"一作"笙箫"，笙箫是分别为两种乐器，凤箫则是一种乐器，按箫有名凤凰箫者，比竹为之参差如凤翼，凤箫或当指此。总之，"凤箫"二字所予人之直觉感受乃精美而奢丽的乐器，与本词所写之耽溺奢靡之享乐生活，其情调恰相吻合，如作"笙箫"反不免驳杂之感，再则如作"笙"字，则此句前三句"笙""箫""吹"皆为平声，音调上便不免过于平直无变化，如作"凤箫",则"凤"字仄,"箫"字平,"吹"字平,"断"字仄,在本句平仄之格律中虽然第二与第四两字必须守律,然而第一与第三两字之平仄则不必完全守律者也,后主以平仄间用,极得抑扬之致,且"仄平平仄"乃词曲中常用之句式,故私意以为作"凤箫"较佳。"凤箫"下继言"吹断","断"字据张相《诗词曲语辞汇释》云"断犹尽也、煞也",是"吹断"乃尽兴吹至极致之意。

再继之以"水云閒","閒"一作"闲",又作"间","闲"字自当为"閒"字之通假,至于"间"字则如果认为乃"閒"字之同义字,似亦原无不可,但"间"字又有中间之意,则"水云间"乃指凤箫之声吹断,其音飘荡于水云之间之义,似亦有可取者;至于"閒"字则有悠闲之意,作"水云閒"则一方面写所见之云水闲扬之致,一方面又与前面之"凤箫吹断"相应,是箫声乃直欲与水云同其飘荡闲扬矣,故私意以为作"閒"字更佳。再继之以"重按霓裳歌遍彻","按"者乃按奏之意,"重按"者乃"重奏""更奏""再奏"之意,是不仅吹断凤箫,且更重奏《霓裳》之曲也。"吹"而曰"吹断","按"而曰"重按",此等用字皆可见后主之任纵与耽溺,而且据马令《南唐书》载"唐之盛时,《霓裳羽衣》最为大曲,罹乱,瞽师旷职,其音遂绝,后主独得其谱,乐工曹生亦善琵琶,按谱粗得其声,而未尽善也,大周后,辄变易讹谬,颇去淫哇,繁手新声清越可听"。后主与大周后皆精音律,情爱复笃,何况《霓裳羽衣》又是唐玄宗时代最著名的大曲,又经过后主与大周后的发现和亲自整理，则当日后主于宫中演奏此曲之时，其欢愉耽乐之情，当然更非一般寻常歌舞宴乐之比，故不仅"按"之不足而曰"重按"，且更继之以"歌遍彻"也。"遍彻"皆为大曲名目，按大曲有所谓排遍、正遍、衮遍、延遍诸曲，其长者可有数十遍之多，至于"彻"则《宋元戏曲史》云："彻者入破之末一遍也。"曲至入破则高亢而急促，《六一词·玉楼春》有"从头歌韵响铮鏦，入破舞腰红乱旋"之句，可见入破以后曲调之亢急，则后主此句所云"歌遍彻"者，其歌曲之长之久，以及其音调之高亢急促皆在此三字表露无遗，而后主之耽享纵逸之情亦可想见矣。

下半阕首句"临风谁更飘香屑"，据传后宫中设有主香宫女，掌焚香及飘香之事，"焚香"易解，至于此句所云"飘香屑"者，着宫女持香料之粉屑散布各处，则宫中处处有香气之弥漫矣。至于"临风"二字，一作"临春"，郑因百先生《词选》云："临春，南唐宫中阁名，然作'临风'则与'飘'字有呼应，似可并存。"可是郑先生所选用的却仍然是"风"字，作"临风"实更为活泼有致，且临风而飘香则香气之飘散乃更为广远弥漫，不见飘香之宫女，而已遥闻香气喷鼻，故后主乃于此句中更着以"谁更"二字，曰"谁"者，正是闻其香而不见其人的口吻，恰好把临风飘散的意味写出，至于"谁"字下又着以一"更"字，则乃"更加"之意，当与上半阕合看，后主于此词之上半阕，已曾写出其所享乐者：有目所见之"明肌雪""鱼贯列"的宫娥，有耳所听之"吹断"的"凤箫"和

"重按"的"霓裳"，而此处乃"更"有鼻所闻之"临风"的"飘香"，故着一"更"字，正极力写出耳目五官之多方面的享受，何况继之还有下面的"醉拍阑干情味切"一句，"醉"字又写出了口所饮之另一种享乐的受用，真所谓极色声香味之娱，其意兴之飞扬，一节较之一节更为高起，遂不觉其神驰心醉手拍阑干，完全耽溺于如此深切的情味之中矣。

至于最后二句"归时休放烛花红，待踏马蹄清夜月"则明明乃歌罢酒阑之后归去时的情景，而后主却依然写得如此意味盎然余兴未已。"休放烛花红"者，是不许从者点燃红烛之意，以"红烛"之光焰的美好，而却不许从者点燃，只因为"待踏马蹄清夜月"。"待"者，要也，只是为了要以马蹄踏着满街的月色归去，所以连美丽的红烛也不许点燃了，后主真是一个最懂得生活之情趣的善于享乐的人，而且"踏马蹄"三个字写得极为传神，一则"踏"字无论在声音或意义上都可以使人联想到马蹄嘚嘚的声音，再则不曰"马蹄踏"而曰"踏马蹄"，则可以予读者以双重之感受，是不仅用马蹄去踏，而且踏在马蹄之下的乃如此清夜的一片月色，且恍闻有嘚嘚之蹄声入耳矣，这种纯真任纵的抒写，带给了读者极其真切的感受。通篇以奔放自然之笔表现一种全无反省和节制的完全耽溺于享乐中的遄飞的意兴，既没有艰深的字面需要解说，也没有深微的情意可供阐述，其佳处极难以话语言传，却是写得极为俊逸神飞的一首小词，这一首词可以作为后主亡国以前早期作品的一篇代表。

第二首我们所要看的乃《虞美人》，这是后主最为人所熟知的一首词，但也是最为难以解说的一首词，而其难以解说也就正因其过于为人所熟知。我这样说，听起来似乎颇为矛盾，其实却是非常真实的。

　　第一，凡是为人所熟知的作品，一定没有什么生涩艰难的词字，因之要想解说这类作品，就往往会使人有无从着力之感，这是其难于解说的原因之一；再则凡是为人所熟知的作品，一般读者往往会反而因其过于熟悉而对之产生了一种近于麻木的钝感，因此在解说时就不容易再给予读者以新鲜强锐的感动了，这是其难于解说的原因之二。而后主的这一首小词就正是属于这一类的作品。俞平伯《读词偶得》评后主此词之开端，曾云："奇语劈空而下，以传诵久，视若恒言矣。"这确实是一句深辨个中甘苦的话。

　　这首词开端"春花秋月何时了，往事知多少"二句，如果不以恒言视之就会发现这真是把天下人"一网打尽"的两句好词。"春花秋月"仅仅四个字就同时写出了宇宙的永恒与无常的两种基本的形态。套一句东坡的话，"自其变者而观之"，则花之开落，月之圆缺，与夫春秋之来往，真是"不能以一瞬"的变化无常；可是"自其不变者而观之"，则年年春至，岁岁秋来，年年有花开，岁岁有月圆，却又是如此之长存无尽。包容着如此深广的情意，而后主所用的却仅仅不过是"春花""秋月"短短两个名词而已。即此一端，我们就可以体会出后主词极可注意的一点特色，那就是后主对一切事物之感受与表现的态度之全出于直觉之感受。如果试将后主与东坡一作比较，就会发现东坡在《赤壁赋》中提到天地之变与不变的两种现象时，曾经发出洋洋洒洒的高论，这当然一方面乃因为赋之为体，原来就以铺叙为主，与五代小令之以精练简洁为美的风格，根本就不相同。

然而除此以外，还有一点我们不能不承认的，那就是东坡对事物之感受与表现的态度，原来就与后主也有所不同的缘故。东坡乃以高才健笔表现其旷达超迈的襟怀，他在感受与表现的态度上，都是一方面既不免有着逞才弄笔之心，一方面又不免有着分辨说明之念的；而后主则根本没有什么逞现或分辨的意念，后主只是纯真如实地写下他自己的直觉感受而已。可是也就正是这种纯真的直感，才更能触及宇宙一切事物的核心。所以后主所写的虽然只是他个人一己对此"春花秋月"的直觉感受，然而却把普天下之人面对此永恒与无常之对比，所具有的一份悲哀无可奈何的共感都表现出来了。

下面的"何时了"三个字，就恰好一方面写出了此种无可奈何的共感，一方面也写出了"春花秋月"的无尽无休。面对此春花秋月的无尽无休，而人的生命却随着每一度的花落月缺，而长逝不返了，所以下一句就以"往事知多少"五个字写出了人世无常之足以动魄惊心，曰"知多少"，其实只是去日苦多之意，并非真欲问其多少也。这五个字在表面上乃与上一句相对比的，上一句之"春花秋月何时了"乃写宇宙之运转无穷，是来日之茫茫无尽，而此句之

"往事知多少"乃写人生之短暂无常,是去者之不可复返。可是另一方面"何时了"三字却又早已透露出了负荷着无常之深悲的人,面对此无穷尽的宇宙之运转的深深的无奈。在对比中有承应,于自然中见章法,而且这种对比的章法,还不仅首二句为然,试看下一句之"小楼昨夜又东风",岂不恰好是翻回头来再与首句之"春花秋月何时了"相呼应,着一"又"字正写出了"何时了"的无尽无休,何况"东风"又恰好是属于"春花"的季节,其相呼应的章法,岂不明白可见。只是首句的"春花秋月"所写的乃一般人都可以有的共感,而此句之"小楼昨夜"则把时间和地点都加上了更切近的指述。后主之能写出一般人所同具的共感,正由于他个人一己之深切的感受,所以下一句乃完全以一个亡国之君的一己的口吻写下了"故国不堪回首月明中"的一句深悲极恨的苦语。

这一句与上一句乃又一个鲜明的对比,上句之"又东风"乃与首句之"何时了"一致的,同样写宇宙之运转无尽的一面,而此句之"不堪回首"则与第二句之"往事知多少"是一致的,同样写人生之变化无常的一面,除去这两层对比之外,此句后三字之"月明中"又隐然与首句之"秋月"相遥应,虽然此句承上句"东风"来看,应该乃"春月",然而无论其为春月或秋月,其为"月明"则一也,而"月明"则是最容易引起人的思乡怀旧之情的,因为"月明"乃属于恒久不变的,故乡之明月既同样地临照他乡,今宵之月色正复大似当年,则此日为阶下囚的后主,如果看到天边的一轮明月而想到当年"待踏马蹄清夜月"的豪兴，则故国已经倾覆败亡，何处是当年的春殿，何处是当日的笙歌，何处能再重温当时"醉拍阑干"的一份情味，凡此种种都已成为永不复返的往事，故曰"故国不堪回首月明中"也。说是"不堪回首"，却并非"不回首"，"不堪"者正是由于"回首"，才知其难于堪忍此回首之悲也，是则正足以证明其曾经"回首"也。

所以下半阕开端之"雕栏玉砌应犹在"就全写的是回首中的故国情事，"应犹在"的"应"字，正是一片追怀悬想的口吻。所谓"雕栏"，其所追怀者莫非是自己当年曾经亲手醉拍的阑干，所谓"玉砌"，其所追怀者莫非是当年曾经有人划袜偷步的阶砌，雕栏与玉砌无知，不解亡国之痛，必当依然尚在，只是当年曾经在阑边砌下流连欢乐的有情之人，却已非复当年之神韵丰采了，故曰"只是朱颜改"也。这两句词的上句之"应犹在"乃与第三句之"又东风"及首句之"何时了"相承而下的，全从宇宙之恒久不变的一面下笔，而下一句之"朱颜改"则是与第四句之"不堪回首"及第二句之"往事"相承而下的，全从人生之短暂无常的一面下笔，这样一看就会发现原来这一首词的前面六句乃恒久不变与短暂无常的两种现象的三度对比。在如此强烈的三度对比之下，所表现的"往事""故国"与"朱颜"都已经种种长逝不返的哀痛，当然乃一发而不可遏了，于是后主乃以其奔放之笔，写出了最后二句之"问君能有几多愁"的对人生彻底的究诘，与"恰似一江春水向东流"的彻底的答复。写词至此，则人生所有的只剩下了一片滔滔滚滚永无穷尽的哀愁而已。

后主写哀愁之任纵奔放，亦正如其前一首《玉楼春》词写欢乐之任纵奔放。唯有能以全心去享受欢乐的人，才真正能以全心去感受哀愁，而也唯有能以全心去感受哀愁的人，才能以其深情锐感探触到宇宙人生的某些最基本的真理和至情。所以后主此词乃能从一己回首故国之悲，写出了千古人世的无常之痛，而且更表现为"春花秋月"之超越古今的口吻，与"一江春水"之滔滔无尽的气象。这种直探核心而又包举外延的成就，当然不是宋朝道君皇帝《燕山亭》北行见杏花一词之"裁剪冰绡，轻叠数重，淡著胭脂匀注"之描头画脚的对外表的刻画所能相比的，所以《人间词话》说道君皇帝"不过自道身世之戚"，后主则俨若"释迦基督"可以透过一己担荷起全人类的悲哀，其意境与气象之博大开阔，乃显然可见的。

最后我还要说明一点，就是我在前面曾经论及这一首词前六句之对比，与隔句相承的章法，这六句虽然层层呼应章法分明，而在后主而言，却又并非出于有心之造作安排，后主只是纯真而任纵地写他从极乐到沉哀的一份直觉感受而已。他的章法之周密，与他的气象之博大，都并非出于有心，他只是全凭纯真与任纵为其感受与表现的基本态度，而却使得各方面的成就，都能本然地达到了极致，这正是后主词之最不可及的一点过人之处。

第三首我们所要看的乃一首《相见欢》，这是篇幅极短而包容却极深广的一首小词，通篇只从"林花"着笔，却写尽了天下有生之物所共有的一种生命的悲哀。如果以这一首词与前一首相较，则前一首词后主乃以个人一己的悲哀包举了全人类，而这一首词却是以一处林花的零落包举了所有有生之生物，主题益小，篇幅愈短，而所包容的悲慨却极为博大，而且表现得如此真纯自然，全不见用心着力之迹，这是唯有像后主这样纯情的诗人，才能以心灵的直感，写出这样神来之笔的小词。

我们先看开端的第一句"林花谢了春红"，仅只短短的六个字，却已把生命凋谢之可悲哀与生命美好之可珍惜，完全表现出来了。在这一句词中，最有感人之力的乃"谢了"两个字的动词，与"春红"两个字的形容词，"谢"字下面加上一个"了"字，"了"字有完成与加重的口吻。一方面表现出"林花"之谢已经零落全休，一方面也表现出了诗人对此林花之谢的无限悼惜哀伤，所以用一个可以使口气更为沉重的"了"字，表现出深长的叹惋。仅此四字便已写出零落全休的生命之可惋惜悲叹。而后主却更在此四字之后加上了"春红"两个字，试想"春"字代表的乃何等美好的季节，"红"字所代表的乃何等美好的颜色，一个生命，有着如此美好的颜色，生在如此美好的季节，竟然落到"谢了"的零落全休的下场，则其可叹惋孰甚于此。

如果试把后主这一句词拿来与晏殊《破阵子》词的"荷花落尽红英"一句相比较，则这两句词都是六个字，首二字都各有一个"花"字，虽然有"林花"与"荷花"之不同，而其同为可以凋落的"花"，则是一样的，次二字"谢了"与"落尽"之为意，亦正复相似，凋"谢"即是零"落"，"了"与"尽"都是表示"完了"的口气，而末二字"红英"与"春红"则都是写落下的红色的花瓣，不过因为荷花不是开在春天，所以不能说是"春红"而已，然其为"红"之颜色则一也。可是尽管这两句词有如此多的相似之处，可是它们的口气与情意却是迥不相同的，晏殊的六个字景胜于情，而后主的六个字却是情胜于景，"红英"只是客观地写红色的花瓣，而"春红"却是由诗人主观所掌握的一种对于美好之事物的特别鲜锐的感受。"落尽"近于平实的叙述口吻，而"谢了"却有着沉重的惋叹之情。读中国旧诗词一定要从这些细微的地方，分辨出一些作品的相似之中的不同，才能对每一位作者不同之风格个性有较深切的体认，也才能触探到一首诗歌之真正的灵魂命脉之所在。

我曾在国外讲授中国旧诗词有两年之久，我深深感到困难的一点，就是这些微妙的声情口吻，在翻译为另一种语言时之难于传达保留，因此"林花谢了春红"与"荷花落尽红英"，在都译成英文之后，就难于再分辨后主与晏殊的个别面目了，这是极为可惜的一件事，因此有时要从译文去分辨不同作者的不同风格，就必须从通篇的情意叙述去体会，而不能只从一句的声调口吻去辨识了。

而后主在通篇的叙述中也是有其特色的，那就是他的纯情的直叙式抒情，所以如果不能从"林花谢了春红"一句体会出他的叹惋之情，那么只要接下去看，则下面的"太匆匆"三字的叹惋之情就显然可见了。"太匆匆"三字正是前一句"林花谢了春红"所表现的对于美好之生命落到如此无常之下场所引起的叹惋的延长和加重。"太"字乃何等浅俗的口语，上一句的"了"字也是何等浅俗的口语，而后主用来却予人以何等自然而深切的哀感，这当然也是这一位纯情之诗人的另一特色。他全以纯真的直感去掌握一切，所以才能把最浅俗的口语，运用得如此传神入妙。"太匆匆"三字，已是把生命的短暂无常之可悲写到极致的三个字。然而生命之可悲不仅是"无常"而已，于是后主又接写了下面的"无奈朝来寒雨晚来风"一个九字的长句，更表现了在无常之生命中所遭受的摧毁挫伤的痛苦。稼轩《水龙吟》词说得好"可惜流年，忧愁风雨"，人生在一世的流年中有多少哀愁忧患的摧伤，正如好花之不免于有朝暮风雨的侵袭，只是稼轩所写的乃以流年之忧愁为主，把"风雨"接在下面，不过是忧愁的象喻而已，而后主的"朝来寒雨晚来风"则乃对眼前真实情事的直觉感受，只是后主之感觉特别敏锐，感情特别深挚，而且是用如此单纯直入的方式，所以乃能因宇宙生物之任何一种现象，而直透生命的核心，因此乃能自花落风雨的外表现象，而直入地体验了生命之无常与挫伤的悲苦。

既然有了如此深广的体验，则花便已经完全浸染在人所感受的生命之悲苦中了，所以下面乃把花与人泯合为一体写下了"胭脂泪，相留醉，几时重"的三句极迫切的悲慨的问句。"胭脂泪"三字便已是花与人泯合的开始，"胭脂"二字原当是承首句之"春红"而来，我在前面已曾说过这两个字所代表的乃生命中何等美好的季节与颜色，如今既然以人面之胭脂拟比春红之花，则"胭脂"二字便已同时是花之美好生命之象喻，也同时是人之美好生命之象喻了，下面的"泪"字就花而言自是指朝暮风雨侵袭的雨滴，而就人而言则又岂非流年忧患哀伤的泪点，下面又接以"相留醉"三字，后主写得真是缠绵多情。"相留"一本作"留人"，私意以为把"人"字明白写出，反不如"相留"二字的含蓄而婉转。"相留"者是写如彼之有胭脂之美，有泪点之哀的一个对象之相留劝醉之意，承上文而言自当指着雨之零落春红，恍如有相留劝醉之意，然而就后主所感受之深广而言，则人世间岂不正有过多少如花一样美好的对象，也曾使人不免为之痴迷沉醉，而这些对象原来也是如花之短暂无常，如花之有着风雨挫伤的。面对这样无常忧患之生活而有痴迷沉醉的留恋，这是何等可哀的一件事，以其虽有沉醉之情而终不能长相保有也，所以继之乃以极悲慨的口吻提出了"几时重"一句问话，然而花落不会重开，事往不能重返，则亦唯有空抱此终天难补之长恨而已，故结尾一句乃以一往无还的口吻，写下了"自是人生长恨水长东"的另一个九字的长句。这一句在音节及意义上都与前面一个九字句遥遥相应，前面九个字，乃从"花"写起的"花"之无常与悲苦的一句总结，这一句的九个字，则是从"花"转到"人"以后，"人"之无常与悲苦的一句总结，而中间的三个字短句，则正是从花到人的一个转折，表面上仍是以花为主，而其实花之悲苦与人之悲苦却早已泯合为一了。

"胭脂泪"是所有无常之生命的美好与悲苦之总合的象征；"相留醉"则是对此无常与悲苦之生命的不免于沉醉痴迷的情意；"几时重"则是对上一句之沉醉痴迷的"当头棒喝"，于是"无常"乃如一面巨大的阴影无情地笼罩下来，于是"胭脂泪"所象喻的生命，"相留醉"所表现的情意，遂都为这一面阴影所吞没，只剩下一片滔滔滚滚的无尽无休的长恨而已。前三句短句的紧迫急促的转折，逼出来了最后一句的一纵难收的倾泻。

我在前面曾经论到过后主词之声情的合一与后主词之章法的完整，说他全非出于有心的造作安排，而只是全由于天才锐感的本质，以纯真自然的态度来掌握一切，这首词在这方面也是一个很好的例证。后主对于这一首《相见欢》的几个三字短句和两个九字长句，又作了一次声情合一、恰如其分的掌握，而由花到人的转折承应也写得如此流转无痕，而其全篇之进行，则完全乃由于看到林花之凋谢于风雨的一种纯情的感受发展而来的，丝毫没有雕饰和安排，而却把意境表现得如此深广，把形式和内容也配合得如此完整，后主这一位纯情的诗人以直感所达到的极致的成就真是无人可及的。

关于这首《相见欢》词另一点值得注意之处，是其结尾"自是人生长恨水长东"九个字与前首《虞美人》词结尾之"恰似一江春水向东流"九个字之非常相似。但是如果把这二句仔细一作比较，就会发现它们虽有相似之处却也有着相异之点。相似之处乃在于后主都是以东流的逝水来表现悲愁和长恨，从这种相似，一则可以看出后主亡国以后的心情，乃经常怀着深长无尽之愁恨的；再则可以看出后主所取之象喻的纯任自然。至于此二象喻之是否相似，好像完全并不在后主的顾虑之内，他只是全心耽溺于愁恨之中，因此就只管纯真任纵地表现他这一份愁恨而已，这是这二句词相似的缘故。至于就其相异之点而言，则是在于二句所表现之声吻之并不尽同，《虞美人》的"恰似一江春水向东流"九个字，乃承接着上句的"问君能有几多愁"而来的，把"愁"比作"水"，而"愁"在上一句，"水"在下一句，因此下一句就只是一个单纯的象喻而已，九个字一气而下，中间更无顿挫转折之处。而这一首《相见欢》的末一句之把"恨"比作"水"，则是"恨"与"水"同在一句之内，前六个字写"恨"，后三个字写"水"，因此这一句之"自是人生长恨水长东"九个字乃形成了一种二、四、三之顿挫的音节，有一波三折之感。如果以自然奔放而言，则《虞美人》之结句似较胜，但如果以奔放中仍有沉郁顿挫之致而言，则《相见欢》之结句似较胜，至于究竟以何者为美，则见仁见智，就要看读者个人的喜爱如何了。

综观以上所论的温韦冯李四家词，我们已经可以清楚地看到他们的风格确实有着明显的不同之处，也可以清楚地看到《人间词话》对于他们的评语虽极简短却确实有着非常精到的见解。

飞卿之词全以辞藻之精美以及对于这辞藻之排列组合的错综变化取胜，没有鲜明的个性和感情。欣赏飞卿的词最好只站在纯美的角度作完全艺术性的欣赏，如此就会发现其音节与意象之跳接的精美微妙，确有其过人之处。至于在内容方面，则读者虽然有时可以自这些纯美之意象产生若干联想，然而却并不可便指实为作者之用心，张皋文的《词选》与王国维的《人间词话》对于飞卿之所以有不同的评价，便因为张皋文往往把自己偶然之联想便指为作者之用心，因此便不免有牵强附会之处，而王国维则只从飞卿词之纯艺术性之成就立论，因此只评飞卿词为"句秀"，称其"精艳绝人"，又以"画屏金鹧鸪"来比拟飞卿的词品，"画屏金鹧鸪"原来就是一种不具生命和个性的，徒以其精美之外型供人赏玩的艺术品而已。而中国诗中有一部分作品，如南朝的宫体诗和晚唐五代的艳词，它们的性质就很像这种徒然供人赏玩而并无鲜明之个性的画屏上的金色的鹧鸪鸟。飞卿词在这一类作品中，虽然乃表现之艺术最为精美，予人之联想最为丰富的一位作者，然而在风格上言之，他毕竟仍然是属于晚唐五代徒供歌唱赏玩的艳词之作者。不过，他确实乃所有的"金鹧鸪"中最精美的一只"金鹧鸪"，而且是美到具有着某种象喻意味的。

至于端己的成就，则在于他能把个人之生命感情带到了不具个性的徒供歌唱的艳词之内，写成了真正属于一己抒情的诗篇。他的好处第一在于感情之深挚真切，其辞藻虽不及飞卿之精艳绝人，然而清新劲健，别具活泼之生命的，即使那乃人所弹奏出来的如"黄莺语"一样的弦音，这一份流利生动的弦音中也是充满着弹奏之人的感情与生命的，而这种鲜明真切的个性的表现便正是端己词的特色。从不具个性的艳曲，到具有鲜明个性的情诗，这是晚唐五代词在意境方面第一度的演进。

至冯正中的词，则独以意境之深美闳约见长。我在前面已曾把正中与端己作过比较，说端己所写的乃感情之事迹，是有拘限的，正中所写的则是感情之境界，是没有拘限的，斯固然矣，但是我却未曾把正中与飞卿在这方面作过比较，其实飞卿词之易于引起人丰富之联想，从表面看来似乎也是不为现实所拘限的，与端己之写现实情事者当然不同，而与正中之不为现实所拘限者反若有相似之处，我想这也许正是张惠言《词选》把"深美闳约"四字的评语归给飞卿，而《人间词话》却要将这四个字的评语归给正中的缘故。其实飞卿之不为现实所拘与正中之不为现实所拘，虽看似相似，其实乃大有不同之处。飞卿之不为现实所拘，乃因其根本不作主观现实之叙写，飞卿词往往只是一些纯美的意象的组合，他的词之所以能引起读者某一种深美闳约之感受，可能只是由于读者对那些纯美的意象所生的一种联想，而并不能因此就指为作者一定有此深美闳约之意蕴，张惠言一类的读者就是因为把自己的联想便认为是作者的意蕴，所以乃把"深美闳约"四字的评语归给了飞卿，而王国维却因为飞卿词除了精美的辞藻外并不能证明其确实有如张惠言所说之意蕴，因乃认为飞卿不足以当此四字之评语，而把这四个字的评语归给了正中，因为正中之不为现实所拘限，才确实乃因其本身具有深美闳约之意蕴，而非只是由于读者之联想而已。正如我在前面所言，正中词所表现的乃一种经过酝酿提炼以后的有着综合性体认的感情之境界，他的情意虽不为现实所拘限，然而确实有着某种主观深挚之情意的，也就是说，如果以作者真正具有的意蕴而言，正中才是当得起"深美闳约"四个字评语的一个作者。

由飞卿之客观唯美的香艳的歌词，到端己之主观抒情的恋爱的诗篇，再转而为正中之表现为经过综合酝酿以后的一种感情之境界，使得原以唯美与言情为主的艳词染上了一种理想化和象喻化的色彩，而且深深地影响了北宋初年如大晏、欧阳等一些重要的作者，这是晚唐五代词在意境方面极可注意的一大演进。

至于后主之成就则可以分为两方面来看：其一是内容方面的，由于一己真纯的感受而直探人生核心所形成的深广的意境；其二是由于他所使用之字面的明朗开阔所形成的博大的气象。

这两种成就，就词之演进的历史性而言，我以为第二点实较第一点为更可注意，因为其第一点成就乃正如我在前面所言，后主与渊明在这一方面都是超时代的作者，因为他们的成就乃在于他们真纯之本性所独具的一点"任真"的特色，这种特色乃属于"天"而并不属于"人"的。如果以后主与正中在词境方面所表现的有着综合性体认的感情之境界相较，则正中词境的形成乃由于一种持守与酝酿的结果，这种成就是有着属于"人"的某种修养和功力之因素在的，是纵然不可以学而能，或者尚可以养而致的；而后主之以纯真任纵之感受直探人生核心的意境，则不仅不是可以学而能，也不是可以养而致的，后主之成就乃纯属于天生的某一类型之天才所特有的成就。

因此谈到晚唐五代词在意境方面之演进，如果就"史"的意义而言，我以为实在应当推正中为承先启后的最有成就的作者，因为他在意境方面的成就是可以继承的。而后主在意境方面的成就则是不属于历史演进过程的一种天才的突现，乃可遇而不可求的，所以后主成就虽高，然而就词之演进而言，实在反不及正中之更为重要。可是另外一面，后主在用字方面所开拓出的博大开朗的气象则又是正中所没有的，正中词的意境虽然有"深美闳约"的含蕴，可是字面上实在仍"不失五代风格"，而后主的开朗博大的字面与气象，则有令人耳目一新之感，后人称东坡词"逸怀豪气"，"指出向上一路"，后主实在乃一位为之滥觞的人物。这种开拓当然对于词之演进有极重要的影响，然而就后主而言，却仍然只是属于天才之自然的表现与偶然的成就，而并非词在演进阶段的一个属于演进的阶次，所以他的开拓对于词之演进虽有影响，而却并不代表演进的一个阶段，这是需要分辨清楚的。

大晏词的欣赏

大晏乃一个理性的诗人，他的"圆融平静"的风格与他的"富贵显达"的身世，正是一位理性的诗人的"同株异干"的两种成就。

谈到文学的欣赏，原是颇为主观的一件事。譬如"口舌"之于"五味"，滋味既异，嗜好亦别，"强人同己"固属无谓的多事，然而"美芹""献曝"，略述个人品味之所得，或者也尚不失"推己"的一份诚意，因此我想略谈一谈关于大晏词的欣赏。

　　在北宋初年的词坛上，晏殊、晏几道父子和欧阳修是并称的三位作者。而一般读者对这三位作者的爱好，则以小晏为最，欧阳次之，而爱好大晏者则最少。

　　大晏不易得人欣赏的原因，我以为有两点：**其一是大晏词的风格过于圆融平静，没有激情，也没有烈响，既不能以色泽使人炫迷，又不能以气势使人震慑。**大晏的词正如他的集名"珠玉"二字，只是一奁温润的珠玉，虽然澄明纯净秀杰晶莹，然而自有些人看来，却会觉得它远不及一些光怪陆离、五色缤纷的琼瑰更足以使人目迷心动，这是大晏词之不易得人欣赏的第一个原因。**至于另一个原因，则是大晏的"富贵显达"的身世。**在一般人心目中，似乎都根深蒂固地存在着一种"穷而后工"的观念，而大晏在这方面却不能满足一般人对诗人之"穷"的预期，和对诗人之"穷"寄以同情的"快感"，这是大晏词之不易得人欣赏的第二个原因。宛敏灏君在《二晏及其词》一书中对大晏的一些词作甚至讥之为"富贵得意之余"的"无病呻吟"。宛君于二晏之身世作品，搜罗考订极详，对小晏亦赞扬备至。而独于大晏的一些词作不能欣赏，因而颇有微词。昔蒋弱六之评杜甫《陪郑广文游何将军山林》"万里戎王子"一首云："见遗于无意搜罗之人不足怪，遗于搜罗已尽之人为可恨耳。"看到宛君"无病呻吟"的话，我真不得不为大晏仕途之"幸"而叹息其"不幸"了。

我以为想要欣赏大晏的词，第一该先认识的就是——大晏乃一个理性的诗人，他的"圆融平静"的风格与他的"富贵显达"的身世，正是一位理性的诗人的"同株异干"的两种成就。诗人的"穷"与"达"，原来并没有什么"文章憎命达""才命两相妨"的必然性，而大半乃决定于诗人所禀赋的不同的性格。一般说来，诗人的性格约可分为两种：一种是属于成功的类型，而另一种则是属于失败的类型。属于成功的一型，就性格而言，可以目之为"理性的诗人"，而属于失败的一型，则可目之为"纯情的诗人"。

《人间词话》之评李后主词云："词人者不失其赤子之心者也，故生于深宫之中，长于妇人之手，是后主为人君所短处，亦即为词人所长处。"又说，"主观之诗人不必多阅世，阅世愈浅则性情愈真。"这一段话，就纯情的诗人而言，是不错的。因为纯情的诗人其感情往往如流水之一泻千里，对一切事物，他们都但以"纯情"去感受，无反省、无节制、无考虑、无计较。"赤子之心"对此种诗人而言，岂止是"不失"而已，在现实的"成败利害"的生活中，他们简直就是未成熟的"赤子"。此一类型之诗人，李后主自是一位最好的代表。而"破国亡家"也正为此一类型之诗人的典型的下场。"天以百凶成就一词人"，对此一类型的诗人而言，其"百凶"之遭遇，与其"纯情"之作风，也正为"同株异干"的两种必然之结果。至于理性的诗人则不然，他们的感情不似流水，而却似一面平湖，虽然受风时亦复縠绉千叠，投石下亦复盘涡百转，然而却无论如何总也不能使之失去其"含敛静止""盈盈脉脉"的一份风度。对一切事物，他们都有着思考和明辨，也有着反省和节制。他们已养成了成年人的权衡与操持，然而却仍葆有一颗真情锐感的诗心，此一类型之诗人，自以晏殊为代表。

《宋史·晏殊传》记载云："仁宗即位，章献明肃太后奉遗诏权听政，宰相丁谓枢密使曹利用各欲独见奏事，无敢决其议者，殊建言群臣奏事太后者，垂帘听之，皆毋得见，议遂定。"又载元昊寇边时"陕西用兵，殊请罢内臣监兵，不以阵图授诸将，使得应敌为攻守，及募弓箭手教之以备战斗，又请出宫中长物助边费，凡他司之领财利者悉罢还度支"。

从这些事，我们都可以看出晏殊的明决的理性，他的识见与谋虑，都可说得上是"将相之才"，而绝不仅是一个"长于妇人之手"，未经阅世的"赤子"而已。然而自其词集"珠玉"来看，晏殊又确实是一个资质极高的诗人，由此可知事功方面的成就原无害于一个理性的诗人之为真正的诗人，而"珠玉"一集的价值，也绝不该因其富贵显达的身世而稍有减损。

我将"理性"二字加诸"诗人"之上也许会有人颇不谓然，因为诗歌原该是"缘情"之作，而"情感"与"理性"则又似乎有着厘然迥异的差别。这就一般人而言也许是对的，因为一般人的理性乃但出于一己头脑之思索，但用于人我利害之辨别，此种理性之为狭隘与坚硬，而与感情之格格不能兼容，自是显然而且必然的事。然而诗人之理性则有不同于此者，诗人之理性该只是对情感加以节制，和使情感净化升华的一种操持的力量，此种理性不得之于头脑之思索，而得之于对人生之体验与修养。它与情感并非相敌对立，而是完全浸润于情感之中，譬若水乳之交融，沆瀣之一气。其发之于心亦原无此彼之异与后先之别。是"理性"既可以与"情感"相成而非尽相反，则诗歌虽为"缘情"之作，而诗人则固可以有"理性之诗人"了。

作为一个理性的诗人，我以为大晏的词有着几点特色。而第一点该提出来说明的则是大晏《珠玉词》中所表现的一种"情中有思"的意境。如前所述，"理性"既可以与"情感"如水乳之交融，则《珠玉词》的"情中有思"的意境，便正为此种"交融"了的理性与情感的同时涌现。在一般人的诗作与词作中虽然也不乏表现"思致"的作品，但大晏与他们不同的则是一般人所表现的"思致"多出于有心，而大晏则完全出于无意，譬如酌水于海，其味自咸，这和有心要泡一杯盐水的人，自然有着显著的差异。

如大晏最有名的一首《浣溪沙》词之"满目山河空念远，落花风雨更伤春，不如怜取眼前人"，这三句词从表面看来，他所抒写的只不过是"伤春念远"的一份情感，丝毫也看不出有什么"思致"在其间，而大晏也确实未尝有心于表现什么"思致"，只是读这三句词的人，却自然可以感受到它所给予读者的，除去情感上的感动外，还有着一种足以触发人思致的启迪。这种启迪和触发，便正是大晏的"情中有思"的特色之所在。即以这三句词而言，如"满目"一句，除"念远"之情外，它更使读者想到人生对一切不可获得的事物的向往之无益；"落花"一句，除"伤春"之情外，则更使人想到人生对一切不可挽回的事物的伤感之徒劳。至于"不如怜取眼前人"一句，它所使人想到的也不仅是"眼前"的一个"人"而已，而是所该珍惜把握的"现在的一切"。

而大晏在另一首《玉楼春》词中也曾有句云"不如怜取眼前人，免使劳魂兼役梦"，由此一句之重复使用，我们更可以体认出大晏之所屡次提到的"眼前人"，实在只是表现了大晏的一种明决的面对现实的理性。

这种种联想与体认，在读者亦并不需深思苦想而后得，而是当读者感受词句中的一份"情感"之时，便已同时感受到其中的一份

"思致"了。那便因为如前文所言，这一份"思致"乃由大晏对人生感受体验而得，而并非由头脑思索而得，它原即在情感之中，而并非在情感之外。所以其表现于词亦全属无心，而绝非有意。因之这一份思致也就只宜于吟味和感受，而并不宜于辨察和说明。如我之所解释，自不免有牵藤附葛坠坑落堑之嫌，不过，大晏词之易于引起读者一些有关人生的哲想，则是不可否认的事实。

王国维先生在《人间词话》中，对大晏的《蝶恋花》词之"昨夜西风凋碧树，独上高楼，望尽天涯路"三句，便也曾经既许之为"诗人忧生之词"，复喻之为"古今成大事业大学问者之第一境"，这两段话本文不暇详说，我不过引之以证明以"哲想"解说大晏词并非自我作古。**而其之所以易于使读者生此种联想，便正因为大晏的词有着一种"情中有思"的特色。这种特色加深也加广了大晏词的意境。**

如果以大晏与他的儿子小山相较，那么像小山的一些名句，如"当时明月在，曾照彩云归""今宵剩把银缸照，犹恐相逢是梦中""舞低杨柳楼心月，歌尽桃花扇底风"诸句，虽然其"精壮顿挫""动摇人心"（黄庭坚《小山词序》）之处，大晏自有所不及，然而如只就"情中有思"这一点而言，则小山词之意境，实在远较乃父为狭隘而浅薄。其原因便在于小晏所表现的"悲欢今昔"之感，与"歌酒狎邪"之词，乃但为人生之一面，而其所触动者亦但为读者之感情而已；至于大晏，则其所触动者已不仅为读者之感情，而且更触动了读者有关整个人生的一种哲想，因此大晏词乃超越了其表面所写的人生之一面，而更暗示着人生之整体。

宛敏灏君在《二晏及其词》一书中，曾举大晏《憾庭秋》词之"念兰堂红烛，心长焰短，向人垂泪"三句，与小晏《破阵子》词之"绛蜡等闲陪泪"，及《蝶恋花》词之"红烛自怜无好计，夜寒空替人垂泪"三句相比较，以为"向"字尚不及"陪"字之深，更不敢望"替"字矣，殊不知小晏，"陪"字"替"字虽佳，然而其"陪"人"替"人垂泪者，仍不过只是一支"蜡烛"而已，而大晏之"心长焰短，向人垂泪"二句，则它使读者所感受的实在已不复仅是一支"蜡烛"，而同时联想到的还有"心余力绌"的整个的人生。虽然这在大晏也许未尝"有此意"，而其特色却正在使读者能"生此想"。故就情感言，小晏自较大晏为秾挚，然而如就思致言，则小晏实不及大晏之深广。而此种差别也正是理性的诗人与纯情的诗人的主要区别之所在，大抵纯情的诗人对于人生只有入乎其内的真切的感受，而理性的诗人则除感受外，更有着一份出乎其外的澄明的观照。唯其为"入"，故所失在狭；唯其能"出"，故所长在广。唯其但得之于"感受"，故其所表现者有情而乏思，而其意境亦较浅薄；唯其能得之于"观照"，故其所表现者情中乃更复有思，而其意境亦较深刻。

除以上所举各例证外，他如大晏另一首《浣溪沙》词之"无可奈何花落去，似曾相识燕归来"；《喜迁莺》词之"花不尽，柳无穷，应与我情同"；《少年游》词之"莫将琼莩等闲分，留赠意中人"，诸作或者表现了圆融的观照，或者表现了理性的操持。这种特色，正为大晏之所独具。欣赏大晏词，如果不能从他的"情中有思"的意境着眼，那真将有"如入宝山空手回"的遗憾了。

至于大晏词的第二点特色，我以为则该说是他所特有的一份"闲雅"的情调。《汉书·司马相如传》云："相如时从车骑，雍容闲雅，甚都。"大晏的"闲雅"就正有着这一份雍容富贵的风度。而这一份风度，在我国诗人的作品中，是极为罕见的。其之所以罕见，当然是因为一般诗人们都未尝有过如大晏的显达的身世，因之也未曾有过如大晏的雍容闲适的生活。而有大晏之身世与生活者，则又未必有如大晏的诗人的资质，这种"美具难并"的机会既不多，因此大晏的"闲雅"的风格，乃成了他所独有的一种"特美"。

大晏生当北宋真仁两朝的太平盛世，自十四岁以神童应试擢秘书省正字，仕至宰相，其显达之身世，已具见史传的记载，本文对此不拟再加详述；至于大晏的诗人的资质，则可从他的词作中所表现的"锐感"与"善感"得到证明。如其《破阵子》词写少女神情之"疑怪昨宵春梦好，元是今朝斗草赢，笑从双脸生"（按此词见《唐宋诸贤绝妙词选》，《珠玉集》不载），及《菩萨蛮》词写黄葵之"高梧叶下秋光晚，珍丛化出黄金盏"，"擎作女真冠，试伊娇面看"。这些词句都具有着极鲜明的意象，也给予读者极强力的感染，这是唯有一个"锐感"的诗人才能"具有"，才能"给予"的。又如其

《玉楼春》词之"陇头呜咽水声繁,叶下间关莺语近",《踏莎行》词之"春风不解禁杨花,蒙蒙乱扑行人面"诸句,则凡耳目所及,写得万物都若有情,这更是唯有一个"锐感"的诗人才能"感受",才能"抒写"的。以这种"锐感""善感"的资质,无论其所遭之境遇之为"穷"为"达",都无疑地该不失为一个真正的诗人,只是因境遇之影响而形成的风格或者不免将要有所不同而已。

大晏的境遇是富贵显达的,因之怀着"穷而后工"的成见,想要在大晏的词中寻找"孤臣孽子""落魄江湖"的深悲幽怨的人,当然不免要感到失望。但大晏的诗人的资质却毫不曾因此而减损。他的"闲雅"的风格,正是他的显达的身世与他的诗人的资质所相浑融相调剂而结成的佳果。这一类风格闲雅的作品,在他的词集中最可举为代表的是那一首《清平乐》,现在把这一首词抄在下面:

金风细细,叶叶梧桐坠。绿酒初尝人易醉,一枕小窗浓睡。

紫薇朱槿花残,斜阳却照阑干。双燕欲归时节,银屏昨夜微寒。

在这一首词中,我们既找不到我国诗人所一贯共有的"伤离怨别叹老悲穷"的感伤,甚至也找不到前面第一点所谈到的大晏所特有的"情中有思"的思致。在这一首词中,它所表现的只是在闲适的生活中的一种优美而纤细的诗人的感觉。对于这种词，我们不当以"情"求，也不当以"意"想，而只当单纯地去体会那一份美而纯的诗感，《庄子·逍遥游》云"无用之为用大矣"，想在诗歌中寻找"情感"和"意义"的人，在大晏这种闲雅的作品中，自将无所收获。然而譬之醇醪甘醴，饮之者原不必要求得"解渴"之功用，更不可抱有"解饥"之目的。醇醪甘醴的好处，原只在它所给予人的一股甘美芳醇的味道，同样地，大晏的此种作品，其佳处亦仅只在于它所给人的一种闲静优美的"诗意的感觉"而已。

大晏词的第三点特色，我以为该说是他的词中所表现的伤感中的旷达的怀抱。陆机《文赋》有云"遵四时以叹逝，瞻万物而思纷"，对于任何一个人来说，当"日月逝于上，体貌衰于下"的时候，都或多或少地免不了会产生"时移事去""乐往哀来"的伤感，更何况是一个锐感善感的诗人？所以诗人们都或多或少地有着伤感的作品。大晏对此当然也并不能例外，虽然宛敏灏君曾经以为大晏的一些伤感之作只是"无病呻吟"，但我却并不这样想，因为"伤感"之产生，原不必定要有什么人事上的剧变大故，而仅只自然界的盛衰代序，便已足可令人体会到"无常"的威胁了，至于其所感受的深浅，实在并不在其身世之"穷""达"，而只在其感觉之"锐""钝"。而大晏正是一个锐感的诗人，所以他的身世虽"达"，而他在词中所流露的一份"无常"的伤感，却是与其他"不达"的诗人同样真实也同样深切的。只是诗人之"伤感"虽同，而其伤感的情调则不尽同，即以与大晏的作风最相近的冯欧两家来与之相较，其间也颇有不同之处。我以为在正中的伤感中，有着执着的热情；在六一的伤感中，有着豪宕的意兴；而在大晏的伤感中，所有的则是一种旷达的怀抱。我们现在试举大晏的几首词来看。

采桑子

时光只解催人老，不信多情，长恨离亭，滴泪春衫酒易醒。

梧桐昨夜西风急，淡月胧明，好梦频惊，何处高楼雁一声。

谒金门

秋露坠，滴尽楚兰红泪，往事旧欢何限意，思量如梦寐。

人貌老于前岁，风月宛然无异，座有嘉宾尊有桂，莫辞终夕醉。

破阵子

湖上西风斜日，荷花落尽红英。金菊满丛珠颗细，海燕辞巢翅羽轻，年年岁岁情。

美酒一杯新熟，高歌数阕堪听。不向尊前同一醉，可奈光阴似水声，迢迢去未停。

在这几首词中，《采桑子》的"时光只解催人老""滴泪春衫酒易醒"，与《谒金门》的"往事旧欢何限意，思量如梦寐"，这几句所表现的自然都是伤感之情，然而《采桑子》的末一句"何处高楼雁一声"却结得如此超脱高远，《谒金门》的末二句"座有嘉宾尊有桂，莫辞终夕醉"则又结得如此通达放旷。至于《破阵子》一词之"湖上西风斜日，荷花落尽红英"与"可奈光阴似水声，迢迢去未停"，所表现的自然更是极真切的"无常"的哀感，然而大晏却偏偏在中间加上了"美酒一杯新熟，高歌数阕堪听"的慰安。

由这些词句，我们可以看出大晏在现实的"无常"的悲哀中，虽然不免于伤感，然而他却既有着安于现实的达观，也有着面对现实的勇气。若以之与冯欧二家相比，则正中所表现的"执着"，如其"一晌凭栏人不见，鲛绡掩泪思量遍""日日花前常病酒，不辞镜里朱颜瘦"诸句，对悲苦的现实只不过有担荷的热情；六一所表现的"豪宕"，如其"尊前百计得春归，莫为伤春眉黛蹙""直须看尽洛城花，始共春风容易别"诸句，对悲苦的现实只不过有遣玩的意兴；而大晏在旷达的情怀中，却隐然有着处置的办法，这一种伤感中的旷达的怀抱，是大晏这一位理性诗人的性格与修养的最好表现。所以大晏的"伤感"，在他的词作中，既没有形成凄厉之音，也没有出为决绝之词。"伤感"在他的《珠玉词》中，只是给那些温润的珠玉染上了一种淡淡的凄清的情调。这一份凄清的情调，使得他的温润的珠玉更加了一份纤柔婉秀，因而叫人看了也更加觉得炫目怜心，这正是《珠玉词》的风格上的又一种"特美"。

至于大晏词第四点特色，则是昭昭在人耳目、尽人皆知的两种好处，这就是写富贵而不鄙俗，写艳情而不纤佻。关于这两种好处，前人述及之者甚多，我现在随便摘录两条作为佐证：

宋吴处厚《青箱杂记》云：晏元献公虽起田里，而文章富贵出于天然。尝览李庆孙《富贵曲》云："轴装曲谱金书字，树记花名玉篆牌。"公曰："此乃乞儿相，未尝谙富贵。故余每吟咏富贵，不言金玉锦绣，而惟说其气象。若'楼台侧畔杨花过，帘幕中间燕子飞'，'梨花院落溶溶月，柳絮池塘淡淡风'之类是也。"故公自以此句语人曰："穷儿家有这景致也无。"

宋张舜民《画墁录》云：柳三变既以词忤仁庙，吏部不放改官，三变不能堪，诣政府。晏公曰："贤俊作曲子么？"三变曰："只如相公亦作曲子。"公曰："殊虽作曲子，不曾（一作会）道'绿线慵拈伴伊坐'。"柳遂退。

以上两则，分别说明了大晏"不鄙俗"和"不纤佻"的两种好处，这两种好处虽是截然不同的两件事，但我以为它们却是出于一个共同的原因，那就是写其"精神"而不写其"形迹"。

一般说来，人们对事物感受的态度，约可分为两种，一种是以感官去感受的，而另一种则是以心灵去感受的。以感官去感受的人，所得的大多是事物的形体迹象；而以心灵去感受的人，则所得的大多是事物的气象神情。即以"富贵"而言，譬如现在有两个人，一同进入了"金张之第"，则以感官去感受的一个人，其所见者乃但为"金玉锦绣"诸富贵之物质；而以心灵去感受的一个人，则其所见者乃为博大高华的"富贵之气象"。又如以"艳情"而言，方二人"携手并肩"之际，以感官去感受的一人，则其所感者但为相携相并之双手与双肩；而以心灵去感受的一人，则其所感受者，实在已不复是身体上的相并相携，而乃精神上的深合密契。也许那一种气象上的博大高华之感，也是经由物质上的金玉锦绣而来；而那一种精神上的深合密契之感，也是经由形体上的相并相携而得，只是对于以"心灵"去感受的人而言，那些感官上的感受，实在只是一些无足轻重的接触的媒介而已。所谓"得意忘言，得鱼忘筌"，既然已经得到了心灵上的感受，则那些感官上的物质与形体，便已被遗忘而不复存在了，这其间的取舍，丝毫没有勉强与造作，而纯出于自然。大晏之不用"金玉"之字，不为"纤佻"之语，那正因为大晏的天性近于后者。

现在我们试举他一些写富贵与艳情的词作为例。写富贵者，如其《浣溪沙》之"小阁重帘有燕过，晚花红片落庭莎，曲栏干影入凉波"，《踏莎行》之"翠叶藏莺，朱帘隔燕，炉香静逐游丝转"，

《玉楼春》之"朱帘半下香销印，二月东风催柳信，琵琶旁畔且寻思，鹦鹉前头休借问"。这些词句，皆所谓"不言金玉"，而"自有富贵气象"者，正如晁无咎所云："知此人不住三家村也。"至于写艳情者，如其《诉衷情》之"此时拚作，千尺游丝，惹住朝云"，《踏莎行》之"尊中绿醑意中人，花朝月下常相见"，《破阵子》之"多少襟怀言不尽，写向蛮笺曲调中，此情千万重"。

若以这些词句与柳永《定风波》之"绿线慵拈伴伊坐"，《菊花新》之"欲掩香帏论缱绻"诸作相较，则大晏正所谓"虽作艳语，终有品格"。那便是因大晏所唤起人的只是一份深挚的情意，而此一份情意虽或者乃因"儿女之情"而发，然而却并不为"儿女之情"所限，较之一些言外无物的浅陋淫亵之作，自然有着高下雅鄙的分别。而其形成此一差别，则正是一者是写其心灵上的感受，而一者则是写其感官上的感受的缘故。所以大晏之不屑于琐琐记金玉锦绣，喋喋叙狎昵温柔，大部分该是由于他的天性使然。至于他的富贵显达的身世和环境，当然也有着颇大的影响，但如果以为他之写艳情而不纤佻，乃如宛敏灏君所说的，只是由于"观瞻所系"的有心的规避，那就未免浅之乎视大晏了。

除以上四点特色外，我还想作两点补充的说明。其一是《珠玉集》中有一部分祝颂之词，这是最为不满大晏的人所据为口实，而对之加以诋毁的。祝颂之词之易流于俗恶，自是不可讳言的事实。大晏位居台阁，应制唱酬之间当然免不了有一些祝颂之作。这些词在《珠玉集》中自非佳作。然而我却以为若以大晏之此类作品，与一般人的祝颂之作相较，则大晏仍有着他的可喜之处。如前文所言，大晏所写之事物及情感多以气象神情为主，而不沾滞于形迹，所以大晏所写的祝颂之词，也绝没有明言专指的浅俗卑下之言。他只是平淡然而却诚挚地写他个人的一份祝愿，且多以大自然界之景物为陪衬，而大晏对自然界之景物又自有其一份"诗人之感觉"，所以大晏所写的祝颂之词，不但闲雅富丽，而且更有着一份清新之致，如其祝寿词《蝶恋花》之"紫菊初生朱槿坠，月好风清，渐有中秋意，更漏乍长天似水，银屏展尽遥山翠。绣幕卷波香引穗，急管繁弦，共爱人间瑞，满酌玉杯萦舞袂，南春祝寿千千岁"。其歌颂天子者如《拂霓裳》之"乐秋天，晚荷花缀露珠圆，风日好，数行新雁贴寒烟，银黄调脆管，琼柱拨清弦，捧觥船，一声声，齐唱太平年"。这些词虽然并没有什么深远的含义，然而在感觉与情致方面也并非全无可取之处。何况在人之一生中有些和乐美好的日子和生活，原也是值得歌颂的，我们又何可一概诋之为俗恶。这是我对大晏词要补充说明的第一点。

至于另一点我要补充说明的，则是在《珠玉词》中有着一首风格颇为例外的作品，那就是大晏题为"赠歌者"的一首《山亭柳》词。现在把这首词抄在下面。

山亭柳　赠歌者

家住西秦，赌博艺随身。花柳上，斗尖新，偶学念奴
声调，有时高遏行云。蜀锦缠头无数，不负辛勤。

数年来往咸京道，残杯冷炙谩消魂。衷肠事，托何人。
若有知音见采，不辞遍唱阳春。一曲当筵落泪，重掩罗巾。

大晏词的风格，一向都表现得圆融平静，而这首词却偏偏写得
声情激越、感慨悲凉；大晏词一向都不曾加冠标题，而这首词却偏
偏有个"赠歌者"的题目。这两种例外的情形，同时发生于一首词
之上，这是颇可玩味的一件事。

要想解答此一问题，我想我们该对大晏的性格和生平有更进一
步的认识。大晏在词作中所表现的"闲雅"的风格和"旷达"的怀
抱，确实显示出了他的一份理性的修养——平静而有操持。然而在
史传中，对他的性格却有着另一面的记载，《宋史·晏殊传》云：
"殊性刚简，……累典州，吏民颇畏其悁急。"又欧阳修之《晏元
献公神道碑》亦云："公为人刚简。"而《四库提要》评其《珠玉
词》则云："殊赋性刚峻，而语特婉丽。"大晏确实有着理性的操
持，这是不错的；大晏也确实有着刚峻的个性，这也是不错的。而
他在词中所表现的"婉丽"，就正是他的刚峻的个性，透过了理性
的操持，所达到的一种"矛盾的统一""复杂的调合"的境界。所
以他的词有澄明之美，而无单调之失；有圆融之美，而无颟顸之病，

正如日光七色之融为一白，这正是大晏词一贯的风格。唯是日光若经折射，则仍可见其七彩的本色，同样地，大晏在遇到拂逆挫折时，也往往会表现出他的另一面的刚峻的性格，而且极为激动。如《宋史·晏殊传》载其为枢密副使时，曾"上疏论张耆不可为枢密使，忤太后旨。坐从幸玉清昭应宫，从者持笏后至，殊怒，以笏撞之，折齿"。又《画墁录》云："张先议事府中，再三未答，同叔作色，操楚首曰：'本为辟贤会道，无物似情浓，今日却来此事公事。'"

我们对大晏这一面刚峻激动的性格有了认识后，再来看这一首《山亭柳》词，就会觉得这首词中所表现的感慨激越，不但并非例外，而且正是必然的意中之事。这首词虽然题名为"赠歌者"，然而郑因百先生却认为它乃"借他人酒杯，浇胸中块垒"之作，又说："此词云'西秦''咸京'，当是知永兴军时作，时同叔年逾六十，去国已久，难免抑郁。"这是一段极有见地的话。大晏自十四岁以神童擢秘书省正字，至五十四岁罢相以前，在仕途上都可说是顺利而且得意的。但自五十四岁罢相后，则出知外郡将近十年之久，而以永兴为最远。又据《宋史·晏殊传》云其罢相乃由于"孙甫蔡襄上言，宸妃生圣躬，为天下主，而殊尝被诏志宸妃墓，没而不言。又奏论殊役官兵治僦舍以规利，坐是降工部尚书，知颍州。然殊以章献太后方临朝，故志不敢斥言。而所役兵乃辅臣例宣借者，时以谓非殊罪"。是晏殊既以"非其罪"的罪名被罢相，又出知外郡既久，这种种拂逆挫折，使他在词作中露出了刚劲激动的另一面性格，原该是极自然的一件事。只是这一首《山亭柳》词，还有着另一点值得我们注意的地方，那就是它还被加着一个"赠歌者"的题目。从大晏晚年的遭遇与这首词中所表现的感情来看，谓为"浇自己胸中块垒"之作，当是无可置疑的事，只是为什么他一定要"借他人之酒杯"，找一个"赠歌者"的题目呢？关于这一点，我以为则该是仍然由大晏一贯的"理性的修养"所使然。

王国维《人间词话》云："尼采谓一切文学余爱以血书者。"同样是滴满鲜血的作品，有些人则喜欢将自己血淋淋的伤口显示给别人看；但有些人则不然，他们宁愿将自己的伤口隐藏起来，而把他们所滴的鲜血、所受的伤害，都只借着一件不相干的故事作间接的叙述。这正是作为一个理性的诗人的特色。他们常想葆有一份感情上的余裕，因此大晏也借着"赠歌者"的题目，先把感情的距离推远了，然后才能无忌地将他的感慨抑郁借着别人的故事而发泄出来。同时我还以为这首词的题目并不是由臆想加上去的，而该是确有一位歌者，而此歌者之身世，则曾唤起了大晏的深切的共鸣，于是郁积已久的情怀，乃因之一泄而出，这种机会正是可遇而不可求的，因此我们在大晏其他的词作中，并不容易看到这一种感慨激越的情调，这正因为大晏不容易遇到这样可以借端发挥的"好题目"。而毫无假借地揭露自己的创口，则又是大晏所断乎不肯做的，明乎此，我们就可以知道这首风格例外的作品不但不能使大晏的"理性的诗人"的基础动摇，反更多了一层有力的证明。这是我所要补充说明的第二点。

　　最后，我想模仿王国维先生引词人自己的词句评词的办法，为此文作一结束。大晏的词圆融平静之中别有凄清之致，有春日之和婉，有秋日之明澈，而意象复极鲜明真切，这使我想起了大晏《少年游》的几句词，因仿王国维先生之言曰"霜前月下，斜红淡蕊，明媚欲回春"，同叔语也，其词品似之。

拆碎七宝楼台

——谈梦窗词之现代观

梦窗词之遗弃传统而近于现代化的地方，最重要的乃他完全摆脱了传统上理性的羁束，因之在他的词作中，就表现了两点特色：其一是他的叙述往往使时间与空间为交错之杂糅；其二是他的修辞往往但凭一己之感性所得而不依循理性所惯见习知的方法。

一、梦窗词的传统评价及其两点现代化的特色

吴梦窗的词，以数量而言，有将近三百五十首之多。在南宋诸词人中，除了首屈一指的大家稼轩以外，几乎没有人可以与之相比的。而且即使以北宋之大家周邦彦与之相较，则清真词尚不满两百首，在数量上，也不及梦窗远甚，所以仅以数量言，梦窗的词在两宋词人中也应该占有一个相当重要的地位了。更何况如以意境功力而言，则梦窗意境之深远，功力之精深，更皆有其迥然非常人可及之处。然而不幸的是，梦窗词流传既不及周辛之广，而所得的评价则更是毁誉参半。几乎自南宋以后，梦窗的词就一直被人误解或甚至不理解。对梦窗词之评语流传得最广也最久的，就是张炎《词源》所说的：

梦窗词如七宝楼台炫人眼目，拆碎下来不成片段。

直到近世有些讲文学批评的人，往往仍引用这一段话来訾议诋毁梦窗。如胡适先生在其所编《词选》一书中，就曾经说：

> 《梦窗四稿》中的词，几乎无一首不是靠古典与套语堆砌起来的，张炎说"吴梦窗词如七宝楼台……不成片段"这话真不错。

而胡云翼则更在其《宋词研究》一书中，引申发挥张炎之说云：

> 梦窗词有最大的一个缺点，就是太讲究用事，太讲求字面了，这种缺点本也是宋词人的通病，但以梦窗陷溺最深。唯其专在用事与字面上讲求，不注意词的全部的脉络，纵然字面修饰得很好看，字句运用得很巧妙，也还不过是一些破碎的美丽辞句，决不能成功整个的情绪之流的文艺作品，此所以梦窗受玉田"吴梦窗词如七宝楼台……不成片段"之讥也。

又云：

> 南宋到了吴梦窗，则已经是词的劫运到了。

如果只从他们的这些评语来看，则梦窗词果然竟似一无可取了。所以胡适先生在其《词选》一书中就仅选了梦窗的两首小令——《玉楼春》与《醉桃源》，而后来胡先生重新校定时又删去了一首，仅存《玉楼春》一首小令了。至于胡云翼则在他后来所编的《唐宋词一百首》中，对于梦窗的词竟然一首都没有选。以一位拥有三百多首作品，在两宋词人中占比重极大的作者，而选者竟然对之一字不录或只选一首，则梦窗词之不为人所欣赏了解也可以想见了。

当然另一方面对梦窗词备至推崇赞美的人也并非没有，如周济《宋四家词选》即曾称：

> 梦窗立意高，取径远，皆非余子所及。

又云：

> 梦窗奇思壮采，腾天潜渊，返南宋之清泚为北宋之秾挚。

其《介存斋论词杂著》更称：

> 梦窗每于空际转身，非具大神力不能。

又云：

其佳者，天光云影，摇荡绿波，抚玩无斁，追寻已远。

而戈载《宋七家词选》亦称梦窗词：

以绵丽为尚，运意深远，用笔幽邃，炼字炼句，迥不
犹人，貌观之雕缋满眼，而实有灵气行乎其间，细心吟绎，
觉味美方回，引人入胜，既不病其晦涩，亦不见其堆垛，……
犹之玉溪生之诗，藻采组织，而神韵流转，旨趣永长，未
可妄讥其獭祭也。

近人吴梅先生《词学通论》评梦窗词，曾引戈载之言，又益之曰：

其实梦窗才情超逸，何尝沉晦，梦窗长处，正在超逸
之中见沉郁之思，乌得转以沉郁为晦耶？若叔夏七宝楼台
之喻，亦所未解，……至梦窗词合观通篇固多警策，即分
摘数语亦自入妙，何尝不成片段耶？

像这些批评赞美的话，当然都是吟味有得之言，只是可惜这些
话都说得过于空泛，只是一些笼统的概念，而并不能给予不了解梦
窗词的人以任何帮助或实证，所以不懂梦窗词好处的人，读了这些

话，不但依然不懂，反而更发出了相反的讥议。如胡云翼在其《宋词研究》一书中，即曾经说：

> 介存评梦窗说"其佳者，天光云影……追寻已远"，这是评白石，不是评梦窗。

又说：

> 周济选四家词……列梦窗为四家之一……以领袖一系统，并称"梦窗奇思壮采，……为北宋之秾挚"，这真是夸张而又夸张了。梦窗词本缺乏"奇思"更无"壮采"，那里能够"腾天潜渊"呢？

而薛砺若在其《宋词通论》一书中亦云：

> 他的天才并不高旷，故辞华亦不能奔放劲健。他既不能望尘稼轩亦不能追摹白石……瞿庵先生谓其"才情超逸"实在是适得其反。

此外，朱彊村先生虽曾经穷二十余年之力，四校梦窗词，并写为《梦窗词集小笺》；而陈洵则更欲抉梦窗词之精微幽隐写为《海绍说词》。只是可惜朱氏之《小笺》除笺注人名地名一些出处故实外，对词之意境内容并无解说；而陈氏之说又复既简且奥，对初学读词的人而言，仍然是不易了解和接受。

我在早岁读词的时候就并不能欣赏梦窗词，然而近年来，为了给学生讲授，不得不把梦窗词重新取读，如戈载之所云："细心吟绎"了一番，于是乃于梦窗词中发现一种极高远之致，穷幽艳之美的新境界，而后乃觉前人对梦窗所有赞美之词都为有得之言，而非夸张过誉；而所有前人对梦窗诋毁之词乃不免如樊增祥氏之所云：

世人无真见解，惑于乐笑翁七宝楼台之论，……真瞽谈耳。（见樊评疆村氏稿本）

此外，我还有一个发现，就是梦窗词之运笔修辞，竟然与一些现代文艺作品之所谓现代化的作风颇有暗合之处，于是恍然有悟梦窗之所以不能得古人之欣赏与了解者，乃因其运笔修辞皆大有不合于古人之传统；而其亦复不能为现代人所欣赏了解者，则是因为他所穿着的乃一件被现代人目为殓衣的古典的衣裳，于是一般现代的人乃远远地就对之望而却步，而不得一睹其山辉川媚之姿，一探其蕴玉藏珠之富了。是梦窗虽兼有古典与现代之美，而却不幸地落入了古典与现代二者的夹缝之中。东隅已失，桑榆又晚，读梦窗词，真不得不令人兴"昔君好武臣好文，君今爱壮臣已老"的悲慨了。

梦窗词之遗弃传统而近于现代化的地方，最重要的乃他完全摆脱了传统上理性的羁束，因之在他的词作中，就表现了两点特色：其一是他的叙述往往使时间与空间为交错之杂糅；其二是他的修辞往往但凭一己之感性所得而不依循理性所惯见习知的方法。

兹先从梦窗词第一点特色——时空之杂糅而论：中国文学之传统中，虽然也重视感性之感受，而其写作之方法，则无论为叙事、抒情或写景，却大多以合于理性之层次与解说为主。长篇叙事之作如蔡琰的《悲愤诗》，汉乐府的《孔雀东南飞》，以迄于杜甫的《北征》《咏怀》，白居易的《长恨歌》《琵琶行》，其叙述的方法，可以说莫不是有始有终、层次分明的；至于抒情之作，如《古诗十九首》之"思君令人老""空床难独守""泣涕零如雨""愁多知夜长""徙倚怀感伤"诸语，也莫不是真挚坦率、明白易解的；至于写景之作更是早自《诗品序》就已经说过：

"思君如流水"既是即目；"高台多悲风"亦惟所见；"清晨登陇首"羌无故实；"明月照积雪"讵出经史。观古今胜语，多非补假，皆由直寻。

而王国维先生《人间词话》亦曾云：

词忌用替代字，美成《解语花》之"桂华流瓦"境界极妙，惜以桂华二字代用耳。

又云：

"采菊东篱下，悠然见南山。山气日夕佳，飞鸟相与
还。""天似穹庐，笼盖四野。天苍苍，野茫茫，风吹草
低见牛羊。"写景如此，方为不隔。

可见中国之诗歌，无论其为叙事、抒情或写景，皆以可在理性
上明白直接地理会或解说者为佳作。

然而梦窗之表现，却恰好与此种作风完全相反，所以胡适先生
在其《词选》一书中谈到梦窗时，就曾经举其咏玉兰的一首《琐窗
寒》[1]为例，而大加讥议说：

一大串的套语与古典堆砌起来，中间又没有什么诗的
情绪或诗的意境作个纲领，我们只见他时而说人，时而说
花；一会儿说蛮腥和吴苑，一会儿又在咸阳送客了。

---

[1]
琐窗寒（玉兰）
绀缕堆云，清腮润玉，泛人初见。蛮腥未洗，海客一怀凄惋。
渺征槎、去乘阆风，占香上国幽心展。□（原缺一字）遗芳掩色，
真姿凝澹，返魂骚畹。
一盼。千金换。又笑伴鸱夷，共归吴苑。离烟恨水，梦杳南天
秋晚。比来时、瘦肌更销，冷薰沁骨悲乡远。最伤情，送客咸阳，
佩结西风怨。

而刘大杰的《中国文学发展史》则一方面引用胡先生的话，对梦窗的《琐窗寒》咏玉兰一词也大加讥议说：

吴文英的咏物，大半都是词谜。

一方面更举梦窗《高阳台》咏落梅[1]一词为例，批评说：

外面真是美丽非凡，真是炫人眼目的七宝楼台，但仔细一读便发现两句一节，三句一节，可以分成六七节，前后的意思不连贯，前后的环境情感也不融合，好像是各自独立的东西，不是一首拆不开的词，他在这里失却了文学的整体性与联系性，这正是张炎所说的，只有外形而无连贯的弊病。

可见梦窗词的这种将时间与空间、现实与假想错综杂糅起来叙述的方法，正是使一般读者对之不能了解接受的一大原因。如文学批评界之名人胡氏与刘氏尚不免于如此，那么一般初学的青年既对

---

[1] 　　　　　　　　　　**高阳台**（落梅）

宫粉雕痕，仙云堕影，无人野水荒湾。古石埋香，金沙锁骨连环。南楼不恨吹横笛，恨晓风、千里关山。半飘零，庭上黄昏，月冷阑干。

寿阳空理愁鸾。问谁调玉髓，暗补香瘢。细雨归鸿，孤山无限春寒。离魂难倩招清些，梦缟衣、解佩溪边。最愁人，啼鸟清明，叶底青圆。

梦窗词外表之古典艰深望而却步于前，又依据诸名家对梦窗词讥议之批评而有所凭恃于后，则梦窗词之沉晦日甚，知者日鲜，几乎是命定的趋势了。

而其实对梦窗词如果换一种眼光来看，不以理性去解说，而以感性去体认，就可探触到他蕴蓄的丰美了。就以被胡适先生所讥议的《琐窗寒》咏玉兰一词来看，杨铁夫在其《梦窗词选笺释》一书中就曾经说：

> 题标玉兰，实指去姬，诗之比体；上阕映合花，下阕
> 直说人，又诗之兴体。

又云：

> 梦窗一生恨事全见。

而吴梅在其《词学通论》一书中也曾赞美为刘大杰氏所讥议的《高阳台》咏落梅诸作云：

> 俱能超妙入神。

可见如果从比兴之触发联想及其神致之超妙来看，这两首词原

都自有其大可吟味玩赏之处。只是在中国文学中之所谓比兴，虽然早自《诗经》时代便已有之，然而数千年来却一直被拘限在一个较狭隘、较现实的域限中，而未曾给予感性之触发与联想以更大的驰骋飞跃的机会。如《诗经》之《桃夭》与《关雎》，所谓比兴之作也。然而，一则《桃夭》《关雎》所写的"宜室宜家"与"钟鼓乐之"的感情，都是极为现实的感情（我曾将感情试分为现实的感情与意象化之感情。参看拙作《迦陵谈诗》中《论杜甫七律之演进》与《几首咏花的诗》二文）；再则"桃之夭夭"与"关关雎鸠"，其所取喻的事物，也都是极为现实的事物；三则自"桃之夭夭，灼灼其华"转到"之子于归，宜其室家"，或者自"关关雎鸠，在河之洲"转到"窈窕淑女，君子好逑"，其间也都有一个显明的比兴的段落可见。

这种触发及联想实在是较为现实而拘狭的，不过《诗经》乃大约三千年以前的作品了，《诗经》所叙写的内容以及其所用以叙写的方法，在当时而言，可能是极为新颖而美好的。然而如果千年以后的人，仍把千年以前的人筚路蓝缕所开辟出来的一条径路，竟然认为是通往天下四方的唯一大道，就未免过于自限自封了。更何况《诗经》自被尊为经典以后，说诗者更专以诗序诗教为说，于是中国诗中的比兴，就由《诗经》时代之作者的虽然简单却极自由的联想触发，更套上了一个愈加狭隘的不自由的枷锁，那就是君国忠爱与夫感遇伤时的托意。

而梦窗的词，一则在他的身世方面，我们既找不到什么忠爱的事迹或高卓的名节可以给予人们以解说的资料或尊重的条件；再则梦窗词中的感发联想，又往往丝毫没有理性的层次途径可以作为明确的段落或呼应的线索。于是人们既先从梦窗品节之无足称抹杀了对他的词探寻的价值；复又因梦窗字句的不易懂，自绝了向他的词探寻的途径，遂不免以为他的词晦涩不通一无可取了。于是胡适先生乃讥其《琐窗寒》一词为"时而说人，时而说花；一会儿说蛮腥和吴苑，一会儿又在咸阳送客了"。

其实就诗人之感发与联想而言，方其对花怀人之际，在其意念中，花之与人原来就是合一而不可分的，则梦窗自然大可以时而说花时而说人了。至于"蛮腥"和"吴苑"乃暗指江南花所产之地；"咸阳送客"则是用李贺诗"衰兰送客咸阳道"的典故，写花所触引感发的一段哀怨的离思，"咸阳"原不必指陕西之"咸阳"，而"吴苑"亦不必指夫差之宫苑，则又何怪乎梦窗"一会儿说蛮腥和吴苑，一会儿又在咸阳送客"呢？

如此等例证，梦窗尚非将现实之空间与时间混淆，不过全为借喻而已，胡适先生已以为不可解喻；至如梦窗之另一首《霜叶飞》重九词[1]之"彩扇咽寒蝉，倦梦不知蛮素"二句，梦窗乃竟将今日

---

[1] 　　　　　　　　　　**霜叶飞**（重九）

断烟离绪。关心事，斜阳红隐霜树。半壶秋水荐黄花，香喋西风雨。纵玉勒、轻飞迅羽。凄凉谁吊荒台古。记醉踏南屏，彩扇咽寒蝉，倦梦不知蛮素。
聊对旧节传杯，尘笺蠹管，断阕经岁慵赋。小蟾斜影转东篱，夜冷残蛩语。早白发、缘愁万缕。惊飚从卷乌纱去。漫细将、茱萸看，但约明年，翠微高处。

实有之寒蝉，与昔日实有之彩扇作现实的时空的混淆，而将原属于
"寒蝉"的动词"咽"，移到"彩扇"之下，使时空作无可理喻之
结合，而次句之"倦梦"则今日寒蝉声中之所感，"蛮素"则昔日
持彩扇之佳人，两句神理融为一片，而全不作理性之说明，而也就
在这种无可理喻的结合中，当年蛮素之彩扇遂成为今日之一场倦梦
而呜咽于寒蝉之断续声中矣。

又如梦窗之《齐天乐》与冯深居登禹陵词"寂寥西窗坐久，故
人悭会遇，同剪灯语，积藓残碑，零圭断璧，重拂人间尘土"数句，
如果仅从字面来看，则地在西窗，何有残碑？事为剪灯，何缘拂土？
此种空间与时间之错综亦非理性可以接受，然而乃竟由于此一错综
之结合，而白昼登禹陵时所感到的三千年往事之兴亡悲慨，乃于深
宵剪灯共语之际，而一一涌现灯前，且与故人今昔暌隔之人世无常
的悲慨，浑然结合而成为一体了（参看后所附词说）。

这种时空错综的叙写方法，在中国旧文学中，当然是极为新异
而背弃传统的，然而在今日现代化之电影、小说及诗歌中，如法国
阿伦·雷乃（Alain Resnais）所导演的电影《广岛之恋》（*Hiroshima
Mon Amour*）及《去年在马里昂巴德》（*L'Année Dernière à
Marienbad*）；美国威廉·福克纳（William Faulkner）的小说《喧
哗与骚动》（*The Sound and the Fury*）；艾略特（T.S.Eliot）的诗歌《荒
原》（*The Waste Land*），这种时空错综的表现手法，竟然可以说
已经是极为习见的了。然则梦窗词昔日所为人讥议的缺点，岂不正

成了这一位词人所独具的超越时代的深思敏悟的创作精神之证明，这是我所说的梦窗词的第一点特色。

至于梦窗词的第二点特色，也就是我前面所说到的他的修辞乃往往但凭一己之感性所得，而并不一定依循理性所惯见习知的方法，我试简称之为感性的修辞。在中国旧文学之传统中，修辞方面所最为讲求的，就是"用典"与"出处"，此二者看似相近，而实在却并不全同。先从含义上讲，"用典"是说某一个词语中包含有若干故实，而诗人用此一词语时，其所取义又必多少与其中所蕴含之故实有相关连之处。如义山诗之"贾氏窥帘韩掾少，宓妃留枕魏王才"二句，上一句是用晋贾充的女儿贾午与司空掾韩寿因偷窥而相爱悦的故事，见于《晋书·贾充传》及《世说新语》。下一句是用曹子建与甄后的一段恋爱的传说，见于《文选·洛神赋》注。而义山用这两个典故乃正是用以写一份相思恋爱的春心，所以接下去便说"春心莫共花争发，一寸相思一寸灰"，这种用法是所谓"用典"。至于"出处"，则如杜甫《秋兴》八首之一的"江间波浪兼天涌，塞上风云接地阴"。这两句之中原无任何故实，而仅是杜甫当时在夔州所见江峡中的眼前景物而已。但仇兆鳌注这两句诗时却引了虞炎诗的"三山波浪高"，《庄子》的"道兼于天"，庾信诗的"秋气风云高"，汉武帝谕淮南王书的"际天接地"等许多古书来作注解。其实杜甫的诗句与这些人的作品可以说毫不相干，不引注这些古书，我们读起来，也许反而更觉得简单容易些；然而仇兆鳌竟然要引的缘故，他的目的只是要证明杜甫诗的"无一字无来历"，每个词语，都有它的"出处"，而非杜甫所杜撰妄用。

以上是简单说明"用典"与"出处"二者在含义上的不同。至于如何运用"典故"与"出处"，在中国旧文学中，也有一个传统的观念，那就是"用典"要妥帖习见使读者易于接受，而不可过于冷僻生涩；而"出处"则要使每个词语都有来历，而不可妄自杜撰新词。如义山诗所用的两个典故，一出于《晋书》与《世说》，一出于《文选》李善注，这些书既都是读书人所必读和习见的书，这些故事更是极其脍炙人口的故事，像这样的用典就不是冷僻生涩了（义山亦往往有用僻典之诗，非今所论，故从略）。至于杜甫的两句诗，则几乎真是"无一字无来历"，如此种用字修辞，一则可以见作者之博学，一则可以使读者易于接受，这正是属于中国文学传统上的正统作法。

而梦窗之为词，却往往与这两种情形完全相反，他在用典方面喜用冷僻之典，而在用字方面则更喜欢自创新词。沈义父《乐府指迷》评梦窗词就曾经说：

其失在用事下语太晦处，人不可晓。

郑文焯《梦窗词跋》亦云：

词意固宜清空，而举典尤忌冷僻，梦窗词高隽处固足矫一时放浪通脱之弊，而晦涩终不免焉。至其隶事虽亦渊雅可观，然锻炼之工，骤难索解，浅人或以意改窜，转不能通，此近世刻本讹变之甚于诸家，当时流传所为不广也。

胡云翼《词学概论》也引沈义父的话，以为梦窗词"用事下语太晦"，而且更加上按语说：

他的长调几乎没有一首可读的。

可见梦窗词举典之冷僻，与其用事下语之晦，是早已为人所訾病的了。

我们现在就从梦窗词中举几个例证来看一看。如胡适先生所讥的《琐窗寒》咏玉兰一词，开端第三句有"泛人初见"之语，毛本"泛"字作"记"字，胡适先生《词选》从毛本作"记"。表面看来，好像"记人初见"四字更为清楚明白，然而杜文澜《曼陀罗华阁丛书》本《梦窗词》校此句云："'记人'疑'泛人'之误。"朱氏《彊村丛书》本从杜校作"泛"而误刻写"汜"，当从杜本作"泛"为是。盖"泛人"二字，原有一故实，唐沈亚之《湘中怨解》云：

湘中怨者，事本怪媚，为学者未尝有述……垂拱（武后）年中，……太学进士郑生晨发铜驼里，乘晓月渡洛桥，闻桥下有哭甚哀，生下马，寻声索之。见艳女翳然蒙袖曰："我孤，养于兄，嫂恶，常苦我。今欲赴水，故留哀须臾。"生曰："能遂我归之乎？"应曰："婢御无悔。"遂与居，号曰泛人。能诵楚人《九歌》《招魂》《九辩》之书。亦常拟其调，赋为怨句。其词丽绝，世莫有属者。……居数岁，生游长安，是夕谓生曰："我湘中蛟宫之媵也，谪而从君，今岁满，无以久留君所，欲为诀耳。"即相持涕泣，生留之不能，竟去。后十余年生之兄为岳州刺史，会上巳日与家徒登岳阳楼。望鄂渚，张宴乐酣，生愁吟曰："情无垠兮荡洋洋，怀佳期兮属三湘。"声未终，有画舻浮漾而来，中为彩楼，高百余尺，……其中一人起舞，含嚬凄怨，形类泛人……须臾，风涛崩怒，遂迷所往。（《四部丛刊·沈下贤集》卷二杂著页十四《湘中怨解》）

梦窗此词，乃借咏玉兰怀其去姬之作。自以用"泛人"之典为更有深意。"泛人初见"者，意谓我今日之见此如人之花，恍如我当日初见彼如花之人，而彼人者乃如"泛人"之艳美多情，亦如"泛人"之分离暌隔矣。人与花既于此四字中交融为一，而无限缠绵凄怨之情，又更复尽在于言外。毛本误"泛人"为"记人"，变深曲之情，为浅直之语。且"泛人"一词，不直指人，因之乃更可作为花之象征代语。而"记人初见"则但指人事，自无怪胡先生以为此词"时而说花，时而说人"，而不见其融会贯通之妙了。

此外，又如梦窗《齐天乐》与冯深居登禹陵一首中有"翠葑湿空梁，夜深飞去"二句，"葑"字唯杜校本及彊村校本作"葑"，他本皆作"萍"，近人编录此词更有误作"屏"字者。盖梦窗此二句词中所包含之当地的许多神话传说，则更加不为一般人士所知（详后所附词说）。是以历代笺注梦窗词者，乃多将此句略去，不加注释。不注，不是因其易解，而正是因其难解。近日我为了解说此词，检阅《大明一统志》及其所引之《四明图经》，始知禹庙之梁，旧传有"张僧繇画龙于其上，夜或风雨，飞入镜湖"之事（详后所附词说）。而杨铁夫《笺释》因不知此一故实，乃竟欲改"葑"字为"菭"字，以为乃苔藓之意。然而如果为苔藓，则梁上之苔藓如何能"湿"？又如何能"飞去"？如此等例证，正为郑文焯氏所云"浅人或以意改窜，转不能通，此近世刻本讹变之甚于诸家"者也。

就刻本之讹与读者之不易了解而言，此固为读梦窗词之一大病，然其责任乃大部在于刻本与读者之荒疏浅薄。至于以作者而言，则未可妄讥其用事下语之晦也。盖以每人读书时所择取之标准及其所接触之范畴各有不同，在此一些人以为是生涩冷僻的典故，安知在彼一些人不竟以为是熟知习见呢？即如前所举之二例："泛人"之典出于沈亚之《湘中怨解》，此一典故虽然不似前所举义山诗所用之《晋书》《世说》《文选》诸书之典故为一般读书人所熟悉，然而以一位诗人词人而言，则沈亚之的《沈下贤集》也不能算是僻书（《四部丛刊》影印所据即为宋哲宗元祐年间刊本）。而且更何况与梦窗同时代的周草窗，在其集中题赵子固凌波图《国香慢》一词，即亦有"经年泛人再见"之语。则"泛人"一词，在当时词人作品中之并非僻典，于此可见。至于"翠葆湿空梁"一句，则梦窗四明人，即用四明当地之神话传说，就地取材，当然更不能说是僻典。

而且以诗人之用典而言，我以为即使其所用者真是僻典，也并不能说是诗人之大病。因为诗人之所表现者原当以内容之情意境界为主。如果有一个词语，诗人以为用之可以有更恰当或更丰美的含义，那么当然就可以用这一个词语，而不必为了适合世俗的读者而去削足适履更换一个浅俗而狭隘的词语来用。即以近世西方著名的诗人艾略特而言，他用英语写诗，然而在他的《荒原》一诗中，他所用的字汇与典故，就竟然不限于英语的文字。其用典与下字不可不谓之生涩冷僻，然而在他的诗中，其气氛感人之浓烈，意境蕴蓄之深广，则凡是具眼的读者，却是莫不众口一词地加以赞赏和称誉的。

固然我们也决不能说一个诗人的作品，因使用僻典而使读者觉得不易懂是他的长处。但只要在他的作品中，果然有真正的内容和感受；而他的用词，不论其为生涩或浅易，也确实忠于作品的内容，忠实于作者自己的感受，则虽有晦涩之病，我以为也比一些为取悦于世而自欺欺人的作品要好得多了。更何况每人所生长的身世环境不同，性情资质各异，如中国的李贺、西方的埃德加·爱伦·坡（Edgar Allan Poe），他们作品中所有的一种阴森神秘的气氛，在常人看来，以为怪异难解的，而在他们自己说来，却也许这才正是他们的本色。试想如果要李贺去学白居易，爱伦·坡去学罗伯特·弗罗斯特（Robert Frost），那岂非驱使他们去作伪？而且又安见得白居易与弗罗斯特之必贤于李贺与爱伦·坡呢？梦窗词善用僻典，这一点我们纵然不能说是他的长处，但至少梦窗之用典，绝非如一般人所云的只是"古典与套语的堆砌"或"破碎的美丽词句"而已；而是其中确有梦窗所特有的一种境界，也确有梦窗一份自我的真实的感受。只是他不大肯遵循一般人理性上所惯见习知的传统而已。

以上是谈梦窗词之用典。其次，我们再谈梦窗词之用字：如其《高阳台》丰乐楼[1]一首，其中有"飞红若到西湖底，搅翠澜、总是愁鱼"之句，其"愁鱼"一词就是一个毫无出处的生词。因为在中国文学的传统观念中，游鱼似乎一直是象征着悠游自在的生活的。从《诗经》的"鸢飞鱼跃"，庄子的"濠上鱼乐"；到陶渊明的"临水愧游鱼"，杜工部的"细雨鱼儿出"；以迄苏东坡的"曲港跳鱼"，姜白石的"老鱼吹浪"；无论其为鱼是"跃"，是"乐"，

---

[1]　　　　　　　　　高阳台（丰乐楼）

修竹凝妆，垂杨驻马，凭阑浅画成图。山色谁题，楼前有雁斜书。东风紧送斜阳下，弄旧寒、晚酒醒余。自销凝，能几花前，顿老相如。
伤春不在高楼上，在灯前敧枕，雨外熏炉。怕舣游船，临流可奈清臞。飞红若到西湖底，搅翠澜、总是愁鱼。莫重来，吹尽香绵，泪满平芜。

是"游"，是"出"，是"跳"，是"老"，总之，鱼所暗示的，乃一种自得的无忧的情意。而今梦窗竟尔自出新意，创造了"愁鱼"一词，则其不被读者目以为杜撰凑韵者几希。然而我们试从这首词所写的"东风紧送斜阳下"的无常之哀感，及"灯前欹枕，雨外熏炉"的寂寞之生活，与"临流可奈清臞"的衰病的形容来看，则以如此悲哀、寂寞、衰病的诗人，面对春归的处处飞花，其中心所怀的一份哀愁的情意当然可想而知。昔李贺有诗句云"天若有情天亦老"，义山亦有诗句云"絮乱丝繁天亦迷"。盖自有情之诗人视之，以彼亘古长存之无生命无知觉之"天"，尚可能因有情而不免有衰老之日，迷惘之时；然则当无数飘飞之落红，沉入西湖底的时候，那些在湖水的碧波中，与众生一样扰攘生活着的有生命有知觉的群鱼，岂不亦当有春归花落的无常之哀感乎？故曰："飞红若到西湖底，搅翠澜、总是愁鱼。"此种将无情之物视为有情，无愁之物视为有愁之写法，如长吉、义山、梦窗之所为，我以为正是属于此一类型的善感之诗人的特色。何况丰乐楼在杭州，梦窗在杭州有不少悼他的一位亡妾之作，则此一"鱼"字岂非更可能有悼亡的"鳏鱼"之含义，则更不能目之为杜撰凑韵了。

此外，又如梦窗《八声甘州》灵岩陪庾幕诸公游一首，其中有"箭径酸风射眼，腻水染花腥"之句。在这二句中"酸风"一词虽非梦窗所自创，而是袭用李贺《金铜仙人辞汉歌》中"东关酸风射眸子"之句；然此二字实在仍能予人以极强烈新鲜之感受。盖"风"

所予人之感受，原为属于身体上之触觉，如"暖风""寒风"；"酸"则为属于口舌之味觉，如"酸梅""酸醋"。然而当吾人尝味酸的食物之时，牙根口舌之间，自会有一种酸软难以支持的感觉；此种感觉亦可发生于身体之各部，如腰、腿、眼、鼻之间。今者寒风扑面，乃使人眼鼻之间有酸而欲泣之感；然则此种之风，岂不正可称之为"酸风"。这种新词之创造，正由于诗人之一份锐敏的联想与感受。在这一点上，梦窗与李贺同为最善于以感性修辞的诗人。所以郑文焯《梦窗词跋》稿本即曾评梦窗云：

> 其取字多从长吉诗中得来，故造语奇丽。世士罕寻其源，辄疑太晦，过矣！

梦窗之喜用长吉诗句，正因其在以感性修辞脱弃传统的一点上有相似之处。

在此二句词中，梦窗不仅袭用了长吉诗的"酸风"一词，而且梦窗自己更是也用这种方法来自创新词。如次句之"花腥"就是梦窗所自创的新词。因为在传统上，诗人谈到花的气味，总是用"芬""芳""馨""香"等字来描写形容，而谈到鱼、肉、虾、蟹等腥臭之物时，才会用"腥"字，而现在梦窗居然用了"花腥"二字；这种用字当然不合于理性上惯见习知的用法。然而试想，文英此词所凭吊之地乃当日之吴宫旧址，想象中此地流水之中固犹有当日美人所弃之脂水也。则此地之花香，固已不为单纯之花香，故于"花腥"二字之上，著以"腻水染"三字。夫为残脂剩粉所污染者，自然别具一种刺鼻之气味，而非单纯之花香矣，故曰"腥"也。再则此吴宫旧址，曾几经战乱兴亡，则今日凭吊之人，闻花香之气，而别具兴亡之感；则在诗人之感觉中，此地之花香亦已不仅为单纯之花香而已。此所以曰"腥"之又一因也。故于花下著一"腥"字，则美人当日之脂腻，诗人今日之深悲，皆于此一字中以强烈而新鲜之感受，向人扑面袭来。这种用字修辞的方法，虽然不尽合于理性上惯见习知之途径，然而其间却确实有作者一份真切的感受与内容，而绝非妄自标新立异。更何况"腥"字在中国传统诗歌中，一方面虽不用于单纯形容花之气味，然而另一方面则又确实可用以形容植物草木之气味，此在南宋诗人尤喜用之。如陆游诗即曾有"雷塘风吹草木腥"之句，汪元量诗亦曾有"西望神州草木腥"之句。是"腥"字不但可用以形容草木之气味，而且言外更别有战乱血腥之悲慨。则梦窗之用"花腥"二字，亦不但非凑韵妄用，其出人意外入人意中之妙，与其感受之鲜明，含义之深远，更直使千古乱亡之血腥与今日水边之花香糅为一体。则读者又岂可以之为晦涩生硬，而将梦窗极富有创造力的锐敏的感受与丰富的联想，全部抹杀，而妄加訾议。

而且如西方之艾略特在其《普鲁弗洛克的情歌》（*Love Song of Alfred Prufock*）一诗的开端就曾用一只慵懒的猫的揉摩腰背的动作

来描写慵倦的暮霭。以理性来说，则暮霭何尝会有腰与背？然而透过了描写猫的动作的字样，我们却对暮霭中那一种奄奄然慵倦无奈的感觉，有了更亲切鲜明的感受。可见梦窗这种背弃传统理性，而纯以感性修辞的方法，被昔人所指为"用事下语太晦处，人不可晓"之处，原来却正大有合于现代化之写作途径，这是梦窗词之第二点特色。

关于梦窗之为人及其词作之内容，值得分析研究的地方还有许多。本章只想以现代人的观点标举出梦窗词之两点特色，欲使读梦窗词之读者能于被传统所訾议的堆垛晦涩中，以较新的观点看出其结构组织之神奇精密，及其所包含蕴蓄的幽微精美；然后知梦窗词之七宝楼台拆碎下来，不仅不是"不成片段"，而是每一片段与每一片段之间都有着钩连锁接之妙。而且更可赞赏的乃我们可以窥见，在这座七宝楼台之中，原来还深隐着一位情盼淑姿的绝世佳人。然后始能不为张炎之说所误，而对梦窗词有更进一步的欣赏和了解。因命题曰：拆碎七宝楼台——谈梦窗词之现代观。

二、梦窗词释例

（一）齐天乐　与冯深居登禹陵

三千年事残鸦外，无言倦凭秋树。逝水移川，高陵变谷，那识当时神禹？幽云怪雨，翠蓱湿空梁，夜深飞去。

雁起青天，数行书似旧藏处。

　　寂寥西窗坐久，故人悭会遇，同剪灯语，积藓残碑，零圭断璧，重拂人间尘土。霜红罢舞，漫山色青青，雾朝烟暮。岸锁春船，画旗喧赛鼓。

此词题云"与冯深居登禹陵"。据朱孝臧《梦窗词集小笺》引《宋史》列传云：

　　冯去非，字可迁，南康都昌人。淳祐元年进士。干办淮东转运司。宝祐元年召为宗学谕。

又引《绝妙好词笺》云：

　　冯去非，号深居。

按梦窗词中冯氏之名凡两见。一为此词题，又一则为《烛影摇红》词题云：

　　饯冯深居，翼日其初度。

梦窗在此词中既有"故人"之言，在《烛影摇红》一词中亦有

"暗凄凉东风旧事……十载吴宫会"之语。知二人必为多年旧交。而据《宋史·冯去非传》所载云:

> 冯去非……宝祐四年召为宗学。丁大全为左谏议大夫,三学诸生叩阍言不可。帝为下诏禁戒,召立石三学,去非独不肯书名碑之下。……未几,大全签书枢密院事。……去非以言罢归。

又载其去官后曾有言曰:

> 今归吾庐山,不复仕矣。

夫丁大全于理宗之世,夤缘取宠,谄事内侍,贪纵淫恶之行,具见《宋史》,而冯氏独能介然有以自守,则其人之志节自可想见。梦窗之为人,虽无详细之史实可征,然观夫此词所写,则托意深远,感慨苍茫,固隐然有时世之慨存乎其间者也。

禹陵者,夏禹之陵也。在浙江省绍兴县东南会稽山。《越绝书》云:

> 禹始也,忧民救水,到大越,上茅山,大会计。……更名茅山曰会稽。及其王也,巡狩大越。因病亡死,葬会

稽，苇椁桐棺，穿圹七尺，……坛高三尺，土阶三等，延袤一亩。

《大明一统志·绍兴府志》载：

夏禹王陵在会稽山禹庙侧，宋乾德中尝复会稽县五户，奉禹陵，禁樵采。

此词为登禹陵而作，故一起便云："三千年事。"盖据史书所载，则夏禹之世约当公元前二二〇五至前二一九七年，而梦窗则生当南宋宁宗理宗之世，约当公元一二〇〇至一二六〇年（据夏承焘《吴梦窗系年》之说），是就年数计之则梦窗之时上距夏禹之世固已实有三千三四百年之久。而况"三千"二字所予人之感受，实在又不仅只为一科学上之数字而已。盖在我国传统之意念中，"三"字固原有多数之意，凡一二之所不能尽者，皆可约之以三（参看清汪中《释三九》之说），故"三"字予人之感受已有极众多之意。而"千"字之为多数之意，则较之"三"字尤为显明真切，如云"千古""千秋""千年""千岁"，皆为极久远之意，而不必以"千"之数目为限者也。今此词一起便云"三千年事"，则远古荒茫，悠忽辽远，此在时间上固早予读者以一极沉重而悠久之负荷；而全词所蕴含之无穷千古之慨，乃亦大有触绪纷来之势。而又继之以"残鸦外"三字，就"残鸦"而言，固当是登临时之所见。昔杜牧《登乐游原》诗有句云：

长空澹澹孤鸟没，万古销沉向此中。

此正为"残鸦"二字，所予人之景象与感受。至于"外"字，则欧阳修《踏莎行》有句云：

平芜尽处是春山，行人更在春山外。

就梦窗此词而言，则是残鸦踪影之没固已在长空澹澹之尽头，而三千年往事之销沉，则更在此已消逝之残鸦影外，于是时间与空间，往古与今日乃于七字中结成一片，此无际之荒远寥漠之感，向读者侵逼包笼而来。其所以弥深此无可追寻之荒远之感者，盖因梦窗当日曾抱有无限追怀之一念耳。然则梦窗当日所登临者何地？则禹陵也。所追怀者何人？则禹王也。盖在我国远古帝王之中，就史书之所载，固以夏禹之功绩最为卓伟，而其用力亦最为勤劳。昔辛弃疾《生查子》题京口郡治尘表亭词云：

悠悠万世功，矻矻当年苦。鱼自入深渊，人自居平土。
红日又西沉，白浪长东去。不是望金山，我自思量禹。

是禹王固正有其可以引人怀思追念者在也。盖在夏禹当世，人民之所患者，厥唯洪水猛兽而已。而禹王之所致力者，即正在消灭此一人类之大患。"鱼自入深渊"，是鸟兽各归其薮，则人得"平土"而居。此在禹王当日之意，固自以为人类之大患既除，则自兹而后千年万世，人类固当可以长享安乐之生活矣。此所以其"功"固足以"悠悠万世"，而其致力之"苦"亦正复不辞"矻矻当年"者也。而今则"白浪"之"东去"依然，"红日"之"西沉"如故，而人世之战乱流离，忧患苦难，乃有千百倍于当年之洪水猛兽者。然则今日之世，岂复能更有一人，如当日禹王之具有拯拔人类消灭大患之宏愿伟力者乎？此稼轩之所以对金山而思量夏禹，梦窗之所以望残鸦而追怀三千年之往事者也。

然而禹王不复作，前功不可寻，所见者唯残鸦影没，天地苍茫，则何地可为托身之所乎？故继之则云"无言倦凭秋树"也。语有之云"予欲无言"，又曰"夫复何言"。其所以"无言"者，正自有无穷"不忍明言""不能尽言"之痛也。然则今日之登临，于追怀感慨之余，其所能为者，亦唯"倦凭秋树"而已。此处着一"倦"字，其疲倦之感，自可由登临之劳倦而来，此杨铁夫《笺释》之所以云"次句落到'登'字也"。然而此句紧承于首句"三千年事"之下，则其所负荷者，固隐然亦正有千古人类于此忧患劳生中所感受之芠然疲役之悲在也。是则于此心身交惫之余，岂不欲得一依倚栖傍之所？而其所凭倚者，则唯有此一萧瑟凋零之秋树而已。人生至此，更复何言，故曰"无言"也。其下继云："逝水移川，高陵变谷，那识当时神禹"乃与首一句之"三千年事"遥遥相应，故知其"倦凭秋树"之时，必正兼有此三千年之沧桑深慨在也。曰"逝水移川"，则东流之逝水其水道固已几经迁移；曰"高陵变谷"，则耸拔之高山乃竟沦为深谷。是禹王之宏愿伟力，虽有足以使千百世下仰若神人者，然而其当年孜孜矻矻所疏凿，欲以垂悠悠万世之功者，其往迹乃竟谷变川移一毫而不可识矣，故曰"那识当时神禹"也。三千年事，无限沧桑，而河清难俟，世变如斯，则梦窗之所慨者，又何止逝水高陵而已哉。

以下陡接"幽云怪雨，翠莽湿空梁，夜深飞去"三句，"貌观之"，此等句固正不免于"雕绘满眼""堆垛""晦涩"之讥，然而细味之，则知此数句运笔之神奇幻变，乃正有如周济《宋四家词选》之所云：

奇思壮采，腾天潜渊。

及其《介存斋论词杂著》之所云：

空际转身，非具大神力不能。

在此数句中，最难索解者，厥唯"翠葑湿空梁"一句。夫"梁"者，固当为禹庙之梁。《大明一统志·绍兴府志》载云：

禹庙在会稽山禹陵侧。

又云：

梅梁，在禹庙。梁时修庙，忽风雨飘一梁至，乃梅梁也。

又按《四明图经》：

鄞县大梅山顶有梅木，伐为会稽禹庙之梁。张僧繇画龙于其上，夜或风雨，飞入镜湖与龙斗，后人见梁上水淋漓，始骇异之，以铁索锁于柱。然今所存乃他木，犹绊以铁索，存故事耳。（嘉莹按《尔雅·释木》："梅，柟。"郝懿行《义疏》云："梅或作楳，《诗正义》引孙炎曰：'荆州曰梅，扬州曰柟。'《一切经音义》廿一引樊光曰：'荆州曰梅，扬州曰柟，益州曰赤楩，叶似豫樟，无子。'盖皆以梅柟为大木非酸果之梅。"今所传梅梁或当为柟木之属。）

夫禹庙既在禹陵侧，则梦窗当日登临足迹之所至，或瞻望之所

207

及，必曾及于此庙，所可断言者也。至于禹庙之梅梁及张僧繇画龙于风雨中飞去之说，则以生为四明人之梦窗，必当极熟悉于此种种有关四明之神话及传说。故此词乃有"幽云怪雨，翠蓱湿空梁，夜深飞去"之言。至于"翠蓱"之"蓱"字，前于第一节论梦窗词之特色时已曾论及杨铁夫欲改"蓱"字为"落"字，以为乃指梁上苔藓之说，为不可信。然而此句除杨铁夫之说外，又别无其他注释可资采择。其实"蓱"字原与"萍"字相通，然而"萍"乃水中植物，梁上何得有"萍"？是以多年前我初读梦窗此词时，原以为"萍"字乃指梁上所画之藻饰，盖中国古代建筑之天花板与梁柱之间往往多绘有萍藻之花纹，梁间短柱既可称曰"藻棁"，屋上承尘亦可曰"藻井"，而"翠蓱湿空梁"五字，不过写绘有彩藻翠蓱之梁柱为雨所湿而已。及见《一统志》及《四明图经》所载，然后乃知此句必非泛指，原来禹庙之梁乃有如许神怪之传闻在也，然则另一最可能之解释则当为梁上果然有水中之萍藻，而此萍藻则为飞入镜湖之梁上之神龙所沾带之镜湖之萍藻，然而此一说法必须有充足之根据始得成立。盖以就中国诗词中一般用事之习惯而言，皆必须谨守本事，不可妄自增改。据《一统志》及《四明图经》所载，则此神话之传闻中并无梁上有萍藻之记载，是则梦窗不得于此妄以"蓱"字为指梁间有镜湖之萍藻，读者更不得以个人之想象谓禹庙之梁间竟有镜湖之萍藻，此所以我当时虽曾有此一想而不敢妄自依以立说之故。

然而近日偶于哈佛燕京图书馆中得一极珍贵之资料，即嘉庆戊辰重镌采鞠轩藏版之陆游序本南宋嘉泰《会稽志》，其卷六禹庙一条竟载有禹庙梁上有水草之记载，云："禹庙在县东南一十二里，……梁时修庙，唯欠一梁，俄风雨大至，湖中得一木，取以为梁，即梅梁也，夜或大雷雨梁辄失去，比复归，水草被其上，人以为神，縻以大铁绳，然犹时一失之。"此条所叙，《大明一统志》《大清一统志》及康熙《会稽志》并皆不载，然而欲以梁上有水草说此词，则必须得此一根据方为可信。然而嘉泰《会稽志》则又不载张僧繇画龙事，故必须以嘉泰《会稽志》与《四明图经》合看，然后方知梦窗此词之"翠葓湿空梁，夜深飞去"数语乃真可谓无一字无来历矣，是此数句乃正写禹庙梁上神龙于风雨中飞入镜湖与龙斗，比复归，水草被其上之一段神话传闻也。而梦窗之用字造句则极恍惚幽怪之能事。盖"翠葓湿空梁"一句，原当为神梁化龙飞返以后之现象，而次句"夜深飞去"方为此现象发生之原因，是神梁先飞去入镜湖与龙斗，飞返时始有湖中水藻沾带于梁上也，而梦窗却将时间因果颠倒，先置"翠葓湿空梁"一句突兀怪异之现象于前，又用一不常见之"葓"字以代习用之"萍"字，夫"葓"与"萍"二字虽通用，然而一则用险僻之字始更增幽怪之感，再则"葓"字又可使人联想及于《楚辞·天问》之"葓号起雨"一句，乃大有幽云怪雨，一时惊起之意。彊村先生于《梦窗词》校勘最精，且曾获睹明万历年间太原张廷璋氏旧钞本，其校本之独取"葓"字，自非无见。

总之，此三句所予人之一片恍惚幽怪之感及渺茫怀古之思固极为真切鲜明，读者正可自此数句中对此充满神话色彩之古庙生无穷之想象。盖梦窗之词所予人者往往但重感受，而不重说明，神理意味极活泼而深切，唯不作明言确指耳。此正诋梦窗者之所以讥之为晦涩，誉梦窗者之所以称其词为"天光云影，摇荡绿波，抚玩无斁，追寻已远"者也（见郑文焯《梦窗词跋》及周济《介存斋论词杂著》）。

后二句，则又就眼前景物寄慨，曰"雁起青天"，形象色彩均极鲜明，知此景必为白昼而非黑夜所见，然后知前三句"夜深"云云者，全为作者悬空想象凭吊之言，并非实有也。此正前三句之运笔之所以出之以如许幻变神奇之故。而此句"雁起青天"四字，乃又就眼前景物以兴发无限今古苍茫之慨，故继之云"数行书似旧藏处"也。据《大明一统志·绍兴府志》载：

> 石匮山，在府城东南一十五里，山形如匮。相传禹治
> 水毕，藏书于此。

又《大清一统志·绍兴府志》载：

> 宛委山，在会稽县东南十五里。上有石匮，壁立干云，
> 升者累梯而上。《十道志》："石匮山，一名宛委，一名
> 玉笥，一名天柱，昔禹得金简玉字于此。"《遁甲开山图》
> 云："禹治水，至会稽宿衡岭，宛委之神奏玉匮书十二卷，

禹开之得赤珪如日，碧珪如月，是也。"

是会稽之宛委石匮山，固旧传有藏书之说；虽然所传者有夏禹于此得书或于此藏书二说之不同，然而要之此地之传有藏书则一也。然而远古荒忽，传闻悠邈，唯于青天雁起之处，想象其藏书之地耳。而雁行之飞，其排列又正有如书上之文字，此在梦窗《高阳台》丰乐楼一词中，即有"山色谁题，楼前有雁斜书"之句可以为证。是则三千年前当日所传之藏书固已渺不可寻；今日所见者，唯青天外之斜飞雁阵仿佛犹作当年书中之文字而已。时移世往，辽阔苍茫，无限沧桑之慨，正与开端"三千年事残鸦外"及"那识当时神禹"诸句遥遥相应，而予读者以无穷怅惘追寻之深痛，以上前半阕全以登禹陵之所慨为主。

后半阕"寂寥西窗坐久，故人悭会遇，同剪灯语"始写入冯深居，呼应题面"与冯深居"四字。以章法言，固属用笔周至；而以意境言，则以下数句，乃合三千余年历史沧桑之感，与个人一己离合今昔之悲，融为一体，错综并举，而与前半阕之登临遥遥相应，于是而冯深居遂与吴梦窗同在此登临之深慨之中，而三千年往事乃亦倏然而来至此西窗灯下矣。此三句词，乃用李义山《夜雨寄北》"何当共剪西窗烛，却话巴山夜雨时"之诗句，自无可疑。夫西窗剪烛共话，原当为何等温馨之人事，而梦窗乃于开端即着以"寂寥"二字；又接以"坐久"二字，其所以久坐不寐之故，正缘于此一片寂寥之感耳。昔杜甫《羌村》诗有句云"夜阑更秉烛，相对如梦寐"；其《赠卫八处士》又有句云"人生不相见，动如参与商。今夕复何夕？共此灯烛光。少壮能几时？鬓发各已苍"，其"如梦""参商"之感，其"少壮几时"之悲，正皆为足以令人兴寂寥之感者也。故梦窗于"寂寥西窗坐久"之下，乃接云"故人悭会遇，同剪灯语"；此情此景，岂非与杜诗所云"人生不相见"及"夜阑更秉烛"之情景，正复相似乎？此三句，一气贯下，全写寂寥人世今昔离别之悲。

　　以下陡接"积藓残碑，零圭断璧，重拂人间尘土"三句，初观之，此三句似与前三句全然不相衔接，然而此种常人以为晦涩不通之处，实正为梦窗词之特色所在。盖梦窗词往往但以感性为其连贯之脉络，而极难以理性为明白之界划及说明。此种特色原为长于触发及联想之一类诗人之所独具。唯是在中国之传统中，于诗歌之评说往往好出之以理性之分解。于其不可解者，则加之以晦涩堆砌之诮。诗人中之义山，词人中之梦窗，皆尝备受此厄。《四库全书提要》论梦窗词，即曾引沈义父《乐府指迷》及张炎《词源》，谓梦窗"太晦""不成片段"，而归结之云"词家之有文英，亦如诗家之有李商隐也"，而义山与梦窗，则为我国诗人词人中最善于以感性为抒写表现者也。此词"积藓残碑，零圭断璧"诸句一方面固全就感性抒写予人以一片时空错综之感；一方面则又以灵气运转使无数故实翩翩起舞生姿。兹就其所用之故实而言，所谓"积藓残碑"者，杨铁夫《笺释》以为"碑指峿石言"，引《金石萃编图经》云：

禹葬会稽，取石为窆石，石本无字，高五尺，形如秤锤。盖禹葬时下棺之丰碑。

据《大明一统志·绍兴府志》载：

窆石，在禹陵。旧经云：禹葬会稽山，取此石为窆，上有古隶，不可读，今以亭覆之。

知杨氏《笺释》以碑指窆石之说为可信。昔李白《襄阳歌》云：

君不见晋朝羊公一片古碑材，龟头剥落生莓苔。

自晋之羊祜迄唐之李白不过四百余年而已，而太白所见羊公碑下之石龟，则固已剥落而生莓苔矣。然则自夏禹以迄于梦窗，其为时既已有三千余年之久，则其窆石之早已莓苔满布，断裂斑剥，因属事之当然者矣。着一"积"字足见苔藓之厚，令人慨历年之久；着一"残"字又足见其圮毁之甚，令人兴览物之悲。而其发人悲慨者，尚不仅此也，因又继之以"零圭断璧"云云。前释"数行书似旧藏处"一句时，已曾引《大清一统志》，知有"宛委之神奏玉匮……得赤珪如日，碧珪如月"之说；又据《大明一统志》载：

宋绍兴间，庙前一夕忽光焰闪烁，即其处劚之，得古
珪璧佩环藏于庙。然今所存，非其真矣。

按"珪"古"圭"字，是关于夏禹之陵庙既早有圭璧之传说，
而在南宋当时，或者庙藏之中果然亦尚留有圭璧之遗物。夫圭璧者，
原为古代侯王朝会祭祀之所用；而今着一"零"字，着一"断"字，
则零落断裂，无限荒凉，然则禹王之功绩无寻，英灵何在？徒只古
物残存，供人凭吊而已；故继之云："重拂人间尘土。"于是前所
举之积藓之残碑，与夫零断之圭璧，乃尽在梦窗亲手摩挲拂拭之凭
吊中矣。"拂"字上更着一"重"字，有无限低回往复多情凭吊之
意，其满腹怀思，一腔深慨，固已尽在言外。

然而此句之尤妙者，则在梦窗于"尘土"之上所着之"人间"
二字。夫古物之为土网尘封，此原为人所尽知之事，然而何必曰"人
间"？若云尘土之为物原存在于"人间"，则此亦自然之事，又何
必更着此二字，为明白之标举？详味词意，然后知此"人间"二字
实具有无穷深意，不可轻忽读过。盖有此二字然后此三句之"积藓
残碑"数语，始与前三句之"寂寥西窗坐久"数语，泯然消灭其时
空上之隔阂，而融为一体，此正前所云梦窗最善于表现时空错综之
感之又一证。兹先就其浅者言之，则前半阕自"三千年事"迄"旧
藏处"，全写日间登临之所见所感；后半阕开端"寂寥西窗坐久"

三句，则全写夜间故人灯下之晤对；然后陡接"积藓残碑"三句，又回至日间之登临。若但视此三句为故人剪灯夜话之内容，固亦原无不可。然而梦窗之妙处，则在其全不作此层次分明之叙述与交代，于是忽而为西窗之剪灯共语，忽而为禹庙之断壁残碑；忽而为黑夜，忽而为白昼；忽而为人事之离合，忽而为历史之今古。而梦窗之所以不为之作明白之划分者，正缘在梦窗之感觉中，此时空之隔阂固早经泯灭而融为一体矣。盖残碑断壁之实物，虽在白昼登临之陵庙之上，而残碑断壁之哀感，则正在深宵共语者之深心之内也。夫以"悭"于"会遇"之故人于"剪灯"夜"语"之际，念及年华之不返，往事之难寻，其心中固已早有此一份类似断壁残碑之哀感在也。故其下乃接云："重拂人间尘土。""尘土"而曰"人间"者，正以其并不但指物质上之尘土而已，同时乃兼指人世间之种种尘劳之污染而言者也。夫人之一生，固曾有多少往事，多少旧梦，多少理想与热情，然而年去岁来，尘劳污染，乃渐渐磨损消亡，于今在记忆之中，亦不过一一皆如尘封之断壁残碑而已。而当故人话旧之际，此久经尘埋之种种，乃复依稀重现；然则岂非剪灯共语之际，亦复正即为拂拭尘土之时？是则"积藓残碑"三句，虽为日间登临之所见，然实亦正为夜语时心中之所感。此正所以梦窗乃以此三句陡接上三句，而全不作划分说明之故。于是而一己之人事乃因此而融会于三千年历史之中，而更加深广；而三千年之历史亦因其融会于一己人事之中，而更加切近。此种时空交糅之写法，正为梦窗特长之所在，未可遽以晦涩目之也。

其后"霜红罢舞，漫山色青青，雾朝烟暮"三句，又以飞扬之笔，另开出一新境界。自情事之中跳出，别从景物着笔，而以"霜红"句，隐隐与开端次句之"秋树"相呼应。然此三句之妙，尚不仅在其承转呼应之陡峻灵活而已，而更在其意境所包笼之深远高妙。昔东坡《赤壁赋》有云："自其变者而观之，则天地曾不能以一瞬；自其不变者而观之，则物与我皆无尽也。"梦窗此二句之意境实与之大为相似。然而东坡仍只是理性之说明，而梦窗则全为意象之表现："霜红罢舞"其变者也，"山色青青"其不变者也。彼经霜之叶，其生命固已无多，而竟仍能饰以红之色，弄以舞之姿。而此红而舞者，亦何能更为久长；而瞬临罢舞之时，是则虽有无限流连爱恋之意，而亦终归于空灭无有而已，故曰"霜红罢舞"。此一无常变灭之悲，而梦窗竟写得如此哀艳凄迷。又继之云"山色青青，雾朝烟暮"，则其不变者也。是无论其为雾之晨，为烟之夕，而此青青之山色，则亘古不变者也。又于其上著一"漫"字，"漫"字有任随枉自之口气；其意若谓霜红罢舞之后，唯有任随山色之枉自青青于雾朝烟暮之中而已。逝者已矣，而人世长存；其间原已有无穷今古沧桑之感；而此二句，乃又正为禹陵所见之景色；而此景色又并不限于登临时当日之所见而已。霜红有一朝罢舞之时；山色无改其青青之日，其情意之深广，乃有包容千古兴亡之悲，而又跃出于千古兴亡之外之感。梦窗运笔之妙，托意之远，于此可见。

结二句"岸锁春船，画旗喧赛鼓"，初观之，亦不免有突兀之感。盖前此所言，如"秋树"，如"霜红"，明明皆为秋日之景色；而此句竟然于承接时，突然着一"春"字，若此等处，唯大作者始能不为砇砇琐琐但知拘守之小家态，而后能有此腾跃笼罩之笔。如杜甫之《秋兴》八首，前七首皆从秋景着笔，而于第八首乃突然涌现一"佳人拾翠春相问"之句。翁方纲评杜甫此句曾有"神光离合……一弹三叹"之言（见拙著《杜甫秋兴八首集说》引翁方纲手批钞本杜诗）。梦窗此句之妙，庶几近之。盖开端之"倦凭秋树"乃当日之实景，至于"霜红罢舞"则已不仅当日之所见而已，而乃包容秋季之全部变化于其中，至于"山色青青"，则更于其中透出暮往朝来、时移节替之意。于是而秋去冬来，于是而冬残春至，则年年春日之时，于此山前当可见岸锁舟船，处处有画旗之招展，时时闻赛鼓之喧哗。然则此何事也，据《绍兴府志·祠祀志》载：

　　禹庙之建，起于无余祀禹之日。《吴越春秋》："无余从民所居，春秋祀禹于会稽。"……宋建隆（太祖）二年，诏先代帝王陵寝令所属州县遣近户守视，其陵墓有堕毁者亦加修葺。乾德（太祖）四年，诏吴赶立禹庙于会稽，置守陵五户，长吏春秋奉祀。绍兴（高宗）元年，诏祀禹于越州。绍熙（光宗）三年，十月修大禹陵庙。

又《大清一统志·绍兴府志》大禹庙条载：

宋元以来，皆祀禹于此。

然则此词之"画旗""赛鼓"必当指祀禹之祭神赛会也。盖我国旧称祭神之会曰赛会，而于赛会中多有箫鼓杂戏等之表演，故曰"画旗喧赛鼓"。"画旗"当指舟船仪仗之盛。"喧"字当指"赛鼓"之喧哗。然而梦窗乃将原属于"鼓"字之动词"喧"字置于"画旗"二字之下，作"画旗"与"赛鼓"中间一联系结合之字面，则画旗招展于喧哗之赛鼓声中，乃弥增其盛美之感，旗之色与鼓之声遂结合而为一矣。

至于必曰"岸锁'春'船"者，虽然据《大清一统志》所载，历代之祀禹多有春秋两次之祠祀，然而一则可能今岁秋祠之期已过，则继之而来者自当为明春之春祠，故曰"春船"，此最浅拙之解释也。而且根据嘉泰《会稽志》卷十三节序条，记载云："三月五日俗传禹生之日，禹庙游人最盛，无贫富贵贱倾城俱出，士民皆乘画舫，丹垩鲜明，酒樽食具其盛，宾主列坐，前设歌舞，小民尤相矜尚，虽非富饶，亦终岁储蓄以为下湖之行（原注：下湖，盖乡语也）。"是则年年春日禹庙前歌舞赛会之盛，犹可想见。此正所以上一句"岸锁春船"之必着一"春"字也。再则此词通首以秋日为主，其情调全属于寥落凄凉之感，曰"残鸦"，曰"秋树"，曰"寂寥"，曰

"霜红"。今于结尾之处突然着一"春"字，而且以"旗""鼓"之美盛喧哗，为全篇寥落凄凉之反衬；余波荡漾，用笔悠闲，一若果然可以春日之美盛移代而忘怀此秋日之凄凉者；然而细味词意，则前所云"雾朝烟暮"句，已有无限节序推移之意，则春日之美盛岂不仍复有归于秋日凄凉之时；则此处之一"春"字，梦窗固于其中隐有无限盛衰更迭之感也。抑且更有言者，则今年于"秋树""霜红"之时，梦窗固曾来此登临凭吊；然而明年春日之时，纵有旗鼓之盛，而此日登临之梦窗乃或者竟不知何往矣。故尔荡开笔墨遥遥着一"春"字，无限哀感尽寄托于遥想之中，则年去岁来春秋代序，此盛衰今古之悲乃层出而不穷，因之梦窗之所慨乃亦不限于此一日之登临而已矣。夫禹王不作，往迹难寻，而人世之陵夷迁替，乃正复如春秋节序之无常，此二句出语极闲远，一若悠然有忘愁之意，然而含义则极深切，足以包笼历史与人事种种之盛衰成败于其中，昔周济《介存斋论词杂著》称梦窗词云"意思甚感慨，而寄情闲散，使人不易测其中所有"，观夫此词之结尾二句，其信然矣。

（二）八声甘州　陪庾幕诸公游灵岩

渺空烟四远、是何年，青天坠长星。幻苍厓云树，名娃金屋，残霸宫城。箭径酸风射眼，腻水染花腥。时靸双鸳响，廊叶秋声。

宫里吴王沉醉，倩五湖倦客，独钓醒醒。问苍波无语，华发奈山青。水涵空、阑干高处，送乱鸦斜日落渔汀。连呼酒，上琴台去，秋与云平。

此词乃梦窗陪庾幕诸公游灵岩之作。据夏承焘《吴梦窗系年》以为梦窗曾于理宗绍定五年左右，三十余岁时在苏州为仓台幕僚，引梦窗《声声慢》词陪幕中钱孙无怀于郭希道池亭闰重九前一日一首，及《木兰花慢》词虎丘陪仓幕游一首，与《祝英台近》词钱陈少逸被仓台檄行部一首为证。又引《吴郡图经续记》仓务条释仓台及仓幕云：

南仓在子城西，北仓在阊门侧，每岁输税于南，和籴于北。

按庾，《说文》云："水漕，仓也。"段注云："谓水转谷至而仓之也。"宋时转运使正司此事，郑因百先生《词选》注此词云"庾幕，盖指转运使之僚属"，所言极是。至于灵岩，则为山名。《吴郡志》载：

灵岩山，即古石鼓山，又名砚石山，……按《吴越春秋》及《吴地记》等书云："阖闾城西有山，号砚石山。高三百六十丈，去人烟三里，在吴县西三十里。上有吴馆娃宫、琴台、响屟廊。"

是灵岩山原是为吴馆娃宫旧址所在。

梦窗居吴最久,其《惜秋华》词有"十载寄吴苑"之语。然则梦窗之详熟于吴地之古迹旧闻,所可断言者也。夫吴越两国之兴亡史迹,其可供人感慨凭吊者固极多。梦窗生当南宋宁宗理宗之世,据夏承焘《系年》其生年上距北宋之亡约为七十余年,而其卒年下距南宋之亡则尚不及二十年。梦窗在世之数十年中,外则强敌为患,内则权臣误国。以一善感之词人,生当乱亡之衰世,则梦窗纵非以忠义自命之士,而其触目伤怀,抚事兴悲,必油然有不能自已者。观其《木兰花慢》虎丘陪仓幕游一首之"千古兴亡旧恨,半丘残日孤云"及"开尊重吊吴魂"诸语,知梦窗当日陪幕中诸公游宴之际,固正所谓孤怀独抱别有深慨者也。而况此词乃游灵岩之作,而灵岩则正为馆娃旧址,古迹丛然。故梦窗于此词中所流露之吊古伤近之悲慨,亦较在苏州其他登临之作为独多。而此词之更有异于他作者,则其用笔之幻变与夫设想之神奇也。

此词开端"渺空烟四远、是何年,青天坠长星"二句,真所谓劈空而起,大有奇想自天外飞来之意。"渺空烟四远"五字,已极高远荒忽寥落苍茫之致,令人兴天外茫茫,不知人生何所从来?不知此身何所归往之感,无始无极、无依无托。然后以"是何年"三字之问语,陡然唤起下句之"青天坠长星"五字。夫青天所坠之长星为何物？则此一灵岩山是也。梦窗之所以面对灵岩生此奇想者，一则盖因此山之形势使然。据《大清一统志·苏州府志》灵岩山条载：

登其巅，俛瞰具区洞庭，烟涛浩渺，一目千里。

又前引《吴郡志》亦有山"高三百六十丈，去人烟三里"之言；则此山形势之高迥，瞻望之遥远概可想见。然则若非长星之自天陨落，若何而能有此突兀迥绝之高山？然而此山之真为自青天陨落者，则其陨落又自何年而有乎？故曰"是何年，青天坠长星"也。此但就其写山势之孤迥而言，其设辞状物固已极神奇工致之妙。再则盖因梦窗面对吴宫之旧址，感古伤今，其胸中原不免别具沧桑之深痛。夫千年兴废，一片残基，则此盛衰无常之人世，其价值何在？意义何存？来源何自？岂但为无知觉无感情之一块陨石之偶然抛坠而已乎？故曰"是何年，青天坠长星"。此二句中固正有梦窗之无穷大惑与深悲在也。

继之云："幻苍厓云树，名娃金屋，残霸宫城。"多少繁华成败，全自一"幻"字领下。夫大地既不过为一偶然陨落之长星，而乃竟自此无情无识之陨石之上幻现如许盛衰兴亡之事。其始也，由无而有，于是乎有"苍厓"焉，有"云树"焉，此尚不过但为大自然之景物而已。其后乃有无穷盛衰之人事继之而起，于是而有"名娃"焉，有"金屋"焉，而俨然为一代"霸"主之"宫城"焉。然而梦窗乃于"霸"字之上又轻轻着一"残"字，则此一代之霸业亦已终归于残灭无常。则前所云之"名娃""金屋"之种种繁华乃亦随无常之霸业而尽归于乌有矣。如此由无而有，更复自有而无，则凡此兴灭盛衰之无穷人事，其非此"长星"陨石上之一片幻象而何？故梦窗乃于"坠长星"一句之下，"名娃""金屋"诸句之上，紧承以一"幻"字，则大地为陨石之飘坠，人生如幻象之消亡，世事无凭，而悲惑难已。梦窗此词一起，便于空烟四远之中，予人以一片莫可究诘之深痛。

所云"金屋"者，自系借汉武帝金屋藏娇之语，以指西施所居之馆娃宫。《吴郡图经续记》卷中研石山条载：

《越绝书》云吴人于研石山置馆娃宫。扬雄《方言》谓吴人呼美女为娃，盖以西子得名耳，……山上旧传有琴台。又有响屧廊，以楩梓藉其地，西子行则有声，故以名云。

然则馆娃宫当日之繁华富丽概可想见。吴王当日之歌舞宴乐之盛，亦可想见。而夫差乃于美人歌舞之余，更颇有图霸之野心。据《史记·吴世家》载：

吴王夫差，……伐越，败之夫椒。……七年，北伐齐，败齐师于艾陵。……九年，为驺伐鲁。十三年，召鲁卫之君会于橐皋。……十四年春，吴王北会诸侯于黄池，欲霸中国以全周室。

是吴王夫差固隐然亦颇有一代霸主之形势。而梦窗乃称之曰"残霸"者，一则以春秋时代诸侯之称霸者而言，则前有齐桓、晋文、宋襄、秦穆、楚庄诸人在，夫差之声名业绩，较之自有弗如；再则夫差称霸之时期较晚，其时已为春秋之末期；三则夫差于黄池一会之后，未几即为越王勾践所败，身死国灭，为天下笑。霸而若此，其为霸也，非残霸而何？然而今日登临所起"苍厓""云树"间之馆娃旧址，则正为此一代残霸之宫城焉。曰"宫城"，令人想见当日兴建之美；曰"残霸"，令人想见其当日败亡之速。倏兴倏灭，都不过为长星陨石上之一段幻影而已。夫吊古兴悲原为人世之恒情，而梦窗此词开端之妙，则在其能忽发天外奇想，以疑问之笔从一己深悲之中，写出一片千古人生之大惑。

其下继曰"箭径酸风射眼，腻水染花腥。时靸双鸳响，廊叶秋声"。此数句接写山前处处之凄凉古迹，而梦窗更以其特殊用笔之法，曲曲传出其胸中之一片锐感深悲。箭径者，采香径也。《吴郡志·古迹》云：

采香径，在香山之旁小溪也。吴王种香于香山，使美人泛舟于溪以采香。今日灵岩山望之，一水直如矢，故俗又名箭泾。

按《说文》段注："《庄子》'泾流之大'，司马彪云'泾，通也'，今苏州嘉兴沟渎曰某泾某泾，亦谓其可径通。"故箭泾亦作箭径。腻水者，指香水溪也。《吴郡志》卷八《古迹》又载云：

香水溪在吴故宫中，俗云西施浴处；人呼为脂粉塘，吴王宫人濯妆于此。溪上源至今馨香。

然则是箭径与腻水原皆为吴馆娃宫附近之名胜古迹。

梦窗曰"箭径酸风射眼"，"酸风"二字出于李贺诗《金铜仙人辞汉歌》"东关酸风射眸子"句。梦窗此处用之，尚不仅如我在上一节中所言，但取其以感性修辞之一份新颖锐敏之感觉而已，此中盖更有无限难言之悲慨在。李贺诗有序云：

魏明帝青龙元年八月，诏宫官牵车，西取汉孝武捧露盘仙人，欲立置前殿。宫官既拆盘；仙人临载，乃潸然泪下。

姚文燮《昌谷集注》云：

宪宗将浚龙首池；修麟德、承晖二殿。贺盖谓创建甚难，安能保其久而不移易也。

又云：

魏官牵车蹂践，悲风东来，惟堪拭目。

是金铜仙人为魏官牵车蹂践之时，道出东关，固曾因悲风之酸鼻而潜然泪下。而其泪下实又不仅因悲风之酸鼻而已，而更复深蕴有无穷兴亡故主之悲。李贺《金铜仙人辞汉歌》原借古喻今，以汉之亡慨唐代守成之不易。而梦窗之用此"酸风射眼"四字，是其当日登灵岩而遥望箭径之时；于秋风拂面刺目酸鼻之中，当亦自有其无穷难言之深慨在也。一则面对此吴宫之蔓草荒烟固已不免有千古盛衰兴废之感；再则将古喻今，哀朝廷之岌危，惧国祚之不永，更不免有满怀抚时伤世之悲。

接云"腻水染花腥"，则指香水溪而言。以其为当日吴宫美人濯妆之水，想象中其中当不免曾有昔日美人之粉香脂腻，故曰"腻水"也。而其用"腻"字之妙，亦复不仅写出此水之为濯妆之水而已。梦窗实暗用杜牧之《阿房宫赋》"渭流涨腻，弃脂水也"之句，以兼寓千古兴亡之慨。盖杜牧《阿房宫赋》于极写阿房宫之盛以后，笔锋一转乃陡然跌入"楚人一炬，可怜焦土"之残灭败亡；而更复于结尾之际，深致其"后人哀之而不鉴之，亦使后人而复哀后人也"之悲慨。梦窗用杜牧《阿房宫赋》之"腻"字写水，与其用李贺《金铜仙人辞汉歌》之"酸"字写风同妙，皆于用字新颖工妙之外，别具感慨之深意。昔戈载称梦窗"炼字炼句，迥不犹人"，又称其"运意深远，用笔幽邃"，此正为梦窗用笔独到之处，读者不可将之轻易放过也。

继之以"染花腥"三字，"腥"字较之"酸"字、"腻"字为尤妙：一则"酸"字与"腻"字之使用尚不免有古人在前，而"腥"字之使用则全为梦窗所独创；再则"酸风""腻水"所予人之悲慨尚不免有待于联想及于李贺之诗与杜牧之赋以为之补足，而"腥"字所予人悲慨之强烈深切则全出于诗人之一份锐感直觉。关于用"腥"字以形容花之气味违背传统，以及"腥"之一字所予人之对古代美人濯妆之联想，以及千古乱战所残留之一片血腥刺激之感，皆已于上一节中言及，兹不具论。而由于梦窗用字之神奇工妙，于是乎箭径之风、溪中之水与夫水边之花，遂于"酸""腻"与"腥"三字中汇集有无穷古今盛衰之怀想悲慨，而不仅如一般作者对名胜古迹陡然之铺叙描写而已。

其下复继之以"时靸双鸳响，廊叶秋声"，则再进一步，不仅抚今怀古而已，而更大有将幻作真之意。"时靸双鸳响"者，谓西施之步履声也。夫"靸"字之为义，据《汉书·司马相如传》引《哀二世赋》云"减靸以永逝兮"，注云"靸然，轻举意也"，王先谦

227

补注云："靸，《说文》：'小儿履也'，与水流无涉。《史记》'靸'作'噏'，下更有'习'字，案《广韵》噏与吸同，此又借靸为吸耳。《吴都赋》'靸雪，警捷'注：'靸雪，走疾貌'，借靸以状水流之疾，于义亦通。"据此则"靸"字，原有二义：一为名词，谓"小儿履也"；二为副词，"状水流之疾也"，或引申为"轻举"之意。今兹梦窗之用此字，窃以为更有一新义，则合前二义而更有动词以步履轻踏之意也。夫名词之可借为动词，在中国文学中时时可见。即以"履"字而言，即兼有名词"鞋"及动词"着鞋"，或动词"以鞋踏践"之意。梦窗此处用"靸"字则既引申名词而为动词，更以其兼有副词"轻举""疾流"之意，故私意以为乃轻踏疾行之意。然而梦窗不用习见之"履"字、"踏"字，而用一极生僻之"靸"字者，一则以"履"字、"踏"字，不若"靸"字之兼有轻疾之意，为义较狭；再则"履"字、"踏"字过于平实拘板，不若"靸"字有恍惚迷离之致。"时靸"者，时时轻轻踏过之意也。

至于"双鸳"，则指西施双足所着之步屧也。夫以"双鸳"二字指女子所着之鞋履，此在唐宋诗词中屡屡见之。如梦窗另一首《风入松》词"听风听雨过清明"阕，即有"惆怅双鸳不到，幽阶一夜苔生"之语，"双鸳"正谓女子所着之双履也。又据前引《吴郡图经续记》知馆娃宫旧有响屧廊，"以楩梓藉其地，西子行则有声"，而今日梦窗于登临怀古之际，乃竟恍惚真若时时可闻西子双足步履轻疾之声响焉。故曰"时靸双鸳响"也。然而西施之世距梦窗之时则固已有一千六七百年之久，是则今日梦窗所闻西子步履之声，岂非将幻作真者乎？而此幻境何由而生，则由于廊中落叶随风飘转，所作弄之一片秋声耳。故以"廊叶"一句，一笔兜转，于是而万境俱空，唯余落叶声中一片萧瑟寂寥之感而已。此数句全自灵岩山前古迹写来，而或实或虚，时真时幻，有当前之景物，有千年之古史，有言外之深悲，梦窗感性之深锐，用笔之神奇，岂彼辈但知以平实为美者之所可望见。

下半阕"宫里吴王沉醉，倩五湖倦客，独钓醒醒"，更凌空以叙夹议之史笔，陡然接起。前半阕虽有真幻虚实之变而全以写景为主；后半阕则更杂糅今古时空为一体，而全以慨世为主。陈洵《海绡说词》曾推演此数句，以吴王夫差之亡国与当时南宋之岌危作明白之对比，云：

换头三句，不过言山容水态如吴王范蠡之醉醒耳。苍波承五湖，山青承宫里。烛醒无语，沉醉奈何，是此词最沉痛处。今更为推演之，盖惜夫差之受欺越王也：长颈之毒，蠡知之而王不知，则王醉而蠡醒矣。女真之猾，甚于勾践；北狩之辱，奇于甬东；五国城之崩，酷于卑犹位；遗民之凭吊，异于鸱夷之逍遥；而游艮岳，幸樊楼者，乃荒于吴宫之沉湎。北宋已矣；南渡宴安，又将岌岌；五湖倦客，今复何人？一倩字，有众人皆醉意；不知当时庾幕诸公，何以对此？

陈氏所说，极有深义。所惜者：一则其所列举之史实似嫌过于比附拘执，使读者一时不能全信；再则其所叙写之用笔又似嫌过于简略含混，使读者一时不能全解。先就其所言"换头三句，不过言山容水态如吴王范蠡之醉醒"言之：梦窗"宫里吴王"句，"宫"字所指正为眼前灵岩山上苍厓云树间之馆娃宫；"五湖倦客"句，"五湖"之所指则前引《苏州府志》所云"俛瞰具区……烟涛浩渺"之太湖，正陈洵所谓山容水态者也。而梦窗乃以其时空杂糅之健笔，直承以"吴王"与"倦客"，遂使千年之古史，与眼前之山水泯然合而为一。吴王自当指夫差，曰"吴王沉醉"者，则致慨于夫差之溺于西施之歌舞宴乐，不知强邻勾践之可惧，而终致身死国灭之堪悲；倦客则指范蠡，《史记·货殖列传·范蠡传》正义引《国语》曰：

> 勾践灭吴，及至五湖，范蠡辞于王曰："君王勉之！臣不复入国矣。"遂乘轻舟以入于五湖，莫知其所终极。

又《史记·越王勾践世家》云：

> 范蠡遂去。自齐遗大夫种书曰："……越王为人长颈鸟喙，可与共患难，不可与共乐。"

曰"独钓醒醒"者，谓当时唯范蠡为清醒之人，了然于一切盛衰安危之理。叠言"醒醒"二字，所以加重语气，极言其清醒也。"独钓"者，以一"钓"字指其泛舟五湖之生活，而又益以一"独"字以加深其众醉独醒之一份寂寞孤独之感。乃今日亦有如范蠡之独醒者乎？然而生于众人皆醉之世，则亦唯有倩其为五湖独钓之倦客而已。"倦"字极写其疲于人世盛衰之无常，与疲于人世生涯之悲苦。"倩"字则极写生活于醉者之中，此醒者之无奈。更有言者，则宫里沉醉之吴王与五湖独钓之倦客，千余年前虽分属于相对立之二敌国，然而在今日梦窗笔下，则不过为一醉一醒之对比而已。此一对比中自有无限今古盛衰安危之慨。陈洵但言"长颈之毒，蠡知之而王不知"，立说尚不免过狭。

此二句，自眼前山容水态慨及千古兴亡，而次二句之"问苍波无语，华发奈山青"，则又自千古兴亡返跌至眼前之山容水态。"苍波"盖承上句"五湖"而言，指眼前所见之"太湖"。以今日寂寞独醒之倦客面对此烟涛浩渺之苍波，虽有无限盛衰安危之极悲深慨，然而湖水无言竟终然不可得一安慰与究诘之所。译本《鲁拜集》载波斯诗人奥马伽音之句云："海涛悲涌深蓝色，不答凡夫问太玄。"则此古今之大恸与大惑，谁能解之者乎？"山青"则承上句"宫里"而言，指眼前所见馆娃旧址之灵岩；"华发"则承上句"倦客"而言，而隐然为梦窗之自喻。中间着一"奈"字者，无奈之意也。言我自满头华发，而山色则彼自青青，以有情之人对无情之山；以满怀悲慨之倦客，对青山所阅历之千古兴亡，则人力渺小竟可奈何乎！梦窗此词，言外确有深慨，是以陈洵氏乃有"女真""北狩""五国城"与夫"游艮岳""幸樊楼"之诸说。

夫以吴之亡慨北宋之亡，则吴亡于勾践而北宋亡之于女真，故曰："女真之猾，甚于勾践。"吴王夫差不肯受辱于勾践，而自刎于甬东；而北宋徽钦二宗，则为人降虏而被胁北上，故曰："北狩之辱，奇于甬东。""卑犹位"三字为地名，乃夫差所葬之地，其地犹为吴地也；"五国城"三字亦为地名，乃北宋徽宗卒葬之地，其地则女真之地也，故曰："五国城之崩，酷于卑犹位。""遗民"二字，陈氏盖暗指梦窗而言。夫梦窗既生于南宋偏安之世，又值国势岌危之时，纵然为独醒之士，而对此五湖烟浪，馆娃旧址，竟然丝毫莫可如何，唯有独包遗民之痛以凭吊之而已。"鸱夷"二字，则范蠡之别号也，《史记·越世家》："范蠡浮海出齐，变姓名，自号鸱夷子皮。"夫范蠡亦为独醒之士，乃竟能功成身退，逍遥以终其身，故曰"遗民之凭吊，异于鸱夷之逍遥"也。"艮岳"者，据《宋史》载：宋徽宗登极，皇嗣不广；有方士言京城东北陬，地协堪舆；遂于政和七年，大兴土役，培其冈阜，以在禁城之艮方，故曰"艮岳"；时游幸之，又称万岁山。"樊楼"者，则京师东华门外景明坊之一酒楼也。徽宗以耽于佚豫之乐，终至亡国为虏；而南宋君臣，乃不知忧危念乱以前车为鉴，而仍以宴安鸩毒为乐，故曰"北宋已矣；南渡宴安，又将岌岌"也。

陈氏所说，具见史册，所惜者陈氏所说一一为明白之确指，反令读者兴当时作者恐未必便如此想之疑；实则梦窗当日于伤今吊古之余固当确有无穷历史兴亡之感，触绪纷来；此丛集之百感，原不可为之一一确指。陈氏所说可予读者以一线探索之途径，而梦窗深切沉痛感慨苍茫之处，则不可为任何确指之史实所拘限者也。

以下接言"水涵空、阑干高处，送乱鸦斜日落渔汀。连呼酒，上琴台去，秋与云平"。则又极力自千古兴亡之悲慨中挣扎腾跃而出，以景代情，而融情入景。其怆然寥落之感，岂止令人无以为怀，更复令人无以为说。昔《人间词话》评太白《忆秦娥》词，以为："'西风残照，汉家陵阙'，寥寥八字，遂关千古登临之口。"梦窗此词数句，亦当令千古登临者有搁笔之叹。

曰"水涵空"，自此三字想象，已可得其水天相映一片空茫之状。此盖为灵岩山上之实景，且山上有一高阁，即以眼前之景物命名曰"涵空"。据《大明一统志》卷八《苏州府志》宫室条载云："涵空阁在灵岩寺（按寺即在山上），吴时建。"又引明高启诗曰："衮衮波涛漠漠天，曲栏高栋此山颠。置身直在浮云上，纵目长过去鸟前。"梦窗用"涵空"二字，既暗寓阁名，写景又极真切。是则置身此地，目之所及，其景色之寥阔空茫，盖原无底止终极之所，而其下更继之以"阑干高处"，则危栏高耸，身之所倚乃亦正在此无所底止之一片空茫之中。然则天地之内，宇宙之大，除此包裹身心一片空茫之外，更复何有乎？则瞻望之余，但见零乱之残鸦与夫西沉之斜日，并皆逐渐消失沉没于远方烟波隐现之渔汀之外而已。着一"送"字，则瞻望之久，怅惘之深，无可依傍与无可挽留之深悲极痛尽在言外。然则人生至此，岂但更无所有，亦复更无可言，故紧继之以"连呼酒"三字。曰"呼酒"原已有迫不及待之意。更曰"连呼酒"，则中心之深悲极痛与夫空漠无依之感，真令人有片刻难以忍受之痛楚在。然则此酒当于何处饮之？梦窗乃又陡然翻起曰："上琴台去。"昔李义山《夕阳楼》诗有句云"花明柳暗绕天愁，上尽重城更上楼"；辛稼轩《满江红》词亦有句云"天远难穷休久望，楼高欲下还重倚"；人于无可奈何之悲苦中，则往往欲向更高远之地作最后之挣扎与追求，而亦终成为更深之陷溺与沉没。故梦窗此词乃亦于极悲苦无奈之"连呼酒"三字之下，继之以云："上琴台去。"

然则琴台之上更复何有更复何见乎？则一结四字"秋与云平"而已。是则茫然充塞于天地之间，蔽里于人世之外者，乃唯有此一片秋气而已。昔宋玉《九辩》云"悲哉！秋之为气也"；乃今此悲哉之气，竟至上与云平，弥天盖地，更无一毫间隙，可供人呼吸遁逃之余地。而梦窗之深悲极痛，乃亦真成往而不返矣。而此四字乃更复虚幻空茫，别有闲远之致，于是而名娃也、金屋也、残霸也、宫城也、吴王也、倦客也，乃尽笼罩于此深悲极慨之中，而又尽化出于四远云烟之外。于此而回顾开端"渺空烟四远"数句，真如常山之蛇，首尾相应；而其间真、幻、古、今、虚、实之变，与夫托意之深切，用笔之神奇，乃真有不可尽言者矣。吴梅《词学通论》云："梦窗长处，正在超逸之中见沉郁之思。"若梦窗此词，真所谓超逸沉郁兼而有之者也。

三、关于梦窗之为人的几点值得论辩的话题

我在前面第一节曾经分析过，梦窗词之所以不为一般读者所了解与接受者，乃由于梦窗之遣词与叙事的方法都不合于中国旧有之传统。其实梦窗词之不能获得重视与欣赏，还有一个更大的原因，那就是梦窗这一位作者之人格价值也同样不合于中国旧有传统的衡量标准。因为中国传统上多把对文学的衡量置放于两个重点之上：其一是作品之实用的价值，其二是作者之人格的价值。他们既希望文学的作品都能够有益于"裨补时阙"，也希望文学的作者都能够成为"载道立说"的圣贤君子。在这种衡量下，梦窗的作品既早被目为堆砌晦涩全无实用价值可言；而梦窗的人格则更是被沾染着难以涮拭的污点，全不合于圣贤的标准。

关于这些污点的由来，主要的乃由于在梦窗词集中有着四首赠当时权相贾似道的小词，而贾似道之欺君误国具见《宋史》，一直被目为南宋亡国之罪魁，是个早被论定了的人物。因之梦窗的人品，也就为了这几首送贾似道的词，而被中国传统的批评标准给同时论

定了。胡云翼在其《宋词研究》一书中，就曾经说："梦窗与白石作词绝不同调，白石格调之高，可从他的性情孤傲耻列身于秦桧当权之下的朝廷看得出来，梦窗之生平虽疏缺无闻，而从他那些寿贾似道诸词看来，品格殆远不及白石，词品亦因之斯下矣。"

不欣赏梦窗词的人敢于对之肆加讥议诋毁，认为他的人品不高，这是一个很大的借口，而另一方面赏爱梦窗词的人，在中国传统的衡量标准之重压下，乃又不得不煞费苦心地先为梦窗的人格做一番辩护的工作。

刘毓崧的《梦窗词叙》就曾经大力为梦窗辩解说："与贾似道往还酬答之作，皆在似道未握重权之前，至似道声势熏灼之时，则并无一阕投赠。"又说"不独灼见似道专权之迹日彰，是以早自疏远，亦以畴昔受知于吴履斋，是时履斋已为似道诬谮罢相，将有岭表之行，梦窗义不肯负履斋，故特显绝似道耳"。按履斋乃吴潜之号，为梦窗之友人，与贾似道有嫌，后为似道诬谮罢相，所以刘毓崧乃举吴潜之事以为梦窗辩解。但是这种反面的辩解与正面的谴责实在乃同出一源，都是受了中国传统之把文学价值与道德价值混为一谈的影响。好像如果赞美了一个在人品上有污点的作者就会使批评者的人格也蒙受上污点一样。因此在中国文学批评史上虽然颇有一些为作者之人格作反面辩解的文章（如李白之依附永王璘的事件，李义山之与令狐绹之间恩怨的事件），却很少有人能像西方文学批评一样，敢于正面承认作者人格上的污点，而从心理的矛盾或病态以及人性之软弱的方面着手分析，而肯定其文学价值的批评。如果梦窗果然如刘毓崧所辩护的那样人格完美，则在中国之传统下，赏爱梦窗词的人当然会皆大欢喜，而诋毁梦窗词的人也将会因之失去了一个有力的借口。然而可惜的是，根据编订《吴梦窗系年》的作者夏承焘的考证，刘氏的论据并不完全可信，因之梦窗的人品与词品也就仍然成了一个可资论辩的话题。

为了解答这一话题并明白梦窗与贾似道及吴潜的关系，我们首先要将梦窗的生平作一简单之介绍，而梦窗平生未得一第、《宋史》无传，他的生平我们所知甚少，如今仅能据梦窗词及少许有关之资料，撮举其大要如下：吴文英字君特，号梦窗（见《花庵词选》），又号觉翁（见周密《蘋洲渔笛谱》附梦窗《踏莎行》题词），四明人（见本集及《鄞县志》传）。本姓翁氏，与翁元龙、翁逢龙为亲伯仲（见《浩然斋雅谈》及刘毓盘《处静词跋》）。翁逢龙字际可，号石龟，为梦窗之兄（见朱校明钞本《梦窗集·探春慢》词题及朱氏《小笺》），为宋宁宗嘉定十年吴潜榜进士（见《浙江通志·选举志》五），理宗嘉熙中曾任平江通判（见《宋诗纪事》），时同榜之吴潜由庆元府改知平江（见《吴县志·职官表》），据此是梦窗之兄翁逢龙与吴潜有交谊之一证；又翁元龙字时可，号处静，为梦窗之弟（见《浩然斋雅谈》，刘毓盘《处静词跋》，朱彊村《梦窗集小笺》引《乐府指迷》及夏承焘《吴梦窗系年》引《绝妙好词》），亦能词（见刘毓盘之《唐五代宋辽金元名家词集六十种辑》及赵万里之《校辑宋金元名家词》），与吴潜常有唱酬之作（吴潜《履斋诗余》收有《蝶恋花》和处静木香一阕，《贺新郎》和翁处静桃源洞韵一阕，再和一阕，三和一阕，且有"惟处静，解吾志"之言），是梦窗之弟翁元龙亦与吴潜有交谊之一证；又贾似道堂吏有名翁应龙者（见《宋史·贾似道传》，《癸辛杂识》别集下置士籍条及同书前集施行韩震条），曾与贾似道之馆客廖莹中同撰《福华编》，纪颂贾似道治鄂之功（见《宋史·贾似道传》及《西湖游览志余》），自翁应龙之姓字观之，当与翁逢龙、翁元龙同为梦窗之伯仲行（见夏承焘《系年》引刘毓盘之语）。若然，则是梦窗之兄弟亦有与贾似道有交谊者之一证。梦窗二十岁左右曾游德清，为县令赵善春赋小垂虹（见本集及夏氏《系年》），三十余岁时曾在苏州任仓台幕僚（见本集及夏氏《系年》），平生所居之地以苏杭二地为最久（见本集及夏氏《系年》），在苏州曾纳一妾，后遭遣去（见本集及夏氏《系年》）。在杭州亦纳一妾，后则亡殁（见本集及夏氏《系年》），其游踪所及之地不出江浙二省（见本集及夏氏《系年》），晚年曾为客于度宗之本生父嗣荣王与芮之邸（见夏氏《系年》）。平生交游极众，自其词集观之，有酬赠者达六七十人之多，除文人词客外，多为苏杭两地僚属。与当时显贵如吴潜、贾似道以及嗣荣王等虽有酬赠之词，而罕干求之语（见夏氏《系年》），晚年困踬以死（见全祖望《奉寄万九沙编修论宁志补遗杂目》及夏氏《系年》）。

至于与梦窗人格评价关系最密切的两个人物吴潜与贾似道，则

《宋史》有他们详细的传记，兹不列举，仅略述其为人及彼此间之恩怨如下：吴潜字履斋，出身世家，幼年受过很好的教育，嘉定十年以榜首登第，历任地方及中央之重要官吏，关心国事，曾屡上奏议，对外主张以和为守，反对轻启战端，对内则主张节用爱民，贬斥群小。虽然有时不免稍有专擅，如贾似道所说的"先发后奏"的情事，但大体均不失公忠为国之旨；至于贾似道则从少年时就落魄为游博之事，不事操行，只是因了他姐姐被选入宫中有宠于理宗，因此夤缘际会做到了宰相的地位，晚年号秋壑，度宗赐第于西湖葛岭，权倾天下，其出身及为人与吴潜完全不同。而他在任政期内所做的事：对外则纳币请和而诡言战功，对内则伪饰太平，耽于逸乐，贪淫无度，误国欺君，当然与吴潜的作风更是迥然相异。不同的作风而同在朝廷任事，本来就容易发生嫌隙，而况他们二人之间更有着一段极明显的恩怨的关系。原来当开庆元年元兵渡江攻鄂之时，吴潜方任左丞相兼枢密使，曾上书论致祸之原，历指丁大全、沈炎等群小噂沓，国事日非，乞令大全致仕，炎等与祠，不报。会理宗欲立其同母弟嗣荣王与芮之子忠王孟启为太子，潜密奏云："臣无弥远之材，忠王无陛下之福。"这话颇使理宗恚怒，因为理宗之立也是因为当年宁宗无子，史弥远弄权，乃于宁宗崩后传遗诏立之继位。这事可能颇为理宗所忌讳，而吴潜乃直言若此，当然为理宗所不满。恰巧当时贾似道方督师鄂州，即军中拜右丞相。元兵攻鄂日急，似道密遣使向元人请和，许以称臣纳币，而上表诡以肃清闻。

理宗以其有再造之功，乃以少傅右丞相召入朝。初似道在汉阳时，丞相吴潜移之黄州，黄虽下流实军事要冲，似道以为潜欲杀己，顿足恨之，且闻潜事急时每事先发后奏，乃使命令侍御史沈炎劾吴潜，遂将吴潜贬置循州。景定三年使武人刘宗申毒毙之。（以上诸史实见《宋史·理宗纪》与吴贾二人列传，及《南宋书·吴潜传》）是吴潜之遭贬与被毒乃全出于贾似道之所为。《梦窗词集》中有赠贾似道之词，这已经足够使人不谅解了，更何况梦窗与吴潜也有着友谊的关系，如果梦窗与吴潜交谊很好，而当吴潜被贾似道使人毒毙之后，梦窗仍有赠贾似道的词，那当然就更加使人不能谅解了。

现在我们就试来看一看梦窗赠吴潜与贾似道两人的作品之内容及其写作之年代。《梦窗集》中收有赠吴潜词四首：一为《金缕曲》"陪履斋先生沧浪看梅"一首，约作于嘉熙二年春吴潜知平江府之时（见《吴县志·职官表》。夏氏《系年》作嘉熙二年春，误）；一为《浣溪沙》"仲冬望后出迓履翁舟中即兴"一首，约作于淳祐九年冬吴潜任浙东安抚使知绍兴府之时（见《宋史》本纪、《绍兴府志》及夏氏《系年》）；一为《江神子》"送桂花吴宪时已有检详之命未赴阕"一首，约作于淳祐九年十二月之后（见夏氏《系年》引杨铁夫《梦窗事迹考》，而杨氏原书中未见此条，不知夏氏所据何本）；一为《绛都春》"蓬莱阁镫屏时履翁帅越"一首，约作于淳祐十年正月之时（见《宋史》本纪、《绍兴府志》及朱氏《小笺》）。

至于就词作之内容看来：则《浣溪沙》一首乃小令，内容较简单，只写江上行舟所见之景色而已；《江神子》一首则为题目所限，不得不既以咏物之笔铺写桂花，再以称颂之辞贺其将赴阙受检详之命。这二首词都不值得仔细讨论，可注意的乃另外二首词，而尤以《金缕曲》一首为最，此词后半阕有句云："重唱梅边新度曲，催发寒梢冻蕊，此心与东君同意，后不如今今非昔，两无言相对沧浪水，怀此恨，寄残醉。"陈洵《海绡说词》评此词云："要'心与东君同意'，能将履斋忠悃道出，是时边事日亟，将无韩岳，国脉微弱，又非昔时，履斋意主和守，而屡疏不省，卒致败亡，则所谓'后不如今今非昔，两无言相对沧浪水，怀此恨，寄残醉'也，言外寄慨，学者须理会此旨。"

按此词所云沧浪亭在江苏吴县城南，高宗时为韩世忠所有，建炎四年时，韩世忠与金兀术战于黄天荡，遭火攻而败，此词前半阕即咏此事。郑因百先生《词选》说之甚详。梦窗居吴最久，吴县在南宋时属平江府，时吴潜知平江府，而梦窗之兄翁逢龙则当时正在平江府做通判，这应当正是梦窗兄弟与吴潜往来最密切的时候，更何况他们所登临游览的地方又是南宋名将韩世忠韩王园的旧址，此所以梦窗此词乃能写得如此之感慨激越，既淋漓尽致地写出了吴潜对国家的一份忠悃，也毫不隐晦地写出了自己对国事日非的一份悲慨。

至于另一首《绛都春》词则虽然因为当时吴潜已受命参知政事，为了身份的不同，不便于再像前一首词那样作露骨的叙述，可是这一首词的下半阕换头之"应记。千秋化鹤，旧华表、认得山川犹是"数句，也隐然仍有着一份山川依旧人事全非的悲感，而其结尾数句之"又上苑、春生一苇，便教接宴莺花，万红镜里"，则表面上虽然写的是春回上苑，莺花映于如镜之水中的红紫繁华，而言外所透露的却是一份镜花水月繁华不永的哀伤。这种感慨哀伤不但有合于吴潜之一份忠悃的用心，也有合于梦窗词于铺陈璀璨的描叙中别寓感慨苍凉之托意的一贯作风，因此我们可以推知梦窗给吴潜的词，既有着一份真正的友谊，也表现了一份真正的自我。

可是梦窗给贾似道的词则与之完全不同了，梦窗给贾似道的词也有四首：一为《宴清都》寿秋壑一首，一为《木兰花慢》寿秋壑一首，一为《水龙吟》过秋壑湖上旧居寄赠一首，一为《金盏子》赋秋壑西湖小筑一首。

在这四首词中，我们几乎看不到一点盛衰兴亡的悲慨和国事日非的影子，只是表现着一派闲雅高华的情调，从表面上歌颂着贾似道的名位声望以及他所伪饰的苟安的升平，而未曾流露出一点真正属于自我的内心的情感。可是另一方面则梦窗却也并没有一点谄佞干求的言语，这种现象可以使我们看到梦窗与贾似道之间隐然有着一份疏远之感，他与贾似道的来往，似乎只是在某种情势下的一种不能免的酬应，这和他与吴潜之间果然有着一种友谊的感情当然并不相同。只是他给贾似道的四首词究竟是写在吴潜谪死之前还是吴潜谪死之后呢？

从词的内容来看，《宴清都》及《木兰花慢》二首寿秋壑的作品，其中所用的地名古迹皆在荆湖之地，据《宋史·理宗纪》及贾似道本传，贾似道先后曾有两次任职荆湖之事，第一次是从淳祐六年九月官荆湖制置使，又于淳祐九年三月进荆湖安抚制置大使迄十年三月改为两淮制置大使始去荆湖；第二次则自开庆元年正月任荆湖南北宣抚大使迄次年四月还朝始去荆湖，而贾似道生辰在八月，如果此二首寿词是作于开庆元年八月，则当时正当元人分攻荆湖各地，羽檄交驰之际，而梦窗此二词中皆系承平之语，无一字及于用兵，所以刘毓崧《梦窗词叙》乃以为此二词系作于淳祐六年九月迄十年三月贾似道第一次在荆湖任职之时，其言当属可信，夏氏《系年》亦从其说。至于另二首词之写作年代则说法就颇有不同了，《水龙吟》过秋壑湖上旧居寄赠一首，朱氏《小笺》引《齐东野语》以为旧居乃指景定三年以后在葛岭赐第所建之后乐园及其附近之水竹院落，然而刘氏叙文则引词中之"黄鹤楼头月午"句为证，以为"亦作于似道制置荆湖之日"，夏氏《系年》亦云"朱氏以后乐园当之，误矣"，又引词中"赋情还在，南屏别墅"句为证，云："知墅在西湖南山之南屏，则与在北山葛岭之后乐园显然无涉。"是此词盖咏似道南屏之旧居，时似道方制置荆湖，则此词当亦为作于淳祐六年九月至十年三月之间者也；而另一首《金盏子》赋秋壑西湖小筑之作，刘氏叙文以为亦作于淳祐六年九月至十年三月之间，引词中"小队登临"句，以为"亦制置之明征"，而夏氏《系年》则引词中"来往载清吟……笑携雨色晴光，入春明朝市"句，以为"当是似道入朝以后之作"，又引词中"临酒论深意，流光转，莺花任乱委"及"待西风起"诸句，以为此词必作于夏间，而驳刘氏之说云："刘氏据'小队登临'句谓指似道制置荆湖时，以其用杜诗'元戎小队出郊坰'，然执宰游山，何尝必不可用？以此说文太泥，以作证太弱。"而私意以为夏氏以为此词乃作于似道入朝之后之说虽属可信，而其驳刘氏之说及刘氏之原说则皆有失误，按"小队登临"句，见杜甫诗《严中丞枉驾见过》一首，诗中又有"川合东西瞻使节"之句，盖严武时方任东西两川节度使，所谓"元戎"者也，而南宋制置使之权任与唐之节度使差相当，梦窗用典不苟，此处必指制置使而言，绝不如夏氏《系年》所说，用"元戎"之典以指"宰执"，且自夸以为"不泥"也。而刘氏叙文则据此以断为当时贾似道正为元戎制置荆湖，则又不然。观此词前半所写之风光气象，确当为贾似道入朝以后之情事，唯是结尾三句之"专城处，他山小队登临，待西风起"，则荡开笔墨从另一时间与空间写起，遥想他日贾似道或当再膺元戎之任，以歌颂其入相出将之功业。若依夏说以"小队登临"不必泥于元戎而可泛指宰执，则"专城"二字明明指地方之官长，又何能亦指宰执耶？而刘说便以为实指贾似道当时正为元戎制置荆湖而言，则又何以释"他山"及"待"字等表示另一时空之未然之口吻？按《宋史·理宗纪》及《贾似道传》似道入朝当在景定元年四月，此词盖正作于其入朝不久之时，方自元戎入为宰执，故梦窗乃于词之结尾故意用一"元戎"之典以为呼应，且正合于贾似道出入将相之身份，故此词当作于景定元年之夏季殆无可疑。

作词之年月既明，再回头重新考察一下贾似道与吴潜二人恩怨之关系，则梦窗赠贾似道的前三首词皆作于淳祐六年九月迄十年三月之间，当时吴潜与贾似道尚无明显之嫌隙，盖贾似道之移镇黄州以为吴潜欲杀己而衔怨恨之，乃开庆元年十一月之事（见《宋季三朝政要》三），贾似道之使侍御史沈炎劾吴潜，则为次年景定元年四月之事，而沈炎劾吴潜之表文，即有"请速召贾似道正位鼎轴"之言（见《宋史·理宗纪》），而贾似道之入朝及吴潜之罢相即皆在本年四月，其后七月间吴潜乃谪赴建昌军。此词既作于景定元年夏，则是正当吴潜罢相被谪之前后，虽然吴潜之被毒毙乃在此后二年景定三年五月之事，夏氏《系年》以为梦窗时已前卒盖不及见。但总之吴潜之罢相乃由于贾似道之潜毁，梦窗既留有一首贾似道入朝吴潜去官以后之作，则前引刘氏叙文所云："显绝似道"及"义不肯负履斋"之说，便已经不能成立了。除此而外，梦窗还有不为人所谅解的又一件事，那就是《梦窗词集》中还收有寿嗣荣王与芮夫妇的四首词：一为《水龙吟》寿嗣荣王一首，一为《烛影摇红》寿嗣荣王一首，一为《宴清都》寿荣王夫人一首，一为《齐天乐》寿荣王夫人一首。刘氏叙文云："梦窗尝为荣王府中上客……荣王为理宗之母弟，度宗之本生父，梦窗词中有寿荣王及荣王夫人之作，虽未注明年月，然必在景定元年六月以后。盖理宗命度宗为皇子系宝祐元年正月之事，立度宗为皇太子系景定元年六月之事，……梦窗所用辞藻皆系皇太子故实，不但未命度宗为皇子之时万不敢用，即已命为皇子之后未立为太子之前亦万不宜用，然则此四阕之作断不在景定元年五月以前。"而又云，"据寿词所言时令节候，荣王生辰当在八月初旬，荣王夫人生辰当亦在于秋月"，然则是此四词之作断不在景定元年七月之前，且寿词有四首之多，则又必不作于一年之内，而吴潜之谪，则正在景定元年七、八月，且吴潜之被贬谪的主要原因，就正是对立嗣荣王与芮之子忠王孟启（度宗）为太子，而梦窗乃于吴潜被贬之后有寿嗣荣王夫妇之词达四首之多，所以夏氏《系年》乃云："盖度宗之立反对者潜，建议者似道，由此潜去而似道进，当梦窗年年献寿与芮之时，正吴潜一再远贬之日，若谓梦窗以不忍背潜而绝似道，将何以解于出潜幕而入荣邸耶？"

从上面所引的一些词作及有关的史料来看，则梦窗显然并不是一个重视节义的贞士，乃不可讳言的事实。可是另一方面，从梦窗的作品来看，其所表现的对高远之境界的向往追求，对世事之无常的感慨凭吊，对旧情往事的怀念低回，则又显然可见梦窗用情之深、寄意之远，也绝不是一个鄙下的唯知干禄逢迎的俗子。像这种两相矛盾的性格之表现，在诗人中乃一个颇可注意的事例。

一般说来，崇高美好的作品，必当产生于崇高美好的心灵，这该是一件不容否认的事。然而如果以外表的形迹来衡量，则具有崇高美好之心灵的光焰的人物，却不一定都具有崇高美好的完整的人格，因为心灵之动向是一件事，而当内在之心灵与外在之环境相接触时，其反应之姿态与持守之能力则是又一件事。何况心灵之本质的纯驳不同，有些人也许可称得上醇乎醇者的圣贤，而大部分人却都不免于醇疵参错的凡人，也许他们的心焰虽是向着"醇"的一面，而其真正的本质上却又有着"疵"的病累，然而也就在这两种相反的张力的挣扎矛盾中，其心的向力反而有时会闪现出更为耀目的光彩，这在古今中外的作者中都不乏例证。

在中国的诗人中，如果以心灵之精醇澄澈、表里如一而言，自当推陶渊明第一位作者，其次则怀沙自沉而九死不悔的屈原，流离贫病而一心想要致君尧舜的杜甫，就其心灵与外在环境接触时所反应的态度以及持守的能力而言，也都不失为能够择善而固执的贤圣，他们的作品之所以能够辉耀千古，自然都由于他们自有崇高美好的足以辉耀千古的心灵。然而在文学史中却也有着另外一些作者，他们在持守的能力上，因了人性软弱的微疵而不幸地留下了挫跌败辱的纪录，然而也就在其心之向力与疵的病累的张力间，我们却依然看到了其崇高美好之一面的心焰的闪烁。

这一类作者颇多，现在我只想举出两个作者来谈一谈，其一是正始时代的诗人阮籍，其二是元嘉时代的诗人谢灵运。阮籍在与他并称的同时的文士"竹林七贤"中，乃在心灵上最为矛盾复杂的一位作者，他一方面既不肯如山涛、王戎一辈之在司马氏的利诱下走向变节求荣的途径，一方面又不愿如嵇康一辈之在司马氏的威迫下以言行峻切落到杀身贾祸的下场。他内心虽然并不满意司马氏之所为，而外表上却一直与司马氏维持着相当的交往，而且当他的好友嵇康被杀之后，司马昭欲加九锡以为篡代之先声的时候，阮籍竟然在情势所迫之下，写下了那一篇《为郑冲劝晋王笺》的劝进的文字。虽然有人为他辩护说这篇文中仍隐约寓有规讽之意，然而要之如果以外表的行为而论，则这一篇作品无论如何乃阮籍品格上的一点白璧的瑕疵。至于元嘉时代的谢灵运则出身于东晋的世家，袭封有康乐公的世爵，而当晋宋易代之际，始则屈身仕宋，不能保节于前，继则任纵妄为，终致杀身于后。从其外表的行为来看，当然更不是一个没有玷辱的人物，可是我们试从他们二人的作品中去发掘一下他们二人的心灵状态，我们就会发现在他们的作品中，都有着何等高贵美好之心焰的闪烁。阮籍的八十二首《咏怀诗》，忧危念乱，寄托遥深，固然是早有定评，陈沆《诗比兴笺》即曾称之为"仁人志士""发愤之作"；谢灵运的诗除去其为世所称的"富艳难踪"之外表的艺术价值外，明朝张溥的《谢康乐集题辞》也曾对之有过"吐言天拔，政繇素心独绝"的赞美。然而这二位被人从作品中看到"仁人志士"与夫"素心独绝"的心灵之光焰的人物，却都曾在外表的行为上留下了玷辱的痕迹。这种例证足以说明一些虽然在心灵上具有高贵美好之本质的人物，却有时会因人性上某种软弱的疵累而使得他们在行为上留下了挫跌玷辱的纪录。

我之所以举出阮籍与谢灵运二家为例证，正因为他们的挫跌玷辱显示出了人性上最软弱、最具代表性的两种根性：其一是属于一般人所共有的求生存安全的本能；其二是属于一些才智之士所特有的不甘于寂寞而冀求表现的欲望。阮籍之不免于玷辱，其原因大半乃由于前者，而谢灵运之不免于玷辱，则其原因大半乃出于后者。李善注阮籍《咏怀诗》尝云："嗣宗身仕乱朝，常恐罹谤遇祸，因兹发咏，故每有忧生之嗟。"虽然清朝的何焯曾经以为《咏怀诗》之内容有甚于忧生者，然而李善的评注确实曾经道中了阮籍人性上的一种求生之本能的忧畏，则是并不错的。至于谢灵运，则从他早年的"车服鲜丽多改旧制"的引人注目的作风，到后来世变之后，在朝廷之内，固然是"构扇异同，非毁执政"，即使称疾去职之际也依然过着"寻山陟岭""从者数百"的生活，其不甘寂寞的心情，也是可以想见的（关于阮谢二家之为人，此处不暇详论，他日容有机缘，当另为文说之）。

梦窗之为人当然与阮谢二人都迥然不同，只是他之所以在人格终于蒙受了污点，则却正是由于他兼有阮谢二人性格上的两种弱点。从梦窗的生平来看，他所以与一些权贵有着交往，大半也是由于求生与不甘寂寞的两个原因。

先从求生的一点来说，梦窗以布衣终，平生未得一第，可见他并不是一个乐于科举仕进的人物。据杨铁夫《梦窗词选笺释》所附《梦窗事迹考》云："《浙江通志》载鄞人之举进士者嘉定七年一榜有十七人，十年一榜有二十人，至宝庆三年丁亥一榜有三十七人，其时北人不能过江南下，南人又因兵事侘傺不便来杭，应举者大都苏浙间人，鄞人多文学，宜其拔茅连茹矣。嘉定时梦窗尚幼，未及考试，宝庆间则正二十余岁，以其才华，何至不获隽，殆不乐科举也。"杨氏之说，当属可信，是梦窗既不乐于科举仕进，而家人衣食之资则又是每个人生存所必需的条件，渊明说得好："人生归有道，衣食固其端。"既不能效渊明之躬耕劳苦，归隐田园，那么总要找出一条求生的道路来才可以。梦窗之所以不惜以幕僚的身份出入权贵之门，我想这是一个很重要的原因。

再从其不甘寂寞的一点来说，梦窗平生交游极众，据彊村本《梦窗词补》，共收词三百四十首，而其中与友人酬赠的作品，则数目竟达一百五十余首之多，而且据夏氏《系年》载梦窗二十余岁时游德清，就曾经为德清县令赵善春赋过一首《贺新郎》咏小垂虹的词，可见梦窗之好以词章为交游酬赠之作由来颇早，大抵才人往往好弄笔墨，不能自隐，这种想要表现而不甘于寂寞的欲望，正不独梦窗为然。而梦窗之以词章出入权贵之门，则更有一个另外的原因，那就是当时的时代风气所使然，刘毓盘《词史》说过一段很精警的话"两宋词人，每以奸人为进退"，于是例举"周邦彦之以《望江南》词为蔡京所罪；晁端礼之以《汉宫春》词为蔡京所用；……秦桧见朱敦儒之《樵歌》命教其子熺，而官以列卿；见曹冠之《燕喜词》，命教其孙埙，而登之上第；……胡诠则以词编管南海；张元干则以词坐罪除名"。更云："贾似道当国尤好词人，廖莹中能词，则以司出纳矣；罗椅能词，则以荐登其门矣；翁孟寅能词，则赠以数十万矣；郭应酉能词，则由仁和宰擢官告院矣；张淑芳能词，理宗欲纳妃，则匿以为妾矣；八月八日为其生辰，每岁四方以词为寿者以数千计，复设翘材馆，等其甲乙，首选者必有所酬。吴文英亦与之游，集中有寿贾相《宴清都》《木兰花慢》二词，又过贾相湖上旧居《水龙吟》词，赋贾相西湖小筑《金盏子》词。他家与之为缘而散见集中者，则不一一数。"据此可见当两宋之际，在权贵之附庸风雅好与词人为往来的风气下，尤其像贾似道这样，每年寿词动逾数千的人物，梦窗集中偶然留有给他的几首小词，实在是不足深怪的事，而且如果以梦窗和其他与贾似道往来的词人相较，则梦窗既未曾如廖莹中、翁孟寅辈之以词干禄希宠，而且梦窗之寿词仍自有其高华闲雅之品格在，而不像周密《齐东野语》所载的当时获首选之作如陈惟善之《合宝鼎》、陆景思之《甘州》、郭应酉之《声声慢》诸作之一味逢迎呓语。夏氏《系年》曾评梦窗云"交游皆一时显贵，……而竟潦倒终身，……今读其投献贵人诸词，亦但有酬酢而罕干求"，又云"梦窗以词章曳裾侯门，本当时江湖游士风气固不必消为无行，亦不能以独行责之"，所评颇为公允。

　　总之，梦窗该只是一个有才情的锐感的词人，在他的心中，圣贤节义的观念与科举仕进的观念同样并不强烈，如果从其词中所闪烁的心焰来看，我们可将之归纳为几点特色：一是对高远之境界的向往，梦窗词好从高远之处落笔，如前所说《齐天乐》词之"三千年事残鸦外"，《八声甘州》之"渺空烟四远"固无论矣，他如《贺新郎》之"乔木生云气"，《惜秋华》之"思渺西风"，《凄凉犯》之"空江浪阔"，《瑞鹤仙》之"乱云生古峤"，都可为证。这还是仅就其开端举例而已，至于以高远之笔作结者，则如《八声甘州》之"秋与云平"，《霜叶飞》之"翠微高处"，《水龙吟》之"棹沧波远"，《暗香疏影》之"澹墨晚天云阔"，《秋思》之"路隔重云雁北"，《丑奴儿慢》之"相扶轻醉，越王台上，更最高层"，都是从高远之处作收尾的。

昔周济《介存斋论词杂著》评史达祖之词云"梅溪词中喜用'偷'字足以定其品格"，而《史记·屈原列传》则赞美屈原说"其志洁，故其称物芳"，从作者所爱用的笔法和词汇来推断一个作者的品格及心灵之境界，大体上是不错的。

梦窗词中，一般说来他所感人的不只是写出了一幅高远的景物而已，而是其中所隐隐透露着的对一份不可知的超远之境界的向往，而这种向往的本身，乃特别属于一些有理想、有境界的作家所共有的特色。至于他们所真正向往的究竟是什么，则又往往不可具言，但这种向往绝不会发自一个庸俗鄙下的灵魂则是可以断言的，这是从梦窗词中所看到的其闪烁之心焰的第一点特色。

再则梦窗词中充满了对此尘世之无常的盛衰悲慨，如前所说《齐天乐》之"逝水移川，高陵变谷"，《八声甘州》之"问苍波无语，华发奈山青"，当然都是极明显的吊古兴悲的例证。此外，如《水龙吟》之"几番时事重论，座中共惜斜阳下"，《齐天乐》之"问几阴晴，霸吴平地漫今古"，《西平乐慢》之"歌断宴阑，荣华露草"，《瑞龙吟》之"东海青桑生处，劲风吹浅，瀛洲清泚"及"露草啼清泪""今古秋声里"，《高阳台》之"青春一梦荒丘，年年古苑西风到，雁怨啼、绿水蘋秋"，这些尚不过只是一般泛泛的感慨而已，至如《古香慢》沧浪看桂一首所悲慨的"残云剩水"，《三姝媚》都城旧居一首所悲慨的"紫曲门荒"，则更是有着一份极深切的家国之恸。从这些词句中，我们都可以看到梦窗从一己之时代扩大而至于对整个人世之盛衰战乱的感慨哀伤。他在《木兰花慢》重游虎丘一首中曾写有"惊翰。带云去杳，任红尘、一片落人间"之句，带云而去的"惊翰"正像梦窗另一面飞扬高举的向往，然而那真是苍茫杳渺复不可得的境界，而落在人间的则只是一片"红尘"而已，而这一片"红尘"便正是吾人所生活在其中的悲苦的污浊人世。对人生有如此悲感的认识，这是从梦窗词中所看到的其心焰所闪烁着的第二点特色。这种特色糅合隐现着对尘世之无常的"悲"的感慨与"智"的觉悟，也决不是一个庸俗鄙下的心灵所可能具有的。

除此两点特色外，梦窗词中所具体叙述着的情事，其写得最多的乃他在感情方面所曾经体认到的一份残缺和永逝的创痛。我在前面简单介绍梦窗之生平时，曾经提到过他在苏州曾有一妾，后遭遣去，他在杭州也有一妾，后则亡殁，一个生离，一个死别，关于这两次生离死别的前后详情我们虽已无从确考，然而从梦窗词中，我们却时时可以窥见其心灵那一份伤损残缺的阴影，如其长调《莺啼序》一首所写的："别后访六桥无信，事往花萎，瘗玉埋香，几番风雨，……伤心千里江南，怨曲重招，断魂在否？"这真是对死亡所造成之离别的何等无奈的哀吟；又如其《六幺令》七夕一首所写的"人世回廊缥缈，谁见金钗擘，今夕何夕，杯残月堕，但耿银河漫天碧"，则其所表现的又是何等盟誓无凭的长离永隔的哀伤。死别的固然是瘗玉埋香，离魂莫返；生离的则也有如银河亘阻，再见无期。这种生死离别的哀感，在梦窗词中不时地流露着。综计起来，其词中表现有此种哀感之情的作品约有五十首之多，则梦窗用情之深挚也可以想见了。以一位有如彼高贵之心焰有如此深挚之感情的词人，乃竟然因了人性上的某种软弱的根性，既为了求生存而出入于权贵之门做了曳裾的门客，又为了一点不甘寂寞之心而写了过多的酬应之作，更因了两宋权奸与词人之特殊的关系，在一时环境与风气的影响下，写下了四首赠贾似道的小词。昔杜甫《秋雨叹》一诗，咏一株"着叶满枝翠羽盖，开花无数黄金钱"的资质美丽的决明，而悲慨于它将在风雨之中随百草以同时摧伤烂死，结尾为之发出"临风三嗅馨香泣"的叹息。梦窗词馨香不泯，然而竟不幸因一时人性之软弱而留下了予后人以肆加诋毁之口实，则亦当为之三嗅而泣耳。

说静安词《浣溪沙》一首

山寺微茫背夕曛，鸟飞不到半山昏，
上方孤磬定行云。

　　试上高峰窥皓月，偶开天眼觑红尘，
可怜身是眼中人。

古今词人之作，其美什名篇吟味之足以沁人心脾，讽读之足以豁人耳目者固极多。我之所爱者亦极多。而于此极多之可爱之作品中，我独于静安先生词似有较深之偏爱。其故殆亦难言，唯觉其深入我心遣之不去耳。

　　静安先生词数量极少，计《观堂集林》卷二十四录《长短句》二十三阕，《观堂外集》卷四录《苕华词》（又名《人间词》，前有山阴樊志厚序文二篇）九十二阕，综计之不过百十五首耳，而其取径复既深且狭。以视清真稼轩，则周辛二公隐然词国中之廊庙重臣，而静安先生则但为一岩穴间幽居之子耳。因亦自知其所爱之偏，故虽有青年学子来从我读词，亦但教之读五代两宋诸大家之作，而不敢遽举静安先生也。

　　此次教育部开办文艺讲座，我竟蒙邀约，忝为貂续，惭惶之余，更不敢遽以所偏者言之于人，且纵欲言之，亦将为时间所不许（计本人讲词之时间不过五周，共十二小时，自唐五代讲起，今方讲过二小时，以此进度推之，恐不过讲到南宋中期也）。而我对静安先生词偏爱之一念，则时动于中，既不得机缘出之于口，则常欲笔之于书。然而尘务扰人，此愿虽发之已久，而迄未得偿。盖我之为文自谂缺乏素养，不得于心者，固不能笔之于手，而心之定力又复不坚，常不免因境而迁，随物而转，不能如织毛线然之时断时续，随缀随缉也，故偶有所扰，辄索然而罢，而一日之间，扰人之事又极多。每常有所念，亦不过任此念之自生自灭而已。事与愿不相副，手与心不相伴。如我者，诚自知其智薄力弱，固早断此述作之一念矣。而昨日接教育部函来索文稿，仓卒间无以应命，因将对静安词偏爱之一念，于此略一发之。

盖尝以为静安词之特色有三。一、**静安先生词有古诗之风格。**词之为体原较诗为浅俗柔婉，而静安先生词则极为矜贵高古，其气体乃迈越唐宋而直逼汉魏，而用意之深，则又为古人之所无，故其词去大众较远。古人有云："士为知己者死，女为悦己者容。"世之女子，有为取悦于大众而容饰者；有为取悦于一二悦己者而容饰者；然而有佳人焉，幽居空谷，既无悦己者之欣赏，又不甘为取悦于大众易其服饰而步入市廛，而顾芰荷其衣芙蓉其裳，遗世而独立，严妆而自赏者，静安先生词之气体殆类是焉。二、**静安先生词含西洋之哲理。**常人之写诗词，类不外乎抒情、写景、记事之作，间有说理者，所说亦不过世俗是非得失道德伦常之理耳，偶有以禅理入诗词者，然亦多为文人一时习染之所得，其真能于禅理有所会者则为数极鲜也。静安先生颇涉猎于西洋哲学，虽无完整有系统之研究，然其天性中自有一片灵光，其思深，其感锐，故其所得均极真切深微，而其词作中实时时现此哲理之灵光也。**三、静安先生词能将抽象之哲理予以具体之意象化。**哲理固可以入诗词，唯不可以说理之态度出之耳。据西洋美学家之说，则美感之经验，当为形相之直觉。故美感者乃诉诸人之感觉者而非诉诸人之知识者也。吾人固尝于生活之诸形相中，获得若干知识之概念，然而如欲将此概念以艺术方式表而出之，则必须将此诸概念仍然予以形相化，而复以此形相触发他人之概念，而不可直诉诸人之知识也。此表达之工具谓之媒介，在图画则为形色，在音乐则为声音，而在文学则为文字。以词言之，则有此高深之哲理概念者，对表达之工具多无此精美之素养，对表达之工具有此精美之素养者，又常乏此高深之哲理概念。此静安先生自序所以云"虽比之五代北宋之大词人，余愧有所不如，然此等大词人亦未始无不及余之处"者也。凡此三点，兹篇未暇详言，今但取静安先生《浣溪沙》小词一首试一说之。

浣溪沙

山寺微茫背夕曛，鸟飞不到半山昏，上方孤磬定行云。

试上高峰窥皓月，偶开天眼觑红尘，可怜身是眼中人。

静安先生尝言诗之境界有二："有诗人之境界；有常人之境界。诗人之境界，惟诗人能感之而能写之，故读其诗者，亦高举远慕有遗世之意。而亦有得有不得，且得之者亦各有深浅焉；若夫悲欢离合羁旅行役之感，常人皆能感之，而惟诗人能写之。"（见所著《清真先生遗事·尚论三》）以世谛言之，自以第二种作品为感人易而行世广也。然而静安先生之所作，则以属于前一种者为多。夫人固不能强不知以为知，亦不能强知以为不知，既得此诗人之境界焉，而欲降格以强同乎常人，则匪唯有所不屑，将亦有所不能。而此境界既非常人之所能尽得，则以我之庸拙而顾欲说之，得无为持管而窥天，将蠡以测海乎？读其词者，幸自得之，毋为我之浅说所误焉。

起句"山寺微茫背夕曛"，如认为确有此山，确有此寺，而欲指某山某寺以实之，则误矣。窃以为此词前片三句，但标举一崇高幽美而渺茫之境界耳。**近代西洋文艺有所谓象征主义者，静安先生之作殆近之焉。**我国旧诗旧词中，拟喻之作虽多，而象征之作则极少。

所谓拟喻者，大别之约有三类。其一曰以物拟人，如吴文英词"落絮无声春堕泪，行云有影月含羞"，杜牧诗"蜡烛有心还惜别，替人垂泪到天明"，是以物拟人者也。其二曰以物拟物，如东坡词"明月如霜，好风如水"，端己词"琵琶金翠羽，弦上黄莺语"，是以物拟物者也。其三曰以人托物，屈子《离骚》"何昔日之芳草兮，今直为此萧艾也"，骆宾王《咏蝉》诗"露重飞难进，风多响易沉"，是以人托物者也。要之此三种皆于虚拟之中仍不免写实之意也。至若其以假造之景象，表抽象之观念，以显示人生、宗教或道德、哲学某种深邃之义理者，则近于西洋之象征主义矣。此于我国古人之作中，颇难觅得例证，《珠玉词》之"满目山河空念远，落花风雨更伤春，不如怜取眼前人"，《六一词》之"直须看尽洛城花，始共东风容易别"，殆近之矣。以其颇有人生哲理存乎其间也。然而此在晏欧诸公，殆不过偶尔自然之流露，而非有心用意之作也。正如静安先生《人间词话》所云："遽以此意解释诸词，恐晏欧诸公所不许也。"而静安先生之词则思深意苦，故其所作多为有心用意之作。樊志厚《人间词甲稿序》云："若夫观物之微，托兴之深，则又君词之特色。"此序人言是静安先生自作而托名樊志厚者，即使不然，而其序言亦必深为静安先生所印可者也。夫如是，故吾敢以象征之意说此词也。

　　"山寺微茫"一起四字，便引人抬眼望向半天高处，显示一极崇高渺茫之境，复益之以"背夕曛"，乃更增加无限要渺幽微之感。黄仲则有诗云"斜阳劝客登楼去"，于四野苍茫之中，而举目遥见高峰层楼之上独留此一片斜阳，发出无限之诱惑，令人兴攀跻之念。故曰"劝客登楼去"，此一"劝"字固极妙也。静安词之"夕曛"，较仲则所云"斜阳"者其时间当更为晏晚；而其光色亦当更为暗淡；然其为诱惑，则或更有过之。何则？常人贵远而贱近，每于其所愈不能知，愈不可得者，则其渴慕之心亦愈切。故静安先生不曰"对"夕曛，而曰"背夕曛"，乃益更增人之遐思幽想也。吾人于此尘杂烦乱之生活中，恍惚焉一瞥哲理之灵光，而此灵光又复渺远幽微如不可即，则其对吾人之诱惑为何如耶？静安先生盖尝深受西洋叔本华悲观哲学之影响，以为"生活之本质何？欲而已矣。欲之为性无厌，……一欲既终，他欲随之，故究竟之慰藉终不可得也。……故人生者如钟表之摆，实往复于痛苦与厌倦之间者也"（见所著《红楼梦评论》而实采自叔本华之说）。静安先生既觉人生之苦痛如斯，是其研究哲学盖欲于其中觅一解脱之道者也。然而静安先生自序又云："予疲于哲学有日矣，哲学上之说，大抵可爱者不可信，可信者不可爱。知其可信而不能爱，觉其可爱而不能信，此近二三年中最大之烦闷也。"然则是此哲理之灵光虽惚若可以瞥见，而终不可以求得者也。故曰："鸟飞不到半山昏。"人力薄弱，竟可奈何？然而人对彼一境界之向往，彼一境界对人之吸引，仍在在足以动摇人心。有磬声焉，其音孤寂，而揭响遏云。入乎耳，动乎心，虽欲不向往，而其吸引之力有不可拒者焉，故曰"上方孤磬定行云"也（以上说前片竟）。于是而思试一攀跻之焉，因而乃有"试上高峰窥皓月"之言。曰"试上"，则未曾真个到达也可知，曰"窥"，则未曾真个察见也可想。然则此一"试上"之间，有多少努力，多少痛苦？此又静安先生在《红楼梦评论》一文所云："有能去此二者（按指苦痛与厌倦），吾人谓之曰快乐。然当其求快乐也，吾人于固有之苦痛外，又不得不加以努力，而努力亦苦痛之一也。且快乐之后，其感苦痛也弥深。故苦痛而无回复之快乐者有之矣，未有快乐而不先之或继之以苦痛者也（按此实亦叔本华之说）。"是其"试上高峰"原思求解脱，求快乐，而其"试上"之努力固已为一种痛苦矣。且其痛苦尚不止此，盖吾辈凡人，固无时无刻不为此尘网所牢笼，深溺于生活之大欲中，而不克自拔。亦正如静安先生在《红楼梦评论》中所云："于解脱之途中，彼之生活之欲，犹时时起而与之相抗。"夫如是，固终不免于"偶开天眼觑红尘"也。吾知其"偶开"必由此不能自已不克自主之一念耳。陈鸿《长恨歌传》云："由此一念，又不得居此，复堕下界，且结后缘。"而人生竟不能制此一念去动，则前所云"试上高峰"者，乃弥增人之艰辛痛苦之感矣。窃以为前一句之"窥"，有欲求见而未全得见之憾；后一句之"觑"，有欲求无见而不能不见之悲，而结之曰"可怜身是眼中人"，彼"眼中人"者何？固此尘世大欲中扰扰攘攘忧患劳苦之众生也。夫彼众生虽忧患劳苦，而彼辈春梦方酣，固不暇自哀。此譬若人死后之尸骸，其腐朽糜烂乃全不自知。而今乃有一尸骸焉，独具清醒未死之官能，自视其腐朽，自感其糜烂，则其悲哀痛苦，所以自哀而哀人者，其深切当如何耶？于是此"可怜身是眼中人"一句，乃真有令人不忍卒读者矣。

予生也晚，计静安先生自沉昆明湖之日，我生尚不满三岁，固未得一亲聆其教诲也。而每读其遗作，未尝不深慨天才之与痛苦相终始。若静安先生者，遽以死亡为息肩之所，自杀为解脱之方，而使我国近代学术界蒙受一绝大之损失，此予撰斯文既竟，所以不得不为之极悲而深惜者也。

图书在版编目（CIP）数据

迦陵谈词 / 叶嘉莹著. -- 北京：北京联合出版公司，2023.9
ISBN 978-7-5596-6845-5

Ⅰ.①迦… Ⅱ.①叶… Ⅲ.①词(文学)—诗词研究—中国 Ⅳ.①I207.23

中国国家版本馆CIP数据核字(2023)第060291号

北京市版权局著作权合同登记 图字：01-2023-2073

迦陵谈词

作　　者：叶嘉莹
出 品 人：赵红仕
责任编辑：牛炜征
封面设计：苏　艾

北京联合出版公司出版
（北京市西城区德外大街83号楼9层　100088）
文畅阁印刷有限公司印刷　新华书店经销
字数170千字　　880毫米×1230毫米　1/32　8.75印张
2023年9月第1版　　2023年9月第1次印刷
ISBN 978-7-5596-6845-5
定价：68.00元